목   차

토도로키 카에데

집이 절인 쿨하고 뷰티한 소녀.
철벽같은 무표정을 유지하면서
고지식하고 겸허하게…….
(어라, 나 얘가 불편한가?!)

쿠마가이 노아

사키의 반 친구이자
항~ 상 웃고 있는 여자아이.
만만해 보여도
때때로 핵심을 찌르는 말에
가슴이 철렁하지.

노보루

초등학교 때부터 계속 알고 지낸 녀석.
이 정도면 이미 저주 아닌가?!
탐정 역할을 하는 나보다 더
탐정 같은데~.

진노 요코

그래, 바로 저예요.
보통과 신입생.
좌우간 사키가
너무 좋아요. 이상!

하스미 사키

상상을 초월하는 레벨로
어마어마하게 예쁜 아이.
반은 다르지만
같은 고등학교라는 것만으로도
행복함(히죽히죽).

커버 및 본문 일러스트　　코게챠

그녀는 죽여도 낳지않는다

제1화 4월은 두근거리는 목 없는 밀실

이제 슬슬 살인사건에 적응되었다고 하나, 문을 박차고 보니 목 없는 시체가 거꾸로 매달려 있는 건 역시 처음이라서 엄청나게 놀랐다.

"우와아! 사키?!"

내가 거품을 물며 방으로 뛰어들자 뒤쪽에서 노보루의 "어라? 이상한데"라는 늘 긴장감 없이 어딘가 맹한 목소리가 난다.

"그건 목 없는 시체야. 즉, 얼굴을 알 수 없지. 그런데 왜 진노 넌 한 번 보기만 했는데 그 자리에서 즉시 하스미라는 걸 안 거야? 혹시 진노 너 처음부터 여기 하스미의 목 없는 시체가 거꾸로 매달려 있다는 걸 알았던 거 아니야? 왜냐하면 하스미의 목을 잘라서 여기 거꾸로 매단 게 진노 너 자신이니까."

고개를 45도 돌리고 우쭐한 표정을 지으면서 처억!! 이쪽을 향해 검지를 들이미는 노보루에게 "아니, 뭔 소리야. 목이 없더라도 사키가 사키라는 것 정도는 척하면 척하고 아는 게 당연하지, 보통은. 친구니까"라고 나는 최THE고로 냉랭(COOL)하고 게슴츠레한 눈으로 받아친다.

왜냐하면 장딴지의 이 예술적인 곡선이나 허리 쪽의 슬림한 라인을 보면, 이미 완전무결에 온리 원이면서 넘버 원인 유일무이한 사키 오브 사키인걸. 이 신의 솜씨라고 볼 수밖에 없는 아름다운 몸의 소유자가 사키가 아니라는 게 말이 될까? (아니, 아니지)

이런 더 퍼펙트 보디의 소유자가 사키 말고 그렇게 흔해서야 되겠어?

"으음~. 그걸 알 수 있나? 뭐, 진노라면 알려나. 그래. 항상 하스미를 차분하게 끈적하게 꼭 핥는 것처럼 관찰하고 있으니까."

노보루의 표현! 에 다소의 가시를 느끼긴 하지만 내가 사키를 차분하게 끈적하게 핥는 것처럼 관찰하고 있다는 건 사실이기 때문에 딱히 반론은 없다.

그보다 갓 입학한 발랄한 여고생이시기 때문에 새 교복을 걸치고 계신 사키의 목 없는 시체는 물론 스커트 차림이라 양쪽 발목을 끈으로 묶인 채 거꾸로 매달려 있는 지금은 속옷이 살짝 보이는 정도가 아니라 호쾌하게 노출된 상태. 처음부터 이만한 독자 서비스라니, 보통 푸짐한 게 아니군요. 우선은 빠밤!! 하고 섹시한 요소로 독자의 하트를 단단히 캐치!! 나쁘지 않은 수법입니다!!

그럴 리가 있냐, 바보야!!(바보!!)

아니, 어두컴컴하고 좁아서 폐허 같은 스산한 방 한가운데 초월적으로 아름다운 비율을 가진 목 없는 시체가 거꾸로 매달려 있다는 건 전위예술적 면으로 보면 일종의 아름다움이 없는 것도 아니지만, 이미지상으로 섹시함이 있느냐고 하면 전혀 그런 건 아니고 보통은 놀라겠지. 기겁할걸. 속옷 주변을 구성한 요소는 아무것도 변한 게 없을 텐데, 죽어서 머리가 없다는 이유만으로 섹슈얼한 인상을 잃다니 이게 무슨 일인지? 솔직히 인간의 인식이란 마하급으로 신기하다니까~.

"만약 이게 미스터리 소설이었다면 목 없는 시체가 나온 시점에서 시체가 바뀌었거나 벌스톤의 책략을*의심하는 게 철칙인데."

다시 턱을 매만지면서 중얼거리는 노보루에게 나는 "이 몸매는 의심할 여지 없이 사키가 분명해. 응, 틀림없어"라고 확신을 갖고 답한다.

인간의 눈의 해상도란 놀라울 만큼 높고, 특히 인물을 식별하는 면에서는 더 현저하다. 안 그래도 개체 식별은 인간의 사회성 기반인 데다, 친근한 사이라면 더더욱. 목 같은 게 없더라도 그렇게 쉽게 다른 사람으로 오인하지 않는다.

"뭐, 누구 하나라도 분간해냈다면 그로써 모든 게 와해하는 셈이니, 시체가 다른 사람이라는 트릭은 들인 수고에 비해 효과는 기대할 수 없겠네."

"응. 만약 자신에게는 완전히 똑같아 보였더라도, 자기는 구분할 수 없으니까 남도 구별 못 할 것이라는 생각은 너무 낙관적이지."

하지만 역으로 나는 외국인 남배우의 얼굴을 잘 분간하지 못해서, 가이 리치의 영화 같은 걸 볼 때 누가 누구인지 전혀 모르기도 한다. 그보다 애초에 등장인물이 너무 많지. 슬랩스틱을 하더라도 더 알기 쉽게 좀 해 줬으면. 으음, 무슨 이야기 중이었지.

아, 맞다. 개체 식별 얘기였지. 뭐, 그런 식으로(?) 인물에 대한 식별 정밀도는 사람별로 개체차가 크기에, 뭐든 자기를 기준으로 생각하면 느닷없이 태클이 날아들걸. 지금까지 한 말은 오케이?

"그런 관점이라면 사람을 죽여 놓고 안 들킬 줄 아는 게 애초에 너무 낙관적이지. 살인자란 근본적으로 찰나적이고 낙관적이야"

---

*진범을 이미 죽은 것처럼 꾸며 독자가 용의자에서 배제하게끔 하는 수법. The Birlstone Gambit

라고 노보루는 고개를 가로젓는다.

　응, 그야 그렇지. 살인 같은 짓을 하면 대부분은 들키니까. 맛없는 음식점과 악이 번창했던 적은 없으니까요. 무슨 생각인지 모르겠지만 우선 엽기적인 시추에이션으로 설정해 봤습니다! 라는 식의 삼류 미스터리 소설에나 나올 싸구려 생각은 정말 그만뒀으면. 학원 미스터리를 하더라도 '나를 방에 가둔 건 누구지?' 같은 코지하고 차밍한 수수께끼를 풀면서 잿빛 고교생활이 조금씩 색을 띠어가는 일상계가 더 이상적인데. 갑자기 친구가 팬티를 시원스레 깐 채 매달린 목 없는 시체로 발견되면서 시작하는 건 아무리 그래도 너무 레벨이 하드하지 않나?

　"그보다 이 매달린 목 없는 시체가 사키라는 건, 노보루 너도 보자마자 알았잖아?"라고 나는 만일에 대비해 확인한다. 어, 하지만 고작 목 좀 없다고 누구인지 모른다니, 보통 친구라면 말도 안 되니까.

　"조금 전 노보루의 논리라면 노보루가 범인이어도 이상할 게 없다는 말이 될 것 같은데?"

　"요즘 같은 때 조수가 진범이라는 건 좀 진부하지……."

　그렇게 말하고 노보루는 미간을 찡그린다. 응, 조수가 진범이거나 탐정이 진범이거나, 더 나아가 독자가 진범인 그런 괴이함뿐인 진상은 슬슬 쓸 만큼 써먹어서 오히려 의외성이 없거든, 없지. 없음 오브 없음입니다요. 왜 있잖아? 하나같이 개성적이려고 기를 쓰는 탓에 오히려 몰개성적이 되는 현상. 으음, 찔리네 찔려.

　참고로 이런 경우(어떤 경우인데)는 내가 탐정이고 노보루가 조수라는 역할 분담이 정착해 있다. 나도 소질로 보면 노보루가 훨씬 탐정에 맞지 않을까 싶긴 하지만, 이런 건 한 번 그런 식으로 역할이 정착하면 그렇게 쉽게 '역시 교대하자'라고 할 수도 없으니까.

"뭐, 고등학교 입학식 직후에 초고속으로 살해당하고 목이 잘리고 거꾸로 매달린다는 범상찮게 스피디한 전개는, 하스미가 아니고서야 쉽게 생각할 수 없으니까."

아무래도 노보루는 몸매로 판단한 게 아닌 것 같지만, 이 시체가 사키라는 추정에는 이의가 없나 보다. 이런 상황에서 이렇게 아크로바틱하게 사람이 죽어 있다면, 그건 사키일 것이라는 추론은 아마 옳다. 그런 결론에 도달하는 과정을 설명하기는 성가시지만, 이건 굳이 따지자면 연역(演繹)도 필요치 않을 단순 경험자로서, 나와 노보루는 이미 그 사실을 알고 있다.

그러므로 이 시체는 사키 것임이 분명하다. 둘이 그런 근본적인 착각을 할 리는 없으니, 이것은 확정된 정보라고 봐도 될걸요. 오케이?

"하지만 아무리 사키라도 이런 슈퍼 스피드라니 놀랍네."

내가 반쯤 어이없어하며 중얼거리자 노보루 역시 "입학 첫날이지" 하고 어깨를 으쓱한다.

입학한 지 고작 몇 시간 만에 엽기 살인사건이 발생했는데, 이 학교 진짜 괜찮은 건가? 아니, 현시점에서 이미 하나도 안 괜찮지만. 영 글러 먹었지만. 보통은 역시 이런 일이 생기기 전에 무슨 전조나 조짐이 있기 마련인데, 이렇게 쇼기 첫수부터 절대 움직일 수 없는 칸에 보병을 두는 상황은 아무리 그래도 반칙이잖아. 이러면 방어할 수도 경계할 수도 없잖아? 우리가 앞으로 3년 동안 이 학교에 다닌다는 건 이미 정해진 사실이고, 이제 와서 다른 선택지를 택할 수는 없다. 뭐, 정말 진지하게 시도하면 없는 것도 아니겠지만 기본적으로는 없는 선택지다. 그런데 개막이 엽기 살인사건이라니 뭐 이렇게 어이없고 불길한 징조가 다 있을까.

"우리 중학교에서 여기로 진학한 건 진노랑 하스미 말고는 아무도 없을 테니까, 진노가 범인이 아니라면 면식범이 아니라 낯선 사람의 묻지 마 범행 같은 것이라는 셈인가. 목을 자르고 거꾸로 매다는 게 쉬운 일은 아닐 텐데, 그런 잡다한 시간까지 고려하면 범행 시각은 입학식 종료 직후쯤 되려나."

"아침에는 집 근처 역에서 같이 전철을 타고 등교했고, 나는 입학식장인 제1 체육관에 가는 길에도 멀리서 사람들에게 둘러싸여 있는 사키의 뒤통수를 봤으니까 그 시점에서는 아직 살아 있었던 게 분명해."

"하지만 봤다고 해도 뒤통수만 본 거잖아? 그게 확실히 하스미였어?"

노보루가 묻자 나는 다시 확신을 갖고 "틀림없어"라고 답한다.

"왜냐하면 머리에 새우튀김이 붙어 있었거든."

뭐, 새우튀김처럼 단박에 알아볼 표식이 없더라도 내가 사키의 이스페셜리한 뒤통수를 잘못 볼 일은 절대 있을 수 없지만.

"아아, 그거 말이지" 하고 노보루도 납득한다.

"응, 그러면 역시 잘못 본 게 아니겠네."

애초에 입학식이니까 식 초반부터 인원수가 부족했다면 담임인 교직원이 알아봤겠지. 그러니까 사키는 입학식에는 참석했다. 이건 의심하지 않아도 된다고 본다. 무엇을 생각하든 사실에 근거하지 않으면 아무 의미도 없지만, 그렇다고 해도 모든 무턱대고 의심하기 시작하면 이야기가 제자리걸음일 테니까.

입학식이 시작된 후로는 대머리 교감의 개식사나 대머리 교장의 식사나 대머리 내빈의 축사나 대머리…… 가 아니라, 재학생 대표의 환영사 같은 걸 듣고 교가 제창이나 폐식사 같은 순서가 있었다. 그 후 각각 교실로 돌아가 기나긴 조회 시간을 거쳤고, 내 자리는 창가라 따끈따끈한 게 기분이 좋아서 반쯤 잤기 때문에 잘 기억은 안 나지만 끝까지 별다른 트러블은 없었을 것이다. 그리고 해산한 것이 오전 10시 반 정도.

"범행 시각은 아마 그 이후일 것 같긴 한데."

뭐니 뭐니 해도 입학식이니까 대부분 학생은 보호자와 함께 일찌감치 돌아가 버렸지만, 우리 집은 부모님 모두 해외에 계셔서 오지 않았고 사키네는 아버지밖에 없는 데다 완전히 일밖에 모른다는 느낌의 사람이라 오지 않아서 해산하자마자 나는 즉시 와아~, 사키랑 같이 집에 가자~!! 하고 사키를 부르러 특진과 반까지 갔는데 사키가 보이질 않는 거다. 전화를 걸어도 안 받고 메신저로 메시지를 보내도 읽음 표시가 안 뜨는 게 뭔가 이상했다. 이게 만약 다른 사람이라면 나도 그렇게까지 신경 쓰지 않겠지만, 좌우간 상대는 사키다. 뭐든 사키와 얽힐 경우 매사를 가능한 한 나쁜 쪽으로 예측해 두는 편이 낫다.

　그래서 근처에 있는 아이를 잡고 "혹시 사키 몰라?"라고 물었지만 어쨌든 입학식 직후이기 때문에 "사키가 누군데?"라는 느낌이었고, "이 반에서 가장 귀여운 애가 사키야" "어, 하지만 더 보통과 애지? 아직 이 반 애들 얼굴을 모르잖아?" "몰라도 그건 알아. 어디에 있든 반이 어떻게 나뉘든 사키는 항상 반에서 가장 귀여운 여자애거든. 이건 언제든 진리인 명제이자 세상의 진리야" 같은 대화를 거쳐 약간 깬다는 반응을 받으면서도 "이런(이런) 느낌의 멋쟁이처럼 옆쪽 머리카락을 꼬아놓았는데"라고 하자 "아니, 그 제스처를 봐서는 무슨 느낌인지 전혀 모르겠는데"란다. 사키는 부드러운 컬이 들어간 롱 헤어로 매일 뭔가 독특한 스타일을 연출하는 멋쟁이인데, 나는 살짝 긴 숏 울프 컷이라 묶을 만큼 머리가 길지 않아서, 그 스타일을 보여줄 수도 없기에 손짓 몸짓을 동원해 "그러니까 이렇게(이렇게!!)"처럼 열심히 설명했더니, 최종적으로는 어찌어찌 "아, 그 슬림하고 예쁘장한 느낌에 머리에 새우튀김을 달고 있던 애 말이지" 하는 식으로 사키가 누군지 알아줘서, 입학 첫날부터 새우튀김은 역시 너무 튀는 거 아닌가~ 라고 내심 잠깐 생각했는데, 그렇게 알기 쉬운 특징이 있어 준 덕에 난생처음 보는 아이도 사키를 인식할 수 있었던 셈이니 뭐든 장점과 단점이 있다.

　참고로 새우튀김이라고 해도 물론 정말 진짜 새우튀김이 머리에 달린 게 아니라, 진짜 새우튀김처럼 리얼한 음식의 샘플이 달린 고무줄로 머리를 묶고 있었단 거지만. 애초에 내가 생일날 선물한 것이라서, 잘 애용하고 있다는 점은 기쁘지만 이럴 줄 알았더라면 묘한 장난은 치지 말고 그냥 누가 봐도 귀여운 걸 선물하는 게 나았겠다는 마음이 안 드는 것도 아니다. 또 나 역시 세트로 새우튀김을 가지고 있답니다. 네, 이건 중요한 정보예요!

그리고 결국 "그러고 보니 어느 순간부터 없던데~? 벌써 집에 간 거 아니야?" 같은 말을 하길래 우와~ 애 정말 이상하다~ 하면서 혀를 찼다. 사키가 나를 두고 아무 말 없이 먼저 혼자 가 버린다는 건 보통 있을 수 없는 일이고 무엇보다 나와 사키는 친구이기 때문에 그런 일은 절대 있을 수 없다. 그러므로 이건 확실히 무슨 일이 있었나 본데~? 라고 노보루에게도 사키가 행방불명됐다는 걸 전하자, 노보루는 "어, 귀찮게"라고 말은 했지만, 내가 "뭐? 귀찮다니 그게 뭐야. 사키가 행방불명에 연락도 안 받는데 걱정도 안 돼? 그거 인간으로서 좀 잘못된 거 아니야? 친구잖아?"라고 잔뜩 몰아붙이자 이러니저러니 해도 같이 찾아줬으니 의외로 착한 녀석이구나 싶긴 했다. 하지만 어차피 할 거, 잔소리 말고 즉시 해 줘야 좋은 인상을 받거든? 결국 치르는 노력은 같은데 칭얼거려 봤자 그냥 자기 손해만 커지는 거 아닌가? 그래서 학교를 전부 찾아다닌 끝에, "왠지 여기가 수상한데?"라는 이야기가 나왔고 벌컥——! 하고 낡아빠진 문을 걷어찬 시점에서 서두의 장면으로 돌아갑니다. 자, 겨우 이어졌다!!(헥헥)

"그런데 이어진 건 좋지만 여기가 어디지?" 하고 새삼스럽지만 나는 이 방 안을 둘러본다. 적어도 학교 부지 내의 어딘가이긴 할 텐데, 분위기상으로는 완전히 폐허의 일실 같은 느낌이라, 왜 교내에 이런 목 없는 시체를 거꾸로 매달기에 딱 좋은 스산하고 어두운 방이 있는지는 잘 모르겠다.

"학교 안내를 참고로 해보니 여긴 아무래도 구 동아리동이라고 부르는 건물인가 봐. 몇 년쯤 전에 반지하에 동아리동이 병설된 새 체육관을 완공해서 지금은 거기만 써도 전부 감당이 되는 데다 내진 강도의 문제도 있어서, 이제 안 쓴다나 봐."

"안 쓸 거면 안 쓰는 대로 해체를 하든 뭘 하든 하면 될 텐데."

이런 말 그대로 목 없는 시체를 매달아 주세요~ 하는 듯한 방을 그대로 내버려 두니까, 진짜 목 없는 시체가 매달리는 꼴이 난 것이다. 깨진 유리창 이론이라는[*]게 있거든? 치안을 개선하고 싶다면 우선 깔끔하게 정리해 두는 게 중요하다고.

"해체하려고 해도 다른 건물이 거슬려서 포크레인이 못 들어오잖아."

노보루 말대로 이 구 동아리동(이라는 건물인 듯합니다.)은 신 건물과 제1 건물 사이에 있는 안뜰 같은 공간에 있어서 주변이 완전히 막혀 있으니까, 우선은 옆에 있는 제1 건물을 부수기 전에는 속수무책일 듯싶기는 하다. 음~, 계획성이 없어!!

쓸데없이 유서 깊은(요약하자면 낡은) 이 학교에는 부지 내에 4개의 건물과 2개의 체육관과 기타 등등 크기가 각양각색인 정체 모를 건조물이 빼곡히 자리하고 있는 데다, 게다가 무계획하게 짓고 증축하고 짓고 증축하는 식으로 나중에 살을 붙여온 곳이라서 라스트 던전 못지않게 구조가 꼬일 대로 꼬여 있으니까, 그만 이런 일도 생기는 것이다. 제2차 베이비 붐으로 확! 하고 학생 수가

---

*깨진 유리창을 그대로 방치하면 사회의 질서가 지켜지지 않는다는 것으로 받아들여 더 큰 범죄로 이어질 수 있다는 이론.

늘었을 때 황급히 증축했지만, 지금은 학생 수가 절반으로 줄어들어서 너저분한 것치고는 쓰지 않는 곳이 많다는 것 같다.

구 동아리동은 생긴 것은 케케묵은 가난한 학생을 대상으로 한 아파트 같은 느낌의 철제 외부계단과 복도가 딸린 2층짜리 조립식 건물인데, 뭔가 노스탤지어를 자극하는 타입의 정취 있게 낡은 곳이라 이런 건 개인적으로 그렇게 싫지는 않다.

그리고 지금 있는 곳은 그 1층의 한 방인데, 원래 동아리실이었기에 그렇게 넓지는 않다. 기껏해야 약 4평쯤 되는 세로로 긴 구조에 양 사이드에 철제 사물함이 놓여 있는 것 말고는 낡은 접이식 파이프 의자가 몇 개 구석에 포개져 있는 게 다다. 개구부는 내가 걷어찬 문과 반대쪽 벽에 달린 창문 두 개가 다다. 창문은 베니어판으로 내부를 막아놓았기 때문에, 실내는 어두컴컴하다. 이미 상당히 오랫동안 쓰지 않은 것처럼 먼지가 많고, 떨어진 천장판이 그대로 난잡하게 방치되어 있어서 분위기상으로는 폐허라고 하는 게 더 와닿는다. 그리고 딱 한가운데 사키의 목 없는 시체가 거꾸로 매달려 있다.

누군가가 입학식이 끝난 후부터 내가 이곳을 발견하기까지, 짧은 시간 동안 사키를 죽이고 목을 자르고 이곳에 거꾸로 매단 것이다. 현재로서 확정할 수 있는 정보는 이것뿐이고 전혀 아무런 전조도(아마) 과거의 원한 관계도 없는 갑작스러운 사건이기에 이렇다 할 용의자는 없다. 혹은 전원이 용의자라고도 할 수 있는 상황이다.

"처음 보는 일면식도 없는 사람이 만나자마자 망설임 없이 죽

이려고 달려든 데다 목을 잘라 거꾸로 매달다니, 보통은 생각할
수 없는 일인데."

"뭐, 하지만, 하스미니까……."

그렇다. 이렇게 보통은 우선 생각할 수 없을 바보 같은 일이라
도 그것이 사키와 얽힐 경우, 충분히 벌어질 가능성이 있다.

"으음——, 진노가 범인이었다면 그쯤에서 이야기가 빨리 끝났
을 텐데. 그렇게 쉽고 스피드하게 해결되지는 않나."

"하지만 완전히 틀렸다는 점에만 주목하면 줄거리로서는 나쁘
지 않아. 미스테리적 이론으로 말하자면, 이른바 비밀의 폭로지.
범인이 범인만 알 수 있는 정보를 툭 내뱉은 것을 탐정이 날카롭
게 지적하는 패턴이지."

"뭐, 그건 딱히 아무 증거도 못 되지만."

그렇지. 인간이란 개별적이고 다양한 이유로 묘한 선입관을 가
졌거나, 예상도 할 수 없을 절차를 거쳐 묘한 착각을 하곤 하니까
적당히 한 말이 우연히 진상과 맞물리는 일도 충분히 있을 수 있
다. 무슨 말을 했다는 것이 곧 그것을 알고 있다는 뜻이 되진 않
는다. 비밀을 폭로한 것만으로 범인이 하나로 좁혀지는 것은 아
니기에, 설령 그런 근거로 경찰이 범인을 체포하거나 검찰이 재
판에서 유죄로 몰아붙일 수 있느냐고 한다면, 꽤 미묘한 라인이
겠지.

하지만 탐정이 시험 삼아 범인을 지적해 볼 근거로서는 충분하
다. 무엇보다 경찰이나 검찰과 달리, 탐정에게는 아무런 책임도
없다. 탐정은 기본적으로 하고 싶은 말을 다 할 수 있답니다.

비밀을 계속 품어두는 것은 인간에게 생각 이상으로 엄청난 스트레스고, 실은 범인 쪽도 얼른 말하고 싶어서 근질근질할 수도 있으니까, 요행이든 뭐든 우선 지적해 보고 나머지는 범인의 양심에 기대를 건다는 작전도 불가능한 건 아니다. 못 써볼 거 없다. 말만 하는 거면 공짜니까.

"하지만 애초에 내가 사키를 죽일 리가 없잖아? 친구니까. 노보루 너 지금까지 날 그런 눈으로 본 거야? 어? 바보 아니야?"

"꼭 그렇다고도 할 수 없지. 나도 진노가 하스미에게 악의를 품었다고 생각하진 않지만, 하스미 같은 경우 지금까지도 피해를 입은 이유가 악의보다 과도한 호의에서 유래된 경우가 많았어. 악의나 호의나, 어느 쪽이든 동등한 동기가 될 수 있고."

도가 지나친 호의는, 이미 악의와 구별할 수 없다. 으음——, 그 주장 자체에는 나도 이론이 없는데. 나는 범인이 아니지만.

"분명 나는 조금 평범하지 않을 수준으로 사키를 좋아하지만, 아무리 그래도 죽이고 목을 잘라서 거꾸로 매달지는 않거든? 그게 웬 애정 표현인데. 그보다 아마 내 완력 가지고는 사키를 거꾸로 매달 수 없을걸."

"아아, 그렇구나. 진노라면 애정을 표현하려다 도가 지나쳐서 하스미를 죽이는 일이 벌어진다고 해도 체격상으로 하스미의 몸을 매달기 힘든가."

죽이는 것 자체는 가능하다고 보는 거냐? 뭐, 됐어. 탐정이란 예단 없이 갖은 가능성을 검토해야 하는 법이니까. 그러면서도 '체격상 여성에게는 힘들다' 같은 애매한 근거로 섣불리 남을 용의자에서 배제하는 경향이 있긴 하지만. 인간이란 진지하게 덤벼들면 마지막 고비에서 꽤 엄청난 파워를 발휘할 수 있거든?

"그보다 사람을 거꾸로 매다는 건 나뿐만 아니라 대부분 사람에게 힘들지 않을까? 사키는 꽤 말랐고 몸매도 좋고, 상대적으로 말하자면 여자 중에서도 가벼운 편이라고는 생각하지만, 그렇다고 해도 사람이니까 절대적으로 나름의 체중이 나가는걸."

그렇기에 범인은 울끈불끈한 근육맨으로 한정할 수 있다! 그렇다면 뭐, 범인을 찾기도 쉬워져서 좋지만, 그보다는 도르래나 윈치 같은 동력기를 썼다고 보는 게 더 가까울 것 같다. 지금 언뜻 본 바로는 그냥 발목을 끈으로 묶어놨을 뿐, 그런 조작을 한 것 같아 보이진 않지만, 도르래를 써서 매단 후 다른 끈을 발목에 동여매고 처음에 쓴 끈을 없애면 같은 상황은 재현할 수 있기 때문에 완력이 전혀 없다고 해도 못 할 건 없다고 본다.

"응, 그러네. 수고는 들겠지만 마른 사람이라도 불가능하진 않아. 그렇게 생각하면 여전히 진노도 유력한 용의자 중 하나인데."

저기요……. 노보루 너 꼭 나를 범인으로 만들어야 속이 시원하겠어?

"나는 범인이 아니래도. 그건 아침부터 계속 함께 있었던 노보루 네가 가장 잘 알잖아? 네 눈을 피해 잠깐 사이에 이런 짓을 하기는 역시 무리래도."

내가 그렇게 말하자 노보루는 즉각 반론했다. 와──, 귀찮아.

"진노가 나랑 쭉 같이 있었다는 점이 우선 수상해. 그 시점에서 뭔가 작위가 느껴져. 같이 첫 발견자가 됨으로써 나를 알리바이의 증인으로 내세울 셈일지도 모르지. 분명 뒤에서 무슨 알리바이 트릭을 꾸미고 있었던 거야."

"아니, 나도 딱히 좋아서 너랑 같이 있었던 게 아닌데."

하지만 또 같은 반이 되었으니까 별수 없잖아? 게다가 자리도 옆자리고. 정말 악연이 따로 없다. 나와 노보루는 이로써 초등학교 이후로 통산 10년 연속 같은 반인 셈이니, 이 정도면 개념상으로는 이미 악연이라기보다 저주 같은 것에 가깝다. 사키와도 같은 반이었다면 좋았을 텐데~. 뭐, 사키는 특진과고 나는 보통과니까 애초에 같은 반이 될 리가 없지만.

과가 다르다고 하나, 사키와 같은 학교에 합격한 것이기에 야호~!! 이제 또 3년 동안은 사키와 함께다~!!! 라고 기뻐했는데 (보통과 합격조차 나에게는 쾌거다) 학과의 차이라는 벽이 생각보다 높았는지, 아침에는 함께 등교했지만 교문을 지나 1층 게시판에서 반을 확인한 후로는 지금까지 한 번도 얼굴을 보지 못했다. 그럼 나중에 보자~, 하고 웃는 얼굴로 손을 흔들며 헤어졌는데 다음에 만났을 때는 이미 속옷을 훌렁 드러낸 채 거꾸로 매달린 목 없는 시체가 되어 있다니 아무리 그래도 인생이 너무 하드 모드다.

"그나저나 누구 짓인지 모르겠지만 하스미가 눈에 띄는 타입이라 이상한 사람에게 찍힌 걸 테니까, 너무 이목을 끄는 것도 생각해 볼 일이네."

"그게 뭐야. 이 상황이 사키 때문이라는 말을 하고 싶은 거야?"

내가 갑자기 목소리 톤을 낮추며 말하자, 노보루는 살짝 당황하며 "딱히 그런 뜻으로 한 말이 아니야"라면서 손을 내저었다.

"애초에 지금은 그럴 때가 아니잖아. 사소한 문제인데 사사건 건 걸고넘어지지 마."

음, 그것도 실로 맞는 말이다. 지금은 시시하게 말꼬리나 잡으면서 노보루를 괴롭힐 때가 아니다.

사키는 한마디로 표현하자면 '완전히 끌어당기는 체질'을 가진 아이다.

본인은 굉장히 명랑하고 서글서글하고 미소가 매력적이고 피부가 희고 촉촉하고 매끄럽고 쫀쫀하고 플로럴 계통의 좋은 냄새가 나고 엄청나게 예쁜 데다 성격도 좋아서, 이 세상에 보편적으로 존재하는 '선'이라는 개념이 그대로 형상화한 것처럼 최고로, 최고로 귀여운 걸이지만(←완전 빠르게) 대체 무슨 원인에서인지 이상한 사람들 눈에 쉽게 드는 체질이라서 옛날부터 길을 걷기만 해도 수상한 사람이니 변태니 이상한 사람이 들러붙거나, 성가신 트러블에 말려드는 일이 드물지 않게 벌어졌다. 나와 노보루는 어릴 적부터 사키와 친구이기 때문에 그런 사태에도 이미 완전히 적응하기는 했지만, 하지만 마침내 목을 잘린 후에 거꾸로 매달리는 지경에 이를 줄이야, 모든 일은 정말 나쁜 방향으로는 거침없이 흘러간다. 갈 데까지 갔겠지 한 다음에도 그게 끝이 아닌 법이니까.

"제길, 이 흉악한 범인 같으니! 용서 못 해!! 꼭 내 손으로 잡아낼 거야!!"

내가 어금니를 악물면서 주먹을 움켜쥐자, 노보루는 예의 그

맹한 말투 그대로 "아, 역시 이번에도 그걸 하려고?"라며 한숨을 내쉬었다.

"당연하지. 꼭 사키의 원수를 갚아야지. 친구잖아?"

"아니, 으음——? 뭐, 보통은 경찰에게 맡기지 않나? 살인사건이니까. 자기도 모르는 사이에 어디 갔혔다는 거랑은 달라도 너무 다른데."

"무슨 소리야. 자기도 모르는 사이에 어디 갔혔다는 거야말로 아무래도 상관없는 얘기잖아. 살인사건이기에 더더욱 내가 추리를 통해 진상을 간파함으로써, 범인을 찾아낸 뒤 끝장을 내버려야지?"

내 기세에 노보루는 체념한 것처럼 후우, 하고 숨을 내쉬더니 "뭐, 하는 수 없나. 친구인걸. 귀찮지만 해볼까?"라고 말했다.

"하기로 했으면 얼른 마무리를 짓자고. 이런 일은 대부분 꾸물거릴수록 꼬이는 법이니까."

"응, 그러네" 하고 나도 고개를 끄덕인다. "오래 걸리진 않을 거야. 지금 여기서 해결하자."

꾸물거리는 사이에도 상황은 악화된다. 최악의 상황이더라도, 상황은 얼마든 악화될 수 있고 그것은 더욱 박차를 가할 것이다. 최악에는 끝이 없다. 그런 사실을 나와 노보루는 경험을 통해 알고 있다.

보통 인간은 인간을 죽이지 않는다. 적어도 현대의 이 문명사회에서는, 그렇게 정해져 있다. 왜? 라던가 어떤 이유에서? 같은 억지는 제쳐두고 우리는 근본적으로 그렇게 쉽게 남을 죽이지는 않는다.

하지만 인간에게 그런 규범을 강요하는 힘은 예상외로 약해서, 살인범이란 평범한 사람이 갖추고 있는 '아무리 그래도 그건 아니지~'라는 리미터가 여러 개 풀린 상태다. 이런 인간은 무슨 일을 벌일지 전혀 예상이 불가능하다.

범인에게 아직 경찰의 추격이나 뭐 그런 것을 완전히 벗어나겠다는 의지가 있다면 차라리 상황적으로는 낫다고 할 수 있다. 들키지 않기 위해서는 가능한 한 얌전히 있는 게 낫고, 범인의 행동에도 일정한 억제력을 기대할 수 있기 때문이다. 하지만 그걸 이미 포기해버린, 모든 걸 놓아버린 경우는 아주 악질이다.

도망치는 건 이미 포기한 상태고, 잡힐 때까지 얼마나 버틸 수 있는지 갈 데까지 가보자!! 같은 하이스코어 어태커 같은 심리일 가능성도 있고, 그럴 경우 다음 피해를 막을 수단이 꽤 한정된다. 이건 살인사건에만 적용되는 것이 아니라, 현대사회의 운용 시스템이 자폭을 각오한 테러리스트에게는 매우 약하다는 일반론이다.

사람을 하나 죽인 것도 모자라 목을 자르고 거꾸로 매단다는 어긋난 윤리를 가진 인간이 지금도 아무런 제한 없이 자유롭게 돌아다니고 있을 현재 상황에 대해 확실히 위기감을 가져야 한다. 사람을 하나 죽인 인간은 또 다른 사람을 죽일 확률이 현저히 높다. 하나, 또 하나 잇달아 죽인 후에 "소거법을 활용하면 모든 범행을 저지른 건 당신밖에 없습니다!!" 같은 짓을 하면 압도적으로 늦다. 그사이에 죽어 버린 인간은 되살아날 수 없다. 평범한 사람은 한번 죽으면 되살아날 수 없기 때문이다.

이럴 때는 가능한 한 상대에게 행동할 기회를 주지 않고, 단숨에 매듭을 지어야겠지!!

"좋아! 해보자고!!"

"진노. 힘이 들어간 건 좋지만, 생각은 나중에 해. 우선은 눈으로 보면 알 것과 조사하면 확정할 수 있는 것들을 모아보자. 추리는 사실이 알아서 해줄 거야."

무의식중에 팔짱을 끼고 생각에 잠긴 것도 모자라, 나중에는 혼자 승리의 포즈를 짓는 나에게 노보루가 냉정한 목소리로 말했다. 응, 그래. 맞는 말이야. 생각하기 위해서는 전제가 될 정보가 필요하고, 그걸 신속하게 가능한 한 많이 채워 나가야 하니까.

추측은 어디까지나 추측에 불과하지만, 사실은 사실이기에 강도가 압도적으로 다르다.

추리라는 것은 도저히 모을 수 없는 부분을 메우는 최후의 수단이고, 만약 아무리 뛰어난 지성을 가지고 있더라도 초장부터 의자에 앉은 채 이것저것 추리라는 이름의 망상만 늘어놓아서는 진실에 도달할 가능성이 매우 낮다.

자, 그럼 순서대로 확인해 나가자. 최저한으로 필요한 것은 베이스가 될 4W 1H. 즉 언제(When)? 어디서(Where)? 누가(Who)? 무엇을(What)? 어떻게(How)? 우선은 이거겠지!! 어떻게? 는 절대적으로 추측이 혼입되기에, 초반에는 고려하지 않아도 된다.

언제? →오늘은 4월의 입학식 당일. 현재 시각은 오후 2시를 넘은 참이다. 엽기살인을 벌이기에는 다소 이른 시간대다. 아니, 알맞은 시각이 몇 시인지도 모르겠지만.

어디서? →구 동아리동의 방. 하지만 이곳은 어디까지나 시체를 발견한 곳이지, 이곳이 곧 범행 현장인지 어떤지는 아직 알 수 없다. 조금 더 알아보자.

누가? →모르겠다. 그걸 이제부터 생각할 것이다.

무엇을? →죽이고 목을 자른 뒤 거꾸로 매달았다. 이 부분을 조금 더 상세하게 파고드는 게 좋겠지. 으음, 사인이나 뭐 그런걸?

"어디 매달았나 했더니, 천장 패널 안쪽의 철골구조에 직접 끈으로 동여맨 것 같아."

사키의 발목 아래로 늘어져 있는 끈의 끝을 올려다보며 노보루가 중얼거린다.

좌우간 폐허가 되기 직전인 방이라서 천장 패널의 일부가 떨어져 안에 있는 철골이며 배선이 노출되어 있는데, 사키의 시체는 그 노출된 굵은 들보 중 하나에 거꾸로 매달려 있다. 구조 부분의 철골인 듯하니, 저 정도면 사람 하나의 체중이 실려도 거뜬히 버틸 수 있겠지. 10년쯤 전의 건축물이라면 대들보가 노출되어 있는 일이 드물지도 않지만, 요즘은 대부분 구조가 전부 가려져 있기에 목을 매고 자살하려고 해도 고생한다는 이야기를 들은 적이 있다. 그렇군, 이렇게 천장 패널을 벗겨내 버리면 내부 구조를 쓸 수 있나.

물론 신선한 목 없는 시체를 거꾸로 매단 것이니 시체에서는 지금도 피가 계속 뚝뚝 떨어졌고, 바닥에는 일단 다다미가 깔려 있지만 피를 흡수해 검붉게 변색되어 있다.

"언뜻 본 느낌으로는 몸에 외상은 없어. 아니, 과감히 목을 잘 랐으니 외상이 없다는 표현도 이상하지만, 이게 실제 치명상인 건 아니니까."

그야 그렇겠지. 범인이 검술의 달인이라도 아닌 한, 살아 있는 인간의 목을 일격에 댕강――!! 하고 베어버리고 그것이 치명상 이 되는 사태는 흔치 않을 것이다. 아마 다른 수단으로 죽은 후에 시체의 목을 잘랐을 것이다.

"몸에 다른 외상이 없다는 건 사인은 목 윗부분에 있는 걸까?"

"아마. 목을 졸랐거나 머리에 타격을 가했거나, 뭐 그 정도려나."

으음――, 어쩌면 그래서 목을 자른 걸까? 두부에 뭔가 결정적 인 증거를 남기는 바람에 그것을 은폐할 목적으로 범인은 목을 자르고 머리를 가지고 떠났다?

"그런 것도 미스터리 소설이라면 꽤 흔히 나오는 노선이지만 막 상 실제로 한다면 꽤 위험성이 커"라고 노보루가 고개를 저었다.

응. 항상 물리법칙이 계속 작용하는 현실 공간에서는 일어서든 앉든 목을 자르든 가지고 가든, 뭔가를 하면 반드시 '무엇인가를 했다'라는 흔적이 어딘가에 남고, 현대의 과학 조사는 그 흔적을 꽤 높은 정밀도로 찾아낸다. 기본적으로는 어떤 일이든 하면 할 수록 보다 많은 단서를 남기게 될 뿐이다.

"그렇지 않더라도 목을 자르는 것도 꽤 수고와 시간이 드는 일 이니까, 작업 도중에 그 현장이 누군가의 눈에 띄게 될지도 몰라."

증거를 은폐하려는 행동이 더한 증거를 남기고, 위험성을 회피

하려는 행동이 더한 위험성을 불러들인다면 시간을 들일수록 헛수고다. 쓸데없는 생각은 일절 하지 않고 가능한 한 잽싸게 멀리까지 도망치는 게 더 차라리 뛰어난 판단이다.

"그렇다고 하지만 사람을 죽이는 시점에서 무슨 가치를 판단하는 기준이 완전히 잘못된 거니까, 무슨 엉뚱한 행동을 했다 하더라도 딱히 이상할 게 없는데. 오히려 살인범이 항상 합리적으로 행동할 것이라고 가정하고 추론을 세우는 게 더 잘못됐지."

웅크린 채로 사키의 목 절단면을 검사하면서 중얼거리는 노보루에게 나는 "그건 그렇지만"이라고 답을 한다. "범인은 정신이 이상하다"나 "크게 당황했다" 같은 가정을 도입하면 뭐든 가능해지기 때문에 추리 같은 건 정말 일절 무의미해지는데, 하지만 실제로는 범인이 정신 이상자이거나 크게 당황했을 가능성이 오히려 높다.

좌우간 살인이라는 건 그것 자체가 이미 극한의 트라이인 데다 대부분 살인범에게는 그 살인이 첫 살인이기 때문에 처음부터 침착하고 합리적으로 행동할 수 있는 인간 따위는 그렇게 흔치 않다. 아주 드물게 천성의 살인범만이 생각해낼 수 있는 솜씨를 처음부터 발휘하는 녀석이나 숙련된 살인의 프로 같은 인간도 있기는 하지만, 그런 인간상까지 반영해서 고려하기 시작하면, 그거야말로 추리 따위는 완전히 무의미해진다.

"절단면이 그렇게 깔끔하진 않아. 단번에 자른 게 아니라 여러 번 쳐서 떨어뜨린 느낌이야"라고 노보루가 목의 절단면을 평가했다. 아무래도 '범인은 검술의 달인' 설은 아닌 듯하다. "흉기는 아마 손도끼나 도끼처럼 무게가 있고 잘 들지 않는 날붙이야."

"톱 같은 게 아니라?"라고 내가 적당히 묻자, 노보루는 "톱으로 생살을 절단하면 날에 들러붙기 때문에 적합하지 않아"라고 답한다.

"뼈를 절단하는 데는 쓸 만할 수도 있지만, 뼈가 노출될 때까지 살을 베었다면 그대로 같은 흉기로 이음매를 내리치는 게 더 빠르니까. 일단 냉동시키면 톱도 유용하지만, 냉동고에 넣는다고 해도 우선 대강 해체를 해야지."

으음——. 좋아서 그렇게 된 게 아니라고 해도 인체 해체법 같은 것에도 빠삭한 고등학생이라니 역시 좀 그렇네. 익숙함이란 무서운 것이다. 하지만 좌우간 손도끼든 도끼든 평소부터 흔히 휴대하고 다니는 물건은 아닐 테고, 사전에 준비했다고 한다면 이래 봬도 실은 계획적인 범행일 것이라는 가능성도 생긴다.

"그나저나 냄새가 심하네" 하고 코를 문지르면서 노보루가 일어난다. 시체라고 하나 여자 상대로 너무한 말이기는 하지만, 뭐, 실제로 아무리 본바탕이 울트라 플로럴 프래그런스한 사키라도 이만큼 피나 체액을 흘리면 꽤 냄새가 난다.

"이 상황을 더 유지해 봤자 큰 의미도 없을 것 같으니 이것부터 내릴까."

"아, 그러게."

본래는 피해자가 사망한 것이 명백하고 살아날 가망성도 없다면, 경찰이 오기 전까지는 현장을 보존하는 것이 철칙이겠지만 나는 애당초 경찰을 부를 생각 따위 없으니까. 아무리 죽었다고 하나 꽃도 무색할 만큼 발랄한 여고생을 계속 속옷을 훤히 드러낸 채로 거꾸로 매달아 두기도 조금 그렇고 말이다.

그래서 사키의 발목을 묶은 것은 그냥 일반적인 끈이기에 뭔가 적당한 날붙이가 있으면 자를 수 있겠지 싶어서, 내가 가방 속에서 커터 칼을 꺼내자 노보루가 진짜 놀란 듯한 표정으로 "어, 진노 너 왜 그렇게 아무렇지 않게 가방에서 커터 칼을 꺼내는 거야?"라고 물었다.

"호신용? 아니면 묻지 마 살인용? 역시 진노가 범인인 건가?"

"왜 그렇게 돼. 가위와 커터 칼, 마이너스 드라이버 정도는 문방구의 범위에 들잖아. 고등학생 가방에서 나와도 이상할 건 전혀 없어."

게다가 아무리 그래도 커터 칼로는 인간의 목을 자를 수 없다.

"뭐, 커터 칼 정도는 꺼내도 별 상관없지만. 조금 큰데, 그건."

내 건 흔히 볼 수 있는 가느다란 커터가 아니라, 공작 같은 데 쓰는 타입의 날이 두꺼운 것이니까 조금 위압감이 들 수도 있지만, 그래도 일단 문방구의 범위 내에 들잖아?

사키의 시체는 비교적 높은 위치에 매달려 있어서 구석에 기대어 놓은 파이프 의자를 가져와, 그 위에 올라간 후 발돋움을 해야 겨우 어찌어찌 끈에 손이 닿는 느낌이다. 한 손으로 자르려고 해도 계속 흔들흔들해서 잘 안 되길래 왼손으로 사키의 시체를 누르면서 오른손을 힘껏 뻗어 어떻게든 자르려 기를 썼다.

"저기, 진노."

"왜? 지금 비교적 잘 되어가고 있는……, 데에~?!"

갑자기 끈이 끊어지며 사키의 시체가 낙하하자 그걸 왼손으로 잡고 있던 나도 갑자기 지지대가 사라지는 바람에 의자 위에서 중심을 잃었다. 먼저 쿠우웅!! 하고 다다미에 떨어진 사키의 시체 위에 포개어지듯 나도 쓰러졌다.

"아니, 그대로 끈을 자르면 한 손에 하스미의 체중이 모두 쏠리니까 아마 안 될 것 같다는 생각을 전하려고 했는데."

"아야야야……. 말하는 게 한 박자 늦잖아."

"보통은 말해주지 않아도 그 정도는 알 테니까, 다 알면서 뭔가 나로서는 상상할 수 없는 작전이 있어서 저러나 했거든."

설마 실제로 끈을 자르면 어떻게 될지도 생각하지 않고 계획성 없이 일을 벌일 줄 알았겠어? 라고 노보루는 말하지만 나도 천장에 매달린 목 없는 시체를 내리는 건 난생처음 경험하는 거니까, 그야 일반적인 실수도 할 수 있지.

"그보다 노보루는 항상 가만히 지켜보거나 참견하지만 하지, 전혀 나서지 않네? 도와줘도 아무 상관 없는데?"

내가 입을 빼쭉이며 불만을 토로하자 노보루는 표정 변화 하나 없이 "나는 왜, 어디까지나 조수고 탐정역은 진노니까"라고 흘려 넘긴다. 으음~, 지금까지의 흐름 때문에 역할 분담이 그렇게 되어 있기는 하지만, 그렇게 말하더라도 말이지.

"그런데 괜찮아? 진노?" 하고 노보루는 말로는 하지만 역시 자기가 나서진 않는다.

"아, 응. 사키의 시체가 쿠션이 되어줘서 나는 멀쩡한데."

그보다 꼭 사키에게 힘껏 플라잉 보디프레스를 건 것 같아서 웃긴다(웃고 있을 상황은 아니다). 우와아! 사키이이이이이이이이, 괜찮아?! 뭐, 하지만 이미 죽었으니까 괜찮거나 말거나 딱히 문제 될 건 없겠지. 미안해, 사키……

"아~, 기껏 새로 맞춰 입은 교복인데 벌써 피범벅이 됐네."

"뭐, 하는 수 없지. 최종적으로 사건이 해결만 되면 어떻게든 될 테고."

"그렇긴 한데~" 같은 말을 노보루와 주고받는데, 갑자기 입구 쪽에서 "너희 여기서 뭐 하는 거니?" 하고 누가 말을 걸어서 엄청나게 놀랐다.

그리고 그쪽을 보니 내가 부순 문 그늘에서 여자가 고개를 내밀고 있었고, "너희는 신입생이니? 이 건물은 학생은 출입할 수 없는……" 하고 무슨 말을 하려다가 내 아래 있는 사키의 시체를 발견했는지 "어? 그게 뭐야? 사람? 진짜로?" 하고 눈을 동그랗게 뜨더니 경악하는 소리를 냈다.

으음~. 지금 이 상황을 객관적으로 보면 아마 출입 금지인 건물 문을 부수고 침입한 신입생이 피로 범벅이 된 목 없는 시체에 보디프레스를 걸고 있는 느낌이겠지. 아아, 그 정도면 놀랄 수밖에. 눈도 부엉이처럼 동그래질 수밖에. 그보다 사람은 갑자기 피범벅에 목이 없는 시체에 보디프레스를 거는 현장을 목격하더라도 의외로 담백한 반응을 하는 모양입니다. 일정 역치를* 넘으면 제대로 놀라지도 못하겠지. 이해 못 하는 것도 아니다. 나도 사키의 목 없는 시체를 보고 비교적 담백하게 반응했으니까.

"아, 어? 아니, 아니에요. 이건 딱히 그런 게 아니라요"라고 변

---

*생물체가 자극에 반응하는 데 필요한 최소한도의 자극을 나타내는 수치.

명하려고(이걸 어떻게 변명할 건데?) 해도 여자는 "그거 피지? 어? 뭐야, 그 애는 죽은 거니? 네가 한 거야?"라고 오히려 다그치고 있다. 그쯤에서 겨우 사태가 이상하다는 걸 정상적으로 받아들였는지 갑자기 야무진 표정을 짓더니 "움직이지 마!! 그대로!! 거기서 벗어나지 마!! 바로 경찰에 연락할 테니까!!"라면서 척!! 하고 이쪽에 삿대질을 하더니 다른 쪽 손으로 주머니에서 스마트폰을 꺼냈다.

아니, 안 되는데. 경찰은 안 돼요. 그렇게 했다가는 여러모로 복잡해지니까. 이거 어떻게든 해야겠는데~, 어떻게 된 거지~. 하면서 도움을 구하며 뒤를 돌아봤지만 노보루는 포기했다는 표정을 짓고 있을 뿐, 아무 도움도 안 될 것 같다.

하는 수 없이 당장에라도 경찰에 신고하려는 여자에게 나는 "아니, 아니에요. 저는 그냥 선의의 첫 발견자이지, 제가 사키를 죽이고 목을 자른 게 아니에요"라고 해명에 나섰다. 또 움직이지 말라고 했기 때문에 아직 다다미 위에서 사키에게 보디프레스를 거는 상태이다.

"우와! 그 아이 역시 죽은 거지? 게다가 목? 목을 자른 거야?!"

"그러니까 제가 목을 자른 게 아니라고요. 목은 이미 잘려져 있었어요. 제가 아닌 누군가가 사키를 죽이고 목을 자른 거예요."

어떻게든 달래보려고 애써 냉정하게 설명하지만, 여자는 흥분한 상태여서 말에 귀를 기울이지 않는다. 좀 진정해보시죠, 어른이니까. 뭐, 신선한 목 없는 시체를 생으로 볼 기회는 어른이라도 흔치는 않을 테니까 이러는 걸 수도 있지만.

"좌우간!! 움직이지 마!!"라고 여자가 크게 소리치기에 나도 덩달아 점점 흥분해서 "그러니까!! 제가 아니라고요!!"라고 큰 소리로 받아쳤고, 그랬더니 "거짓말 말렴!! 밖에는 네 발자국밖에 없었다고!!" 같은 말을 하길래 요즘에도 저런 말투를 쓰나? 싶었다. 아니, 그게 아니라.

바깥에 내 발자국밖에 없다고? 그랬던가? 내 기억을 더듬어 봐도 사키를 찾는 데만 정신이 쏠려 있어서 주변 상황은 잘 떠오르지 않는다. 뭐 됐어. 만약 그게 사실이더라도 그럴 경우는 어떻게 되는 건데? 하고 다시 노보루 쪽을 돌아봤다. 노보루는 다시 창문을 확인하더니 "틀림없이 안쪽에서 판자로 막아놓긴 했네"라고 나에게 말한다.

이 방에 출입구는 둘. 입구 쪽 문(잠겨 있었기 때문에 내가 발로 차 부쉈다)과 반대쪽 벽에 있는 창문뿐. 하지만 창문은 안쪽에서 판자로 막아놓았고, 이건 방 밖에서 어떻게 할 수 있는 게 아니기에 여기 사키의 시체를 매단 범인은 입구로 나와 문을 잠갔다고 보는 것이 온당하다. 그런데 문밖에 내 발자국밖에 남아 있지 않다면 이야기가 이상해진다.

하항. 이건 한마디로 밀실 상태라는 거군요?

생각이 거기에 이른 순간, 나는 팟!! 하고 일어나 허리를 낮춘 뒤 경계 레벨을 높이고 주변의 기척을 살폈다. 그 기세에 놀란 여자가 "히엑?!" 하고 비명을 질렀지만 나는 그쪽은 거들떠보지도 않은 채 "좀 조용히 해!!"라고 소리쳤다.

밀실을 발견할 경우, 즉시 고려해야 할 것이 하나 있다.

만약 범인이 문으로 드나들지 않았다면 지금의 조건으로 단정할 수 있는 다른 경로는 창문뿐이다. 하지만 그 창은 안쪽에서 판자로 막혀 있다. 그럼 이 조건을 만족시킬 수 있는 건 '범인은 창문으로 방으로 들어왔고, 그 후에 창문을 안쪽에서 판자로 막았다'라는 경우뿐이며 즉 범인은 아직 이 실내에 남아 있다는 뜻이 된다.

밀실을 맞닥뜨리면 이건 밀실이네요~, 이해할 수가 없네요~ 같은 말을 느긋하게 할 게 아니라, 우선은 조속히 실내에 범인이 숨어 있지 않은지 철저히 알아봐야 한다. 실은 그때 범인은 아직 실내에 숨어 있었습니다! 라는 허술한 밀실 트릭은 의외로 많다. 나중에 지적해 봐야 늦는다고, 바로바로 해. 명탐정.

잽싸게 양 사이드에 있는 사물함을 주시했다. 실내에는 저것 말고 눈에 띄는 비품은 없다. 그렇게 크지는 않지만 체구가 작은 사람 하나 정도라면 숨을 수 있겠지.

상대는 이미 사람을 하나 죽였다. 그것도 아마 처음 보는 여고생을 단시간 내에 주저 없이 죽이는 것도 모자라 목을 잘라서 거꾸로 매달 만큼 진성 사이코패스다. 그렇게 이미 속으로 단단히 벼르고 있는 녀석이 갑자기 달려들면 평범한 사람은 잠시도 버티지 못할 것이다. 만약 지금도 범인이 이 방 어딘가에서 숨을 죽이고 우리 대화에 귀를 기울이고 있다면, 틀림없이 우리를 제거하러 오겠지. 그렇게 되면 그것 나름대로 스피드 해결이기는 하고, 다대일이라면 그렇게 불리한 상황도 아니지만, 젓가락보다 무거운 것은커녕 젓가락조차 못 드는 노보루는 절대 전투 요원으로 카운트할 수 없는 데다 이 여자도 미지수다. 아무리 상대가 혼자이고 체구가 작더라도 되든 안 되든 하는 식으로 전력으로 덤벼든다면 전원이 무사히 살아남을 가능성은 적다. 사키의 원수를 갚고 싶은 마음은 굴뚝같지만 그렇다고 해서 내가 죽어 버리면 죽도 밥도 안 된다.

그런 이유로 어디선가 살인귀가 팟!! 하고 뛰쳐나와도 바로 대처할 수 있도록 허리를 낮춘 채로 10초가 지났고, 뭐 이만큼 기다려도 뛰쳐나오지 않는다면 아마 괜찮겠거니 싶어 살짝 힘을 뺐다. 일단 사물함을 구석에 있는 것부터 순서대로 벌컥벌컥 열어 확인하면서 "뭐야? 잠깐, 뭔데?"라고 곤혹스러워하는 여자에게 "후우, 아무래도 범인이 아직 실내에 숨어 있는 것 아닌 것 같네요"라고 설명했다.

"아니, 그렇다면 역시 네가 범인 아니야?"

조금은 안심시켜 줄까 해서 상냥한 미소까지 서비스했는데 여자는 눈을 반쯤 내리뜬 채 차가운 시선을 보낸다. 그러니까 난 범인이 아니래도. 진짜 말이 안 통하는 사람이네. 아, 사물함은 전부 확인했지만 역시 아무도 숨어 있지 않았습니다.

"하나밖에 없는 출입구에 네가 들어온 흔적밖에 없고, 지금 실내에 너와 시체가 있으니까 네가 그 시체를 이 방으로 옮겨왔다고 해석하는 게 온당하지 않겠니?"

"아~, 뭐 그렇게 되네요?"

우오?! 그렇게 되나?! 이거 더욱더 경찰을 부르면 안 되겠는데. 일이 성가셔질 것 같다. 얼른 해결해 버리고 싶다.

"하지만 저는 범인이 아니니까 누군가 다른 진범이 있을 거예요. 어떤 트릭인지는 모르겠지만, 무슨 수를 써서 발자국을 남기지 않고 여기로 사키의 시체를 매단 거죠. 이런 쓸데없는 말싸움에 시간을 낭비해 봐야 득을 보는 사람은 그 녀석뿐이에요. 지금은 서로 협력해서 빨리 진상을 밝혀야 하지 않을까요?"

어떻게든 설득하려고 말투를 연구해 봤지만, 여자는 "아니, 진상이고 뭐고 그런 건 경찰에게 맡기면 되지 않을까?"라고 쌀쌀맞게 대꾸한다.

"그럴 수는 없잖아요!! 친구가 살해당했다고요!! 경찰 따위에게 맡기지 말고 직접 추리해서 내 손으로 진범을 지목해야죠!!"

"바보 같은 소리 말렴!! 실제로 사람이 죽었는데 탐정 놀이를 할 때가 아니잖아!! 네가 범인이든 그렇지 않든, 이런 건 좌우간 경찰에게 맡기면 돼!! 애들 장난이 아니라고!!"

"저도 장난할 생각은 없어요!! 진지하게 하는 거예요!!"

"아니, 진지하고 말고의 문제가 아니라!!"

에잇, 이 벽창호 같으니!! 역시 어른은 안 된다니까, 믿을 수가 없어!! 고지식하게 경찰, 경찰, 그건 그냥 생각이 멈춰 버린 것에 불과하다!! 모든 건 좀 더 개별 케이스에 맞춰, 임기응변으로 유연하게 대응해야 한다고요!!

"저도 살해당한 게 사키가 아니었다면 이런 일은 경찰에게 맡기고 싶어요. 하지만!! 좌우간 살해당한 게 사키라서 그럴 수도 없잖아요!!"

"아니, 무슨 소리를 하는 건지 전혀 모르겠거든?!"

으음~, 모른단 말인가~. 뭐, 하는 수 없다면 하는 수 없는 일이지만 설명해 봐야 이해해 줄 것 같지도 않고. 밀어붙이면 어떻게든 되지 않을까 했는데 조금 힘들 것 같다. 보기보다 고집이 센 사람이다. 아, 그러고 보니 어떻게 생겼는지 하는 묘사 같은 게 전혀 안 들어갔는데, 비교적 젊고 빈티 나게 생겨서 힘으로 밀어붙이면 어떻게든 될 것 같은 느낌이 왠지 모르게 들었단 말이죠. 젊다고 해도 어른은 어른이고 학교에 있으니까 아마 무슨 과목의 선생님이겠지만, 여하튼 내가 제대로 파악하고 있는 사람은 담임 정도여서(담임조차 제대로 파악하지 못해서) 잘 모르겠다. 어? 아마 선생님이겠지?

"그런데 저는 입학한 지 얼마 안 돼서 학교 관계자를 잘 모르거든요. 당신이 이 학교 관계자인지 마음대로 이 학교 부지 내에 들어온 수상한 사람인지 구별이 안 되는데 어디 사는 누구신가요?"

시험 삼아 묻자 여자는 의외로 순순히 "나는 미술 교사인 아소야"라고 이름을 댔다. 신분증을 제시한 것도 아니고, 그것만 가지고는 이 사람이 멋대로 학교에 들어와 있는 수상한 사람일 가능성을 완전히 배제할 수 없지만, 감각적으로는 사실이겠지 싶다. 모든 걸 의심할 수는 없기에 지금은 이 사람은 아소라는 미술 교사다라고 임시로 이해해두자. 오케이?

반대로 "당신은?"이라고 물어와서 나도 순순히 "보통과 신입생인 진노 요코예요"라고 자기소개를 했다. 노보루는 낯을 가려서 "안녕하세요" 하고 애매하게 고개만 꾸벅한다.

"그리고 이 목 없는 시체는 특진과 신입생인 하스미 사키예요.

아시나요?"

"아니, 나는 교사라고 해도 비상근이고 담임이 아니라서 입학식에도 참석하지 않았고, 신입생은 아직 얼굴도 못 봐서 잘 몰라. 오늘은 그냥 사무 일 때문에 나온 거거든"이라고 빈티 나게 생긴 여자, 즉 미술 교사 아소 선생(임시)은 고개를 가로젓는다. 이어서 "진노 너는 여기서 하스미가 살해당해 있는 걸 발견한 거지?"라고 팔짱을 낀 채 고개를 가볍게 기울이며 묻는다.

"맞아요. 같이 집에 가려고 했더니 사키가 안 보이고 연락도 안 받으니까 걱정돼서 온 학교를 뒤지다가 여기서 살해당한 걸 발견했어요."

"입구를 차 부수고?"

"네, 입구를 차 부수고요."

"왜 문을 차서 부순 거니? 아무리 친구를 걱정해서 찾고 있었대도 보통 잠겨 있는 문을 바깥에서 차 부수는 경우가 있나?"

"네? 그야 저도 평소부터 무턱대고 아무 생각 없이 문을 뻥뻥 차서 부수고 다니는 건 아니지만, 그게 살인사건이라면 이런 싸구려 문 한 짝 가지고 이러쿵저러쿵할 때가 아니지 않나요?"

설마 여기서 문을 차 부쉈다는 점을 가지고 혼내려는 건 아니겠지? 이래서 안 된다, 저래서 안 된다, 교사라는 생물은 왜 이런 건지. 그거야 상황에 따라 다르지 않나.

"아니, 그러면 인과가 반대잖아? 너는 이 문을 차 부순 결과 시체를 발견한 거지? 문을 차서 부수기 전까지는 여기 시체가 있다는 걸 몰랐을 텐데 굳이 문을 차서 부쉈다는 게 이상하잖아. 그도 그럴 게 문이 닫혀 있으면 그 안에 시체가 있다는 걸 알 수 없으니까."

어라? 왠지 어느새 탐정역이 교체됐네? 게다가 소질도 있다. 확실히 그 점은 위화감이 드는 부분이긴 하네. 이것도 설명하기 어렵지만.

보통은 잠깐 친구가 보이지 않는다고 해서 나처럼 끈질기게 찾아다니지는 않겠지. 먼저 집에 간 건가? 라고 생각하는 정도지 혹시 어디선가 죽어 있을지도 몰라?! 까지는 생각하지 않을 것이다. 평범한 사람의 일상이란 그렇게까지 밑도 끝도 없는 악의로 가득하지 않다.

내가 최악의 상황까지 단정하고 곳곳을 찾아다닌 것은 단순히 '사키라면 그럴 가능성도 충분히 있을 법하다'라는 걸 경험적으로 알고 있었기 때문이지만 이 '사키라면 그럴 가능성도 충분히 있을 법하다'라는 위기감은 남들은 쉽게 이해할 수 없을 것이다. 하지만 실제로 세상에는 그런 아이도 존재한다. 압도적으로 끌어들이는 체질을 가진 특이한 아이가.

"그렇게 말도 안 되는 상황을 단정하기보다 네가 문을 차 부수고 여기로 시체를 옮겨왔다고 보는 게 더 지금 상황을 깔끔하고 심플하게 이해할 수 있을 것 같은데."

그렇게 말하며 진범을 지목하는 탐정처럼 아소 선생은 흐흥, 하고 나를 가리킨다. 으음——, 정말 그 말대로라면 좋겠지만 아무래도 그건 진상이 아니다. 깔끔하고 심플한 해석이 항상 옳다고 할 수는 없는 법이다. 맥락에 맞는 정연한 이야기는 사람의 음미를 더디게 한다. 논리 정연할 때일수록 더 신중하게 검증해야 한다.

"와오——. 결국 지금의 이 밀실 상황을 해명하지 않는 한, 제가 가장 유력한 용의자가 된다는 거네요. 으음~, 분명 그 논리는 납득이 가지만 저는 범인이 아니기 때문에 그러시면 곤란해요. 잠깐 입구에 있는 발자국을 확인해 봐도 될까요? 그게 이 밀실 상황의 키인 것 같으니까요."

범인은 문으로 드나들지 않았다, 라는 것이 구성 요건의 가장 중요한 부분이니까, 우선은 그걸 확실하게 확인하기 전에는 아무 말도 할 수 없다. 자신의 추리에 자신감을 드러내는 것인지 의외로 아소 선생은 "그러렴?" 하고 살짝 옆으로 비껴나 바깥을 보여 줬다.

"자, 거기까지. 거기서도 보였지?"

"아, 정말, 딱히 도망치지 않는다니까요. 신원도 밝혔으니까 용의를 벗어나지 않는 한, 일시적으로 이곳에서 도망쳐봐야 아무 의미도 없고요."

팔을 옆으로 뻗어 막고 있는 아소 선생 옆으로 나는 바깥의 지면을 확인했다. 입구 부근은 주변의 교사들 때문에 항상 그늘이 져 있는지 비가 내린 것도 아닌데 살짝 질퍽거려서 아주 발자국이 남기 쉬운 컨디션이다.

분명 자세히 봐도 나와 아소 선생의 한쪽 발자국밖에 없는 듯하다. 로프를 타거나 어딘가에 매달려서 오지 않는 한, 땅에 발자국을 남기지 않고 이 방에 도착할 수는 없을 듯하다.

이건 이른바 눈 밀실의[*]패턴이로군. 마지막으로 비가 내린 게 분명 3일 전일 테니, 그 이후로 이 방에 온 것은 지금 여기 있는 사람뿐인 듯하고 아직 아무도 이곳을 벗어나지 않았다. 발자국이 보여주는 조건상으로는 그렇게 된다.

"봐, 역시 네가 범인이잖니?"라고 약간 어이없어하는 표정으로 말하는 아소 선생에게 나는 "뭐, 그렇게 섣불리 결론짓지 마세요"라고 답했다.

"애초에 범인은 왜 굳이 이런 밀실 상황을 만든 걸까요?"

냉정하게 말해 봤지만 실은 무슨 생각이 있는 게 아니라 그냥 시간을 벌기 위한 것이다. 지금으로서는 나와 대화할 마음이 있는 듯하니 이대로 계속 마음을 끌 필요가 있다. 그도 그럴 게 경찰을 부르면 곤란하니까.

"사키는 목 없는 시체가 되었고, 즉 완전한 타살체예요. 그럴 경우 보통은 밀실 같은 걸 만들 의미가 없잖아요. 밀실에 의미가 있는 건 범인이 피해자가 자살한 것으로 꾸미고 싶은 경우 정도일 테고요."

타살이라는 것이 명백하다면 현장이 밀실이었다고 하더라도 경찰은 전혀 신경 쓰지 않을 것이다. 모르는 게 있다면 수상한 녀석을 잡아다 추궁해서 직접 어떻게 했는지를 알아내면 그만이다. 저 녀석이 수상한데 알리바이가 완벽해서~ 라거나, 침입이나 탈출 경로를 모르겠다니까~ 정도의 이유로 쉽게 포기하지는 않을 것이다. 강경하게 마구 질문을 던질 것이고, 강경하게 마구 질문하면 대부분 사람은 뭔가 결점을 드러내게 된다. 생각해도 모를

---

*밀실 살인사건이 등장하는 노리즈키 린타로의 소설.

일은 아는 사람을 찾아다 물어보면 된다, 라는 것은 과도하게 자신의 지식을 의지하는 것보다 훨씬 지성적인 태도라고도 할 수 있다. 그러므로 범인이 경찰의 추궁을 벗어나기 위해 트릭을 이용해 밀실을 만든다는 일은 보통이라면 없다. 적어도 살인범에게는 그다지 유효한 수단이라고 할 수 없다.

"글쎄? 살인범이 무슨 생각을 하는지는 모르겠는데. 이렇게 여자아이를 죽이고 머리를 잘라 거꾸로 매달다니, 분명 정신이 이상한 사람이겠지."

응, 아소 선생의 말은 지당하다. 범인의 정신이 이상하다는 것은 틀림없지만.

"진노, 목적을 잃지 마. 지금 우리가 해야 할 일은 범인을 지목하는 것이야. 사건의 모든 진상을 추리 하나에 의해 밝힐 필요는 전혀 없어."

뒤에서 노보루가 그렇게 말해와서, 아, 노보루도 방금 그게 조금 걸렸구나? 싶었다. 노보루는 이미 범인이 누군지 아는 것이다. 하지만 노보루는 어디까지나 조수역이니까 주의를 줄 뿐이지 진범을 지목하는 것까지 하진 않는다. 그건 내 역할이다.

뭐, 하지만 나나 노보루나 가지고 있는 정보는 같으니까 노보루가 짐작했다는 것은 아마 진상은 내가 생각하는 것이 맞는다는 것이겠지. 실제로 미심쩍은 부분은 이것 하나가 아니라 벌써 투스트라이크째지만.

응, 노보루 말이 옳다. 범인만 알면 모르는 건 모르는 채로 남겨둬도 크게 상관이 없다. 밀실의 수수께끼를 해명해야 한다면 그것이 범인을 특정하는 것과 연관이 있을 때뿐이다.

그렇기에 나는 "그럼 아소 선생님이 범인이죠?" 하고 말해 봤다.

이건 탐정역인 내가 해야 할 일이고 말은 거저 할 수 있으니까.

"뭐?"

아소 선생은 고개를 기울이더니 멍한 얼굴로 나를 바라본다. 아, 그런 반응을 보이시나요? 뭐, 상관없나. 이미 나온 말은 어쩔 수 없다.

"그보다 저는 이 방에 들어오기 전부터 이미 결정적인 증거는 확보해 두고 있었어요. 바로 이건데요, 아시겠어요?" 하고 나는 치마 주머니에서 불쑥 새우튀김을 꺼내 보였다.

아소 선생은 아주 잠깐 눈을 크게 떴지만, 새우튀김을 응시하다가 곧 다시 원래대로 멍한 표정을 지으며 "그래서, 그 머리끈이 대체 뭔데?"라고 물었다.

아, 그런 식이군요? 원래부터 확신은 있었지만 증거가 없었는데, 방금 그걸로 스리 스트라이크가 돼서 이제 그럭저럭 확신을 가졌다.

"이게 뭔가요?"라고 나는 한 번 더 새우튀김을 들어 보였다.

"그러니까 그 머리끈이 무슨 결정적인 증거라는 거냐고?"

나는 노보루를 돌아보고 표정만으로 '방금 그 말 들었지?'라고 물었다. 노보루는 말없이 고개를 끄덕이며 '응, 들었어'라는 의사를 표시했다.

"대체 뭐야, 너. 그 머리끈 하나 가지고 뭘 알았다는 건데?"

팔짱을 끼고 분노를 표하는 아소 선생에게 나는 손바닥을 펼쳐 보이며 진상을 밝혔다.

"이건 휴대폰 스트랩이에요."

"휴대폰 스트랩……?"

"네. 제 휴대폰 스트랩이에요, 이건. 사키의 머리끈이 아니라."

이 새우튀김은 사키 생일에 내가 선물한 머리끈과 세트인데, 나는 묶을 정도로 머리가 길지 않아서 같은 모양의 휴대폰 스트랩을 쓰고 있다. 새우튀김 머리끈은 새우튀김 참에 고작 검은 고무링만 붙여 놓은 뻔한 디자인이라서, 고무링이 없으면 그냥 새우튀김에 불과하다.

"이걸 머리끈으로 인식할 수 있는 사람은 사키의 머리에 이게 달린 걸 본 사람뿐이라고 보는데요. 아소 선생님은 입학식에는 출석하지 않았고, 신입생은 아직 얼굴도 본 적이 없을 텐데 이상하네요? 어떻게 이게 머리끈이라는 걸 알았나요?"

내가 단숨에 말하자 아소 선생은 살짝 이를 갈았지만, 금방 평정을 가장하며 "입학식 전에 잠깐 봤어"라고 답했다.

"어쨌든 디자인에 그렇게 특징이 있으니까. 살짝 눈에 띈 게 다지만 인상에 강하게 남았다고 해도 전혀 이상할 게 없잖아?"

뭐, 그렇겠지. 그 정도는 그런 식으로 얼마든지 발뺌할 수 있겠지. 애초에 나도 약간 어림짐작으로 속을 떠본 것뿐이고. 아마 맞힌 것 같지만.

"그것 말고도 더 있어요. 왜, 아소 선생님이 아까 그러셨잖아요? 이런 식으로 여자아이를 죽이고 목을 잘라 거꾸로 매달다니 분명 정신이 이상한 사람일 거라고. 하지만 아소 선생님이 이 방에 들어온 시점은 제가 사키의 시체를 내린 후였죠. 거꾸로 매달려 있는 모습은 본 적이 없을 텐데 어째서 그렇게 생각하셨나요?"

"저렇게 천장에 끈이 늘어져 있고 그 아래 시체가 쓰러져 있으면 거꾸로 매달려 있던 시체를 내렸을 것이라고 보는 게 온당한 추론이잖아?"

응, 그럴지도 모른다. 천장에 늘어진 끈 아래서 피투성이 여고생이 목 없는 시체에게 보디프레스를 거는 장면을 목격한 적이 없어서 확신은 없지만, 그런 식으로 추측할 수 있을지도 모른다. 거꾸로 매달린 것까지 알지는 미묘하지만.

"그보다, 아소 선생님은 문만 닫혀 있으면 안에 시체가 있다는 걸 모를 거라고 생각했을 수도 있지만 의외로 바깥에서도 알 수 있어요, 그런 건. 어째서인지 모르시겠어요?"

내 질문에 아소 선생은 정말 모르겠다는 얼굴로 답했다.

"어떻게? 보통은 모르잖아. 안에 시체가 있는지 어떤지."

그래~, 역시 모르나~. 하지만 그걸 모른다는 점이 우선 가장 먼저 수상하게 여긴 포인트다.

"저기요, 인간의 몸에서는 꽤 강한 냄새가 나요. 피나 체액이나 지방 같은 것의 냄새요."

인간의 몸이란 추상적으로는 냄새나는 액체를 얇은 막에 가둬 놓은 물풍선 같은 것이라서, 평소에는 부드럽고 플로럴하고 마벨러스하고 원더풀한 향을 풍기는 사키의 몸에서조차 밀폐하고 있던 피부가 찢겨나가자 어마어마한 냄새가 난다. 이런 기밀성이고 뭐고 없는 목제 문으로는 막을래야 막을 수 없을 정도로 냄새를 풍기는 것이다.

"아소 선생님은 등장한 후로 지금까지 한마디도 이 지독한 냄새를 언급하지 않았죠. 아마 실제로 모르는 거죠? 계속 가까이서 냄새를 맡은 탓에 이제는 코가 마비된 거 아니에요? 그래서 문을 잠그는 정도면 들키지 않을 거라고 안심했군요. 하지만 자신이 모른다고 해서 남들도 모를 거라고 생각하는 건 너무 안일한 생각이에요. 사람은 시각만 의존해 살아가는 게 아니고, 다른 오감도 생각 이상으로 민감하니까요."

뭐, 평범한 사람은 조금 이상한 냄새가 난다고 해서 안에 시체가 있을지도 몰라?! 라고까지는 생각하지 않겠지만, 그래도 무슨 냄새가 난다는 건 분명 알 것이다. 그럴지도 모른다는 전제로 찾아 나가다 보면 이 정도로 짙은 피 냄새는 절대 그냥 지나칠 수 없으니, 문 너머에 있는 시체도 쉽게 발견할 수 있다. 냄새를 잘 맡는 사람에게 사람의 시체 냄새란 실로 특징적이라서 알기 쉽다.

"범인은 사키의 목을 자르기 위해 이 냄새에 코가 완전히 적응해버릴 만큼 가까운 거리에서 장시간 동안 작업했어. 그러니까 지금 코가 마비되어 있는 아소 선생님이 사키를 죽인 범인이에요. 자, QED(증명 종료)."

실제로는 Q도 E도 D도 전혀 아니지만, 한번 시작한 이상 밀어붙이는 게 중요하지. 이런 건 망설이면 지는 것이기 때문에 자신만만하게 딱!! 단언해버리면 어떻게든 될 것이다.

"이 밀실 상황은 어떻게 설명할 건데?"

안 되네.

"게다가 만약 발자국을 남기지 않고 이 방에 드나들 방법이 있었다고 해도, 나한테 여자아이의 시체를 끈으로 천장에 매달 만한 완력은 없어."

으음~. 아직도 버티네~? 뭐, 확실히 지금으로서는 내가 아소 선생을 수상하게 여기는 이유를 늘어두었을 뿐이지, 뭘 어떻게 했는지 같은 부분은 여전히 팽개쳐져 있기는 하다. 스스로 포기하고 직접 설명해 준다면 편했을 텐데.

아직 판정은 나오지 않았나? 그럼 하는 수 없지, 계속 이어가자.

상황을 정리한다.

첫 발견자인 내가 차 부순 문 바깥에는 내 발자국만 남아 있다. 유일한 창문은 안쪽에서 판자로 막혀 있다. 즉 현장은 밀실 현장이다. 사키의 시체는 떨어져 나간 천장 패널 안쪽에 있는 건물 철골구조에 끈으로 묶여 있었고, 무슨 트릭을 쓰지 않는 한 힘없는 여성이 그렇게 하기는 힘들 듯하다. 아소 선생님은 딱히 힘이 좋은 타입 같아 보이진 않지만, 그래도 아마 그녀가 범인인 게 분명하다.

자, 그럼 아소 선생님은 대체 어떻게 침입하고 탈출한 흔적조차 남기지 않고 이 방 천장에 사키의 시체를 매달았을까?

그럼 싱킹 타임 스타트~.

띠리띠리링띠리띠리링♪ 띠리띠리링띠리띠리링♪

자, 종료~☆ 다음 페이지에서 슬슬 답이 나올 거예요.

"범인이 방에서 나온 흔적이 없고 실내에 잠입해 있는 것도 아니라면, 범인은 애초에 방에 들어오지 않았다고 봐야죠! 그러므로 정답은 『2층 상판을 벗겨낸 뒤, 철골과 사키의 발목을 끈으로 묶고 위에서 떨어뜨린 다음 상판을 원래대로 돌려놓았다』예요!!"

빠밤——!! 하는 효과음과 플래시라이트를 등진 나는 자신만만한 표정으로 아소 선생을 지목했다. 이 정도면 근육이 울퉁불퉁한 마초 변태가 아니더라도 사키를 거꾸로 매달 수 있고 밀실의 수수께끼도 동시에 해결된다. 뭐, 계단으로 2층까지 시체를 업고 올라가는 것도 꽤 힘들겠지만 그건 왜, 인간은 극한의 상황에서는 엄청난 힘을 발휘하는 법이니까, 그렇지?

참고로 빠밤——! 이라는 효과음이 뒤에서 났으니까 이게 이번 정답으로 확정된 듯하다. 어떤 타이밍에서 어느 정도 설명을 해야 판정이 나는지는 매번 비교적 애매해서, 아무리 경험을 쌓더라도 아직 심장이 두근거린다. 밀실 트릭 같은 건 완전히 그냥 적당히 둘러댄 건데 의외로 맞기도 하네.

그리고 뒤쪽을 돌아본 나는 "으응……?" 하는 신음소리를 내며 사키가 눈을 뜬 시점에서 "사키이이이이이!!"라고 외치면서 폴짝!! 하고 뛰어들어 와락!! 하고 품에 안겼다. 우오~!! 다행이야!! 사키가 되살아났어!!

"와, 깜짝이야. 요우, 안녕?"

사키는 자고 일어난 사람처럼 눈을 끔뻑거리면서 반사 행동 같은 느낌으로 내 몸을 안아 주었다. 으음~. 포근포근하고 폭신폭신한 울트라 플로럴.

아~, 사키다~. 다행이야~.

가슴에 얼굴을 묻는 내 머리를 아이를 달래는 것처럼 부드럽고 리드미컬하게 툭툭 치면서 사키가 "아~, 깜짝이야. 죽은 줄 알았네" 하고는 숨을 내쉬었다.

아니, 넌 죽었었어.

"어? 뭐야? 뭔데? 어?"

하고 혼란스러워하는 것은 아소 선생이다. 뭐, 그런 반응을 보일 수밖에. 딱히 그럴 의무는 없지만, 이대로 방치하는 것도 너무 불친절한 것 같으니까.

그래서 "응? 뭐가 어떻게 된 거야?" 하고 어느 때보다 초조해하는 아소 선생에게 나는 "사키를 죽인 범인을 내가 추리로 올바르게 지목했기 때문에 사키가 살아난 거예요"라고 일단 설명해 줬다.

"엇, 어떻게?"

"그건 저도 몰라요."

리모컨의 전원 버튼을 누르면 TV가 켜진다거나, 카메라의 셔터를 누르면 사진이 찍히는 것과 마찬가지로, 사키를 죽인 범인을 내가 추리로 올바르게 지목하면 정답이라는 효과음이 나면서 사키가 되살아나는 것이다.

왜? 나 어떤 원리로? 같은 건 모르겠지만 원리 따위는 모르더라도 기능을 쓸 수 있다. 그러니까 나는 사키가 살해당할 때마다 이렇게 추리로 범인을 지목함으로써 되살리고 있는 것이랍니다.

"뭐? 정말? 속임수나 몰래카메라나 트릭 같은 게 아니라? 정말, 정말로 죽은 아이가 되살아난 거야? 어? 정말?"

"그렇죠. 그렇게 되네요."

아니, 뭐. 나도 그 점은 엉망이다~ 싶지만, 말은 그렇게 해도 그렇게 정해져 있는 것 같은데 뭐. 이미 현실에 벌어진 일에 트집을 잡는다고 어떻게 되는 것도 아니고 영문은 모르겠지만 사키가 살아난다면 더는 바랄 게 없다.

"아하하하하!! 아하하하하하하하하하하하하하하하하~~~~!!"

갑자기 아소 선생이 눈을 번쩍 뜨더니 조금 범상치 않은 느낌으로 웃기 시작해서 무지막지 놀랐다. "되살아났어! 되살아났다고!! 어? 대단해!! 정말 되살아났어!!"라고 외치면서, 폴짝폴짝 뛰고 두 팔을 붕붕 내저으며 온몸으로 기쁨을 표현하고 있다. 어? 왜 저렇게 변한 거야. 그냥 무서운데.

"대단해!! 잘라 버렸을 머리가 분명 붙어 있고, 아까까지 그 근방이 피투성이였는데 그것도 완전히 깨끗하게 지워졌어!!"

그렇겠지. 왠지 이 현상은 살아났다기보다, 굳이 따지자면 죽었다는 것 자체가 '없었던 일이 되는' 느낌이다. 그래서 사키에게서 나온 피나 액체 그 밖의 기타 등등도 사키에게서 비롯된 것은 사키가 되살아남과 동시에 완전히 사라졌(다고 할까 사키 안으로 돌아가는 듯하다)으니까, 덕분에 피투성이가 된 내 교복도 원래대로 새것처럼 돌아왔고 이제는 얼룩 하나 없다. 이게 노보루가 말한 '최종적으로 사건이 해결만 되면 어떻게든 될 것이다'의 의미다.

"기뻐하는 패턴인가. 꽤 적응력이 뛰어난 타입이네"라고 살짝 공기화해 있던 노보루가 오랜만에 소리를 냈다. 아, 그러고 보니 너도 있었지.

"하지만!!" 하고 아소 선생은 하이텐션으로 소리쳤다. "이건 이제 내 살인을 입증할 증거가 아무것도 없다는 거잖아! 완전히 없던 일이 됐어!! 아무도 나를 잡을 수 없다고! 아무 죄도 안 돼!! 왜냐하면 죽지 않았는걸!!"

"으음~. 즉석에서 그런 생각을 할 줄이야, 보기보다 뻔뻔한 분이시네요."

대부분 사람은 당황하거나 겁을 먹는 정도지, 바로 상황을 받아들이고 발상을 완전히 뒤바꾸지는 못하는데, 가끔씩 이렇게 이상하게 상황 적응이 빠른 사람도 있기는 하다. 그래서, 실제로 어쩌면 바로 저 말대로 이렇게 사키가 되살아난 이상 이제 와서 경찰을 부른들 속수무책이다. 시체도 없고 사키의 몸에는 이미 상처 하나 없어서, 이래서는 애초에 입건도 할 수 없다.

뭐, 이 정도는 발상으로서도 아직 온건한 편이고 조금 전환이 빠른 사람이라면 바로 생각할 수 있지만, 아소 선생은 더 나아가 "그렇다는 건!! 또 죽일 수 있다는 거 아니야?!" 같은 말을 해서 그 엄청난 사악함에 머리가 다 아찔했다.

"하지만 그렇잖아? 내가 또 그 아이를 죽이더라도 어차피 너는 경찰을 부를 수 없어. 날 범인으로 지목함으로써 그 아이를 살릴 수밖에 없지. 되살아나면 내 살인은 없었던 일이 되고. 그 죄는 아무도 심판할 수 없어. 그뿐만이 아니라 몇 번이든 죽일 수 있어. 몇 번을 죽이든 그 아이는 되살아나서 모든 게 없었던 일이 되니까!!"

아소 선생의 텐션은 계속해서 폭발적으로 상승했고, 멈출 줄을 모르는 듯했다.

"다행이다~!! 예쁜 여자아이의 목을 졸라 죽이는 건 생각했던 것 이상으로 최고의 경험이었지만, 살인은 한 사람당 한 번밖에 할 수 없다는 점이 유일한 난점이었거든!! 하지만 되살아난다면 몇 번이든 다시 목 졸라 죽일 수 있잖아?! 대단해!! 최고야!! 그 최고의 경험을 앞으로 몇 번이든 맛볼 수 있어!!"

엥? 이거 위험하네. 정말 무섭다. 뭐야, 이 사람? 진성 쾌락 살인귀잖아. 이런 사람이 교직원으로 일해도 되나? 우리나라 교육 제도는 괜찮나? 하고 아무리 나라도 기겁하면서 사키의 몸을 꼭 끌어안았다.

"아, 그렇구나! 피가 깨끗하게 사라졌다는 건 실리콘에 담가놨던 머리도 지금은 이미 사라지고 없다는 거지? 아, 대단해!! 어떡하면 예쁘게 모양을 낼 수 있을까 엄청나게 머리를 싸맸는데 간단한 얘기잖아. 되살아나면서 모든 게 원상 복귀되고 잘라낸 부분이 사라진다면 그냥 담가놓기만 하면 되겠어!!"

뭐? 실리콘? 뭐지? 잠깐, 진짜 무슨 소리를 하는 건지 모르겠다.

"아아, 하지만 되살아났을 때 몸통 쪽으로 복원된다면 머리는 둘째치고, 몸통은 어떻게 모양을 낼지 연구해야겠어. 더 작게 해체했을 경우에는 어딜 기점으로 복원될까? 조금 더 검증이 필요할지도 모르겠네……."

주변 것들이 눈에 들어오지 않는 것처럼 혼자서 궁시렁궁시렁하는 아소 선생(무서워)를 곁눈질하며 노보루가 불쑥 "그렇군, 그래서 핏물을 뺀 건가"라고 중얼거렸다.

어? 혹시 그렇게 되는 거야? 이번 범행 동기가 그런 거라고??

"죄송해요. 텐션이 폭발하고 있는 와중에 정말 죄송한데, 잠깐 질문해도 될까요?"

문득 떠오른 게 있어서 나는 아소 선생에게 물었다.

"응? 뭔데? 좋아, 뭐든 알려줄게. 왜냐하면 이제 무슨 말을 해도 입증할 수 없을 테니까. 말도 안 되는 망상을 나불거리는 거나 다름없는걸."

"왜 사키의 목을 자른 건가요?"

"아, 그건 말이지" 하고 아소 선생은 눈을 크게 뜬 채로 아주 상냥한 미소를(무서워) 지으면서 또랑또랑한 어조로 답했다.

"데스마스크를 만들어 두려고."

"왜냐하면 너무 예뻤거든. 하지만 왜, 나는 저 아이가 너무 예뻐서 잠깐 만져보고 싶다고 생각했을 뿐인데, 왠지 엄청나게 저항하길래 무심코 죽여버렸거든? 아~, 아까운 짓을 했구나~ 싶었는데, 하지만 역시 인간은 후회해 봐야 별수 없으니까. 이미 엎질러진 물은 어쩔 수 없고 이제부터 뭘 할 수 있을까, 모든 건 긍정적으로 생각해야지. 그러니까 우선 저 예쁜 얼굴만이라도 본을 떠서 데스마스크로 남겨둘까 한 거야~."

뭐지, 저 쓸데없이 포지티브한 자세는. 완전 민폐인데.

"하~, 그렇군요. 그러고 보니 아소 선생님은 미술 교사였죠.

그런 본을 뜨는 도구 같은 것도 처음부터 가지고 있었던 거네요?"

"그래, 맞아. 박리제를 얇게 바른 다음 틀에 실리콘을 붓는 거야 그리고 암형을 뜨고 나서, 다시 거기 석고 같은 걸 붓는 거지. 이 구(舊) 동아리동은 지금은 기본적으로 쓰지 않는 곳이니까 준비실에 다 둘 수 없는 도구 같은 걸 보관하기 위해 2층에 있는 방을 창고 대용으로 쓰고 있어서……."

"흐음. 그게 이 바로 위 방인가요? 거기서 목을 자르고 머리는 본을 뜨기 위해 실리콘에 담가놓으면서, 몸은 상판을 치워내고 발목을 철골에 끈으로 묶은 다음 위에서 떨어뜨려 이 방에 거꾸로 매달았다는 거군요. 아소 선생님은 딱히 말도 안 되는 밀실 상황을 만들려고 한 게 아니라 그냥 시체를 거꾸로 매달고 싶었던 거예요."

"그래, 그렇지" 하고 아소 선생이 고개를 끄덕인다.

"피를 빼기 위해서……?"라고 나는 묻는다.

"그래, 명료하네. 물론 얼굴뿐만이 아니라 몸도 매우 완벽하고 예뻐서 본을 뜨고 싶었지만, 아무리 그래도 인간의 몸을 통째로 본뜰 수 있을 만한 틀은 없는 데다 실리콘도 부족하니까. 그래서 그건 나중에 다시 조달하기로 하고, 우선 빨리 피만 빼두고 싶었어. 액체가 새어 나오면 본을 뜰 수가 없는 데다 부패도 빠르게 진행되니까."

그렇군. 본을 뜨기 위해 사키를 죽인 게 아니라 실수로 죽여버렸으니, 기왕이면 본을 떠 두자 같은 거니까 범행 동기라고 하기에는 조금 다를 수도 있지만, 죽이고 끝나는 게 아니라 목을 잘라서 시체를 거꾸로 매단 것에는 그런 사정이 있는 듯하다. 역시 잘 모르는 상황 배후에는 잘 모르는 동기가 숨어 있는 듯하다.

"그렇군요, 알겠어요"라고 말한 나는 손을 슥 뻗어 아소 선생의 뒤쪽을 가리켰다.

"이제 가셔도 돼요. 마침 온 것 같으니까요."

"어? 간다니 뭐야? 어딜 가는데?"

기분 좋은 미소를 띤 채로, 아소 선생은 내 손가락 끝을 따라 뒤를 돌아봤다.

아소 선생의 뒤쪽, 등에 찰싹 달라붙을 정도로 가까운 거리에 어느새 새카맣고 작은 인영이 소리도 없이 생겨나 있었다.

"데리러 왔어요."

나는 그것에 대해 단적으로 설명했다.

그것은 온몸이 타르처럼 끈적끈적하고 새카만 액체로 범벅이 된 (아마) 소녀, 하지만 좌우간 온몸이 끈적끈적하고 새카만 액체에 뒤덮여 있어서 전체적으로 애매한 나머지 뭐가 뭔지 잘 모르겠다. 수그린 고개(로 보이는 부분)에도 끈적끈적하고 긴 머리카락(같은 것)이 찰싹 들러붙어 있어서 표정은 엿볼 수 없고 뭔가 이해할 수 있는 말을 하지도 않는다.

무릎 정도까지 오는 원피스인지 뭔지를 입고 있는 것 같아 보이기도 하고, 단순히 끈적끈적한 액체가 흘러내려 그렇게 보이는 것뿐일지도 모른다. 팔을 교차시킨 상태고 그 위에 사슬을 빙빙 두르고 있는 것 같아 보이지만 그것도 기분 탓일지 모른다. 모든 게 너무 검어서 발밑에 펼쳐진 검은 원이 타르 형태의 액체가 고여서 생긴 것인지, 아니면 검은 구멍이 뚫린 것인지 그것조차도 구별이 가지 않는다.

"이게 뭐야?"

"몰라요."

아소 선생의 질문에 나는 답했다.

"하지만 아마 설령 당신이 죽인 사람이 되살아나더라도, 죽인 죄 자체는 사라지지 않는다는 뜻이 아닐까 해요."

이게 무엇인지는 나로서도 잘 모른다. 이름도 모른다. 하지만 틀림없이 질량을 가진 실체로서 현실에 존재하며, 예를 들면 내 눈에만 보이는 환각이나 허무한 영체 같은 것은 아니다.

사키가 되살아나는 것과 근본이 같은 일련의 현상인지, 아니면 또 다른 존재인지 그것조차도 모르겠다. 하지만 좌우간 내가 추리로 범인을 올바르게 지목해 사키가 되살아나면 마지막으로 이것이 온다. 대가를 받으러 온다. 그러니까 아무 관련이 없지는 않을 것이다.

그리고 결코 선한 존재는 아니다.

이것은 무고한 희생자를 대가 없이 되살려주는 신의 기적이 아니고, 법이 처벌할 수 없는 악을 멸해 줄 어둠의 정의의 편(다크 히어로)도 아니다.

악마인지 요괴인지, 악귀나 망자 같은 유인지. 자세한 건 아무것도 모르겠지만 좌우간 무슨 초월적 존재, 그것도 악이나 어둠 같은 데 속하는 무언가다.

"어?"라고 얼빠진 중얼거림을 공간에 남긴 채, 아소 선생의 몸이 기우뚱 기울었다.

검은 소녀는 꼼짝도 하지 않았다. 그냥 고개를 숙인 채 우두커니 서 있을 뿐이다. 그 검은 소녀의 발밑에 있는 그림자 같기도 하고 구멍 같기도 한, 지면에 펼쳐진 검은 원 부분에서 가지 같기도 하고 촉수 같기도 한 뭔지 잘 알 수 없는 길고 가느다란 것이 엄청난 속도로 뻗어 나왔고 아소 선생의 정강이 부근을 뚝!! 하고 잡아 뜯었다.

"이게 뭐야?"

천천히 기울면서 이쪽을 돌아본 아소 선생의 얼굴도 다음 순간에는 검은 길고 가는 뭔지 모를 것에 의해 우득우득!! 하고 뽑혀 나가 사라졌다.

우득우득!! 질척질척!! 하고 무시무시한 소리를 내면서 고작 몇 초 만에 아소 선생의 몸이, 몸뿐만이 아니라 존재 그 자체가 이 세상에서 깎여 나갔다.

<u>으으으으으으으으으으으으으으으으으으으으!!</u>

<u>으그그그그으으으으으으으으으으으으으으으으으으으!!</u>

검은 소녀가 땅을 뒤흔드는 듯한 신음소리를 냈다. 누가 보아도 그 작은 몸의 용량에서 날 만한 소리가 아니다. 깊디깊고 커다란 동굴 바닥에서 솟구치는 바람처럼 낮디낮고 묵직한 소리다. 소녀는 무슨 말을 하려는 것 같아 보이기도 했지만 입마저 검고 끈적끈적한 것이 막고 있어서 잘 알아들을 수 없거나, 신음 이상의 의미를 갖지 못했다.

하지만 그것이 무엇을 호소하는 소리인지는 나도 알 수 있다.

괴로움.

무엇에 의한 것인지, 누구 탓인지는 모르겠지만 검은 소녀는 어마어마하게 큰 고통을 받고, 또 받고 있으며 그것은 아소 선생의 몸을 우직우직 소리와 함께 완전히 먹어 치운 후로도 조금도 풀리지 않는 듯하다. 아니면 먹는다는 행위 그 자체가 고통이 따르는 것이라서, 그래서 비명을 지르는 것일지도 모른다.

사키가 내 몸을 감은 팔에 힘을 꽉 주었고 나도 사키를 꼭 끌어안았다. 이 검고 정체 모를 무언가는 내가 범인으로서 지목한 인간만을 제거하며 우리에게 직접 해를 가하지는 않는다. 그건 경험상으로 알고는 있지만 몇 번을 보아도, 아무리 반복해도 이 검은 무언가에게 적응하는 일은 결코 없었고, 절대 적응해서는 안 될 것이라고 생각한다.

무섭다.

검은 소녀가 기회만 있으면 나나 노보루, 사키까지 주변의 모든 것을 다 먹어 치우려는 것 같아서, 어마어마하게 무섭다.

지난번에는 괜찮았으니 이번에도 분명 괜찮을 것이라고는 도저히 생각할 수 없다. 이건 분명 언제 우리에게 이를 드러내도 이상할 게 없는 위험한 것이다.

이윽고 아소 선생의 몸을 다 깎아낸 가지 같기도 하고 촉수 같기도 한, 구불거리는 가늘고 긴 정체 모를 무언가가 검은 소녀의 몸마저도 동여매더니 발밑에 있는 검은 원 속으로 끌고 들어갔다. 검은 소녀는 싫다고 하는 것처럼 꾸물꾸물 몸을 비틀었고 더 큰 소리로 신음한다. 이 검은 소녀가 촉수를 조종하는 것이 아닐지도 모른다. 어쩌면 저 가늘고 긴 무언가와 검은 소녀도, 다른 존재일지 모른다.

그오ㅇㅇㅇㅇㅇㅇㅇㅇㅇㅇㅇㅇㅇㅇㅇㅇㅇ오!!

으고오ㅇㅇㅇㅇㅇㅇㅇㅇㅇㅇㅇㅇㅇㅇㅇㅇㅇㅇ오!!

마지막으로 한층 더 큰 포효를 내지르며 소녀는 정수리까지 검은 원 속으로 잠겼다. 검은 원은 쏙!! 하고 급격히 쪼그라들더니 흔적도 없이 사라져 버렸다.

검은 무언가가 방에서 사라지고 넉넉히 3초가 지난 후, 나는 겨우 후~ 하고 크게 숨을 내쉬었다. 숨을 내쉼으로써 내가 계속 숨을 참고 있었다는 걸 알아차렸다. 사키의 얼굴을 보고 가능한 한 부드러운 느낌으로 미소 지었다.

이제 정말 모든 게 끝났다. 부당하고 부조리한 사악함이나 법이 심판할 수 없는 죄는 검은 뭔지 잘 모를 존재가 여기가 아닌 어딘가 다른 곳으로 데려가 버린다.

"아~, 좋아. 이번에도 어찌어찌 무사히 끝났네~."

노보루가 여전히 느긋한 말투로 중얼거리며 크게 기지개를 켰다. 그게 계기가 된 것처럼 방 안의 멈춰 있던 시간이 움직이기 시작한 듯했다.

"우와~, 진짜 무서웠어~. 뭐야, 저 사람. 진짜 살해당하는 줄 알았네~"라고 말하며 나는 다시 사키를 힘껏 꼭 끌어안았다. 으음~, 득의양양.

"내가 또 살해당했구나. 그렇게 위험한 사람 같지 않았는데."

그렇게 중얼거린 사키는 부드럽게 나를 떼어놓으며 일어났다.

"종례가 끝나서 화장실에 가려고 했더니, 1학년 층에 있는 곳이 너무 붐벼서 다른 화장실을 찾았거든. 그래서 우연히 만난 아까 그 사람한테 위치를 물었더니 이상한 곳으로 안내를 해서."

그렇군. 인간의 시체를 2층으로 올리기는 힘들겠지만 직접 걸어왔다면 이야기는 간단하다. 그렇다는 건 살해 현장은 이 바로 위 방이고 아소 선생은 그냥 바닥을 치우고 사키를 구멍에 떨어뜨린 게 다겠지. 그렇다면 힘없는 여성이라도 이 기묘한 밀실 상황을 만들 수는 있다.

"미안, 요우. 또 불편을 줬네"라고 사키가 사과해서 나는 "아니, 이건 딱히 사키 탓이 아니잖아. 사키가 예쁘기 때문이라는, 고작 그런 이유로 갑자기 살해한 그 사람이 당연히 일방적으로 나쁜 거잖아"라고 살짝 난입하듯 답했다.

"뭐, 그야 그렇지만" 하고 부탁도 안 했는데 노보루가 옆에서 끼어들었다.

"살인은 분명 살해한 녀석이 잘못한 거야. 하지만 누가 잘못했다, 누구 탓이다, 그런 이야기가 아니라 가능하다면 처음부터 살해당하지 않는 게 가장 좋지. 이번에도 어찌어찌 하스미를 되살리기는 했지만 다음에도 똑같이 될 거라고 단언할 수는 없으니까."

그건 노보루 말이 옳다. 나와 노보루는 지금까지 여러 번 사키가 살해당한 것을 목격했고, 그럴 때마다 추리를 통해 범인을 지목하고 되살려왔다. 사키를 죽인 흉악한 범인들은 모두 그 검은 뭔지 잘 모른 것에 깎여 나가 사라졌다.

하지만 다음도 내가 올바르게 잘 범인을 지목할 수 있을지는 모를 일이고, 실제로 정말 '내가 범인을 지목하면 사키가 되살아난다'라고 이해하는 것이 맞는 것인지조차 불확실하다. 아무도 설명해 주지 않는 데다 만약 사키가 되살아나지 못한다면 걷잡을 수 없기 때문에 섣불리 어레인지를 시도해 볼 수도 없다.

이 현상의 트리거는 사키가 누군가에게 살해당하는 것에 있는지, 아니면 내가 추리를 통해 범인을 지목하는 것에 있는지, 아니면 전혀 관련 없는 무엇인가가 요인인지 그것조차 모르겠다. 대조 실험을 해볼 수도 없기에 메커니즘은 완전히 수수께끼로 남아 있다.

나와 노보루는 그냥 우연히 이 현상을 알게 되었을 뿐이다. 그때 우연히 내가 탐정역을 맡았기에, 훨씬 더 탐정에 걸맞은 친구 노보루를 제쳐두고 내가 계속 탐정역을 맡는 꼴이 되었다. 아무것도 모른 채 기도하는 심정으로 우직하게 같은 순서를 반복할 수밖에 없다. 그렇게 그저 미덥지 못한 것이기에 애초에 살해당하지 않는 게 낫다는 건 분명하다.

사키는 지금까지도 여러 번 이번처럼 지독한 일을 겪어왔는데, 왜 또 이렇게 수상한 곳에 쫄래쫄래 따라온 걸까? 라고 나도 전혀 생각하지 않는 건 아니다. 하지만 남을 믿는다는 것은 본래 미덕 중 하나이지 책망해야 할 것이 아니다.

"살인은 분명 살해한 녀석이 일방적으로 잘못한 거야. 그래도든 하지만이든 없어"라고 나는 한 번 더 말했다. 똑똑히 단언했다.

노보루의 간섭은 무난하게 완전히 무시했고, 사키가 "그러

게……. 그럴지도 몰라. 고마워, 요우" 하고 살며시 부드럽게 웃
자 나도 애써 밝은 목소리로 "그래"라고 답했다. 확신을 담아 단
언했다.

예쁘다거나 도가 지나치게 아름다운 것이 존재한다는 것이, 사
키처럼 기적 같은 여자아이가 실재한다는 그 자체가 때로는 사람
을 미치게 한다는 게 사실이라고는 생각하지만, 그래도 그건 역
시 정신이 이상한 사람이 이상한 것이지 그냥 아름답게 태어난
존재에게, 그냥 아름다울 만해서 아름다운 것에게 무슨 죄가 있
는 게 아니다, 분명.

그 검은 뭔지 모를 것이 무엇인지, 어디서 온 것인지, 무슨 목
적을 가졌는지, 왜 내가 범인을 지목하면 사키가 되살아나는지
사라진 사람은 어디로 가는지. 그런 건 전혀 아는 바가 없고 알고
싶지도 않다.

나는 진실 따위는 원하지 않는다.

우리가 사는 일상 바로 옆에는 한 장의 미소 아래 광기를 감춘
쾌락 살인귀나 그것조차 가차 없이 제거해 버리는 새카맣고 무엇
인지 전혀 알 수 없는 정체 모를 존재가 굼실거리고 있다. 그런
뭐가 뭔지 알 수 없는 것마저 부드럽고 얇은 막으로 감쌌기에, 평
온한 생활이라는 것이 기적적으로 성립한 것이다.

막을 한 장 벗겨낸 그 끝에 어떤 지옥이 도사리고 있을지 쉽게
알려고 해서는 안 된다. 모든 것을 알려고 하는 것은 아마 위험하
다.

섣불리 고개를 들이밀었다가는 순식간에 그 검고 정체 모를 무

언가에 의해 우득우득 깎여 나갈 것이다.

　그래서 나는 내 주제를 알고, 모르는 건 모르는 채로 남겨두며, 대수롭지 않은 밀실 트릭의 진상이나 이상한 범인의 이상한 동기나 그런 현실적으로 해석할 수 있는 시시한 진실만을 골라내고 만다.

　"결국 점심도 못 먹은 데다 벌써 시간이 꽤 됐는데. 배고파."

　숨을 돌리며 그렇게 징징거리는 나에게 "그럼 모처럼 모인 거, 역 앞에서 도넛이라도 먹고 가자"라고 미소를 지으며 사키가 말한다.

　"오늘은 내가 살게."

　"어? 정말? 야호──!!"

　"하지만 모처럼의 입학식이잖아. 좀 더 기념일답게 밝게 보내고 싶지?"

　"뭐 그렇지. 이미 끝난 일은 끝난 일이고 새롭게 시작해야지."

　"그럼 정해졌네. 자, 가자." 하고 사키가 내 손을 잡아끈다.

　이 세상은 나로서는 모를 것투성이지만 이렇게 날 잡은 사키의 부드럽고 따스한 손은 확실히 느낄 수 있었기에, 나는 그에 만족했다.

　설령 평온한 일상이 살짝 발을 세게 내디디면 눈 깜짝할 새 지옥으로 떨어져 버리는 얇은 얼음판 위에 아슬아슬하게 이뤄져 있는 환상 같은 것이라고 하더라도, 나는 거기서 능숙하고 화려하게 경쾌한 스텝으로 춤을 춰 보일 것이다.

　왜냐하면 봄이고 고등학생이니까.

봄이고 15살이고 고등학생인 우리는 가장 무적의 상태이고, 그 기운과 빛 앞에서는 어떤 악의나 저주도 소금기둥이 되어 날아가 버릴 테니까, 그리고 세상은 앞으로 점점 해피해져 갈 테니까, 반드시 그래야 하니까.

정신 나간 살인귀나 검고 끈적끈적한 뭔지 잘 모를 무언가에게 그렇게 쉽게 질 수는 없다는 것이다.

막
간
1

사키에

대하여

나는 사키를 좋아하기 때문에 사키 이야기를 할게.

사실 그렇게 키는 크지 않아. 하지만 얼굴이 엄청나게 작고 9등신 정도 돼서 사진으로 보면 실제 키보다 더 커 보이는 느낌이지. 생긴 건 귀엽다기보다 압도적으로 예쁜 타입이고, 아니, 예쁘다는 말로는 영 부족하고 오히려 아름답다고 하는 게 그나마 가까운 것 같아. 과장된 표현이니까 평소 살면서 잘 쓰지는 않지만, 아름답다거나 뭐 그런 말은. 뭐, 그렇지. 상상을 초월하는 레벨의 어마어마한 미인이야. 다른 건 다 둘째치더라도 그 부분은 우선 파악해 뒀으면 한다는 거지. 오케이?

나와 사키의 관계성에 대해 간결하게 표현한다면 소꿉친구라는 말을 꺼내는 게 가장 적절하려나. 집이 바로 근처고 정말 아기 때부터 같이 놀았으니까. 웬만한 평범한 친구와는 영혼의 랭킹이 다르다는 거야.

우리 집 근처는 일단 주소상으로는 그럭저럭 큰 시에 속해 있지만, 감각상으로는 촌이라고 하는 게 나을 정도로 외진 곳에 있는 적적한 마을이고, 지역에 또래 아이가 적어서 필연적으로 같이 놀게 된 거야.

철이 들었을 무렵에는 이미 사키가 있었기 때문에 시작이 어떤 느낌이었는지, 나 자신도 전혀 기억이 안 나지만. 뭔가 신기했지.

뭐라고 할까, 정말 어릴 적에는 별 신경 안 썼지만, 왜, 아기라면 다 엄청나게 귀엽잖아? 나도 아마 귀여웠을 거야. 게다가 어린아이는 아직 그렇게 남의 얼굴을 상세하게 구별할 수도 없고.

철이 들기 전 아이의 세계란 비교적 모든 게 추상적이라서 사키는 친구다 같은 인식을 하고 있었고, 뭐든 친구라는 말을 갖다 붙이면 친구라는 식이었지. 개념을 먼저 이해하고 거기 말을 적용하는 게 아니라, 친구라는 말로 규정함으로써 처음으로 인식하는 뭐 그런. 모르겠다고? 뭐 됐어. 지금 한 말은 그렇게 중요하지 않으니까 몰라도 괜찮네요. 모르면 바로 질문하라는 자세도 그건 그것대로 일리가 있지만, 곧 알게 될지도 모르니까 모르는 부분은 모르는 채로 두고 우선 그대로 이야기를 진행하게 하는 자세도 그럭저럭 중요하다는 거지. 오케이?

초등학교 2학년쯤 됐을 무렵에는 이미 지금 같은 느낌이었나. 머리 작고 얼굴이 엄청나게 예쁘고 자세 가지런하고. 머리도 색소가 옅고 매끄럽고 부드러워서, 뭔가 전체적으로 빛의 베일을 두른 것처럼 빛나 보였지.

응. 그 무렵의 느낌을 솔직하게 표현하자면 신비하다는 말에 꽤 가깝지. 아이란 친구를 똑같은 존재로 인식하지, 처음에는. 자신과 똑같은 것이 그 밖에도 존재하며 그것은 자신과 같지만 다른 존재이고, 본인의 의지와는 무관하게 자유로이 움직이며 자기 뜻대로 되지 않는 같지만 다른 존재. 그것이 친구라고.

하지만 아니잖아? 이미 명백히 다르다는 거지. 왜냐하면 살은 희고 엄청나게 매끄럽고 팔다리도 쭉쭉 뻗어 있고. 어라? 같은 존재인 줄 알았는데, 이 아이는 나하고는 완전히 다른 존재구나. 싶었지. 그게 왠지 신비했어.

자주 사키의 얼굴을 가만히 바라봤던 걸 왠지 모르게 기억해. 선 바이저처럼 짙고 길고 밀도 높은 속눈썹이나, 그 안에 있는 약간 앰버 계열의 색이 들어간 반짝거리는 보석 같은 눈이나, 아직 어린아이답게 동그랗기는 해도 어딘지 모르게 샤프한 인상을 주는 턱 라인을.

지금도 이미지 폴더에서 파일을 열 듯이 선명하게 떠올릴 수 있어, 영상이 뇌리에 남을 정도로 뚫어져라 바라봤던 거겠지.

분명 눈은 두 개고 코와 입은 하나고 개별 요소를 제하면 같은 종류의 생명 같은데, 전체적으로 봤을 때의 인상이 나하고는 너무 달라서 이걸 오차 범위로 봐도 되나, 아니면 역시 다른 생물인가, 혹은 사키는 한발 앞서 다른 존재가 되어 버렸지만 나도 곧 똑같이 바뀌어 가겠지, 뭐 이런 생각을 했던 게 아닐까.

결론부터 말하자면 나는 크게 달라지지 않았어. 어릴 적 사진을 봐도 지금과 그렇게 큰 차이는 없고. 이 아이가 이대로 성장하면 이런 얼굴이 되겠지~ 같은 마땅한 얼굴을 하고 있습니다요. 뭐, 내 얼굴은 됐어. 그렇게 나쁘지 않다고 생각하지만 비교적 그럭저럭인 수준에 머물러 있기는 하거든.

자기평가로는 안면 편차치 48이라는 느낌인데, 임의로 취향에 맞는 얼굴로 렌더링해도 이야기의 줄거리에는 큰 영향을 주지 않으니까 마음대로 해주세요.

노보루에게도 사키는 왠지 우리랑 달라 보이지? 라는 이야기를 했지만 노보루는 무슨 소리를 하는지 모르겠다는 얼굴로 고개를 갸웃했던가. 아, 왠지 점점 떠오르고 있어. 잠깐만, 지금 무슨 장면이 보였거든.

아직 어렸던 노보루는 동갑일 텐데도 꽤 덩치가 작고 생긴 것도 귀여운 타입이어서 언뜻 보면 여자아이 같았지. 머리카락도 어깨에 닿을 정도로 길고 사이즈가 맞지 않는 헐렁헐렁한 반바지도 왠지 치마 같았고, 거기서 튀어나온 막대기처럼 쭉 뻗은 가느다란 다리도 전혀 남자답지 않았으니까. 본래는 젖은 까마귀 깃털처럼 윤기 있는 진한 검은색일 머리카락 가장자리가 오렌지빛으로 빛나는 걸로 보아 이건 아마 가을 해 질 녘의 장면일 거야.

"왜냐하면 봐, 사키는 엄청 예쁘잖아."

고개를 기울인 채로, 노보루가 그 이상의 반응을 보이지 않자 나는 거듭 말해.

"요우도, 예뻐."

노보루는 손에 든 고무공을 통통 바닥에 튕기면서 그렇게 답하고.

"뭔가 좋은 냄새도 나고, 게다가 살짝 빛나 보이기도 해."

나는 어린아이 나름의 어휘력을 구사해 자신의 위화감을 설명하려 하고 있어. 노보루는 턱에 손을 댄 채로 시선을 이리저리 돌리더니 "빛나지는 않아"라고만 답하네.

"그래도 분명 달라. 나나 노보루하고도 뭔가 다르다고"라고 나는 아직도 매달리고 있어.

"친구가 아니라 천사 같은 걸지도 몰라."

이제 생각하면 엄청난 발상이지만 아마 당시에는 정말 비유나

73

완곡한 칭찬이 아니라, 진심으로 사키는 천사가 아닐까 했겠지.

"흐음──, 그럴지도?"라고 흥미 없어 보이는 얼굴로 노보루가 말해.

"하지만 사키가 천사였다고 해도 그건 요우가 천사와 친구일 뿐이고, 사키가 친구가 아닌 게 되는 건 아니잖아."

아, 그러네? 노보루도 참, 꼬맹이 주제에 의외로 맞는 말을 하잖아. 아니, 나도 방금 떠올렸지만. 분명 노보루는 어릴 적부터 이렇게 이론적으로 말했던 것 같아.

장소는 항상 놀던 인근 신사의 경내. 이 무렵의 우리가 기본적으로 하는 놀이라면 공놀이나 줄넘기나 훌라후프였지만, 집락은 평지가 적은 지형이고 개방된 곳이 적어서 공놀이를 할 수 있을 만한 곳이 한정되어 있어. 신사는 도로 옆에 고요히 서 있는 석제 도리이를 지나 길고 급격한 계단을 올라가면 나오는 약간 높은 언덕 위에 있었고, 경내는 비교적 넓은 데다 달리 사람도 없기에 주변 눈치 볼 것 없이 마음껏 놀았지.

매일같이, 여기서 저녁까지 노는 게 우리의 일과였어.

그러고 보니 신사면서 우리 말고는 아무도 없었지. 어른을 본 기억이 없으니 그렇게 잘 관리되는 곳은 아니었을지도 몰라. 경내나 돌계단에는 나뭇잎이 층층이 쌓여 있었으니까, 가끔은 대나무 빗자루로 청소도 했지. 딱히 성실해서나 신앙심이 있어서 그런 게 아니라 왠지 이곳은 우리 공간이다 싶었기 때문이야. 꽤 소중히 여겼지. 흔히 말하는 아이들의 비밀 기지 같은 느낌.

여하튼 신사니까 참배 같은 것도 했을지 몰라. 아이니까 방식 같은 건 전혀 몰랐지만, 남들 하는 걸 그대로 보고 따라서 박수를 쳐보기도 하고.

경내는 삼림(杉林)에 둘러싸여 있었지만, 돌층계가 있는 서쪽 경사만은 뻥 뚫려 있어서 맞은편 산의 그늘로 잠기어 가는 석양과 붉게 물드는 우리의 작은 마을을 내려다볼 수 있었어. 언덕 위에는 가로등 하나 없어서 해가 저물고 나면 완전히 캄캄해지니까 슬슬 집에 가야 할 시간이고.

"요우, 가자."

부르는 소리에 그쪽을 돌아보면 도리이가 네모나게 도려낸 빨간색과 오렌지색의 그러데이션을 배경으로 사키가 미소 짓고 있어. 등지고 있는 석양이 사키의 예술적인 몸 곡선에 금색 테를 두르고 있고 그게 너무나도 예쁘고, 지나치게 예뻐서 도저히 이 세상 것이라는 걸 믿을 수 없었어. 역시 평범한 나와 다르게 뭔가 위대한 것에게서 특별한 축복을 받은 존재겠거니 했어.

"응."

답을 하고 나도 달려 나가. 사키는 나에게서 등을 돌리고 한발 앞서 길디긴 돌층계 쪽으로 걷기 시작하지. 나는 그 뒤를 쫓아. 두 손을 앞으로 뻗으며.

제 2 화   5월은   앙마레지 앙게 다잉 메시지

헤에~ 이거 엄청나게 리얼한 시체네~ 퀼리티가 높은데~ 꼭 정말 죽어 있는 것 같아~ 라고 생각하며 자세히 살피니 진짜 리얼하게 죽어 있어서 엄청나게 놀랐다. 그야 리얼할 수밖에, 리얼 시체인걸.

"어엇?! 사키?!"

무심코 크게 외친 나에게 노보루가 "진노, 목소리가 커"라고 옆에서 귀띔해 온다.

"남에게 들키면 이야기가 복잡해져. 조용히 해."

"아, 응. 그러네"라고 답하고 나도 목소리 톤을 낮췄다. 다행히도 교실 내에는 꽤 강렬한 소리와 함께 굵은 뇌우가 갑자기 지붕을 때려서 쏴──!! (쿠릉쿠릉……, 콰과광──!!)라는 소리가 흘렀고 내 목소리는 누구의 주의도 끌지 않은 듯했다.

애초에 깜짝 놀라고 있을 때가 아니었다. 이런 건 당황해 봐야 좋을 게 아무것도 없기에, 좌우간 침착함을 찾고 눈앞에 있는 사상에 대응해 냉정하게 하나씩 정리해 나가야지. 사키가 갑자기 죽어 있는 건 그렇게 드문 일도 아닌 데다, 이런 장면은 지금까지도 여러 번 맞닥뜨려 왔으니까 우선은 침착하자, 침착해야 해, 침착하게 정리해 나가면 못 할 일 따위는 애초에 아무것도 없으니까. 응, 괜찮아. 좌우간 침착하자고, 내가 정신없이 우왕좌왕하는 사이에 노보루는 사키의 시체를 냉정하게 이모저모 검사하고 있다.

친구가 죽었음에도 아주 침착하네. 그러고도 네가 친구냐?(?)

"정답 없는 인간력 테스트는 그만둬."

하고 한숨을 내쉬는 노보루의 사람을 바보 취급하는 듯한 표정이 정말 거슬리지만, 뭐 상관없나. 눈앞에서 친구가 죽어 있는데 태연자약한 것도 친구로서 좀 그렇지 않나 싶지만 실제로 초조해할 때가 아니니까, 지금은 사소한 태도를 일일이 걸고넘어질 때도 아니고.

"사인은 경부 압박에 의한 질식사. 교살이네"라고 노보루가 소견을 늘어두자, 나는 "아아, 다행이다. 이번에도 사키는 살해당했구나"라고 우선 가슴을 쓸어내린다.

아니, 살인이라는 걸 알고 가슴을 쓸어내리는 것도 꽤 이상한 일이지만, 실제로 사고나 병사라는 것보다는 누군가에게 살해당해 주는 게 아마 상황상으로는 차라리 나은 편이다.

누군가에게 살해당했다면 아직 돌이킬 수 있다.

사키는 내가 추리를 통해 진범을 지목함으로써 되살아나는 특이체질이기 때문이다.

어? 뭐야, 그 특이체질은? 이라는 의문을 갖는 게 당연하다고 나도 생각하지만, 지금은 우선 그런 건 미뤄두고 아, 그렇구나 하고 받아들여 주세요. 어떤 원리로? 라는 부분은 나도 모르니까 설명할 방법이 없다.

어쩌면 예를 들어 사고사이거나 병사이더라도, 그럴 경우에는 사고나 병이 범인이라고 못 할 것도 없으니까 그런 식으로 진상을 지목(범인은 인플루엔자입니다!! 라거나?)하더라도 되살아날지 모르지만, 지금까지 부활이 확인된 건 '사키가 누군가에게 살해당하고 내가 그 범인을 지목했을' 경우뿐이어서 다른 패턴은 해보기 전에는 어떻게 될지 모르겠다. 되살아날 수 있는 건 살해당한 경우로 한정될 수도 있고 그렇지 않을 수도 있다. 시험 삼아 죽어볼 수도 없으니 확인할 방도가 없다.

"아마 도구는 쓰지 않고 정면에서 손으로 목을 졸라 죽인 것 같아."

"그런 것까지 알아? 대단하네."

좌우간 겪어온 경험의 숫자가 장난이 아니라서 그냥 일개 고등학생에 불과한 노보루도 지금은 상당한 부검의 대가다. 역시 이런 건 경력이지.

"물론 평범한 아마추어의 의견이니까 확실히 그렇다고 단언할 수는 없지만. 하지만 끈을 쓰면 그 자국이 좀 더 또렷하게 남거든. 그리고 죽은 지 그렇게 오래되지도 않았어. 몸이 차갑게 식고 사반(死斑)도 드러나기 시작했으니 1시간 정도는 지났겠지만, 몇 시간씩 지나진 않았겠지. 이 정도면 이제 평범한 방법으로는 되살릴 수 없어."

사키는 어두운 교실 한편에서 의자에 앉은 상태로 고개를 축 늘어뜨린 채 죽어 있고, 지난번처럼 알기 쉽게 목이 잘리거나 피가 좌악——!! 흘러나오는 게 아니라서 이렇게 말하기는 뭣하지만 비교적 깔끔한 상태다. 이 어두운 환경에 시체 특유의 핏기 잃은 창백한 피부와 블라우스의 흰 대조가 돋보여서 한층 아름다워 보일 정도다.

원래부터 아주 예쁜 아이니까 깔끔하게 죽어 있으면 시체도 엄청나게 예뻐 보이는 데다, 의외로 죽음에 익숙해져서 무섭다거나 불쾌하다는 기분은 그다지 들지 않는다. 오히려 정밀한 분위기까지 돌아 오히려 뭔가 신성한, 부처님 같은 분이 보고 계시는 듯 살짝 경건한 기분이 치솟기까지 했다.

"어쩌면 진노의 그런 연상은 하스미의 이 손 모양 때문 아닐까?"

그렇게 말한 노보루가 사키의 손을 가리켰다. 사키의 손은 축 늘어져 무릎 위에 얹혀 있고, 엄지와 약지만이 굽어 있다. 아아, 듣고 보니 불상 같은 것이 자주 하고 있는 수수께끼의 핸드사인과 비슷해 보인다.

"뭐지? 무슨 메시지인가?"

"우연히 이런 모양이 된 것뿐일 수도 있지만 양손 모두 똑같이 하고 있다는 건 무슨 의도가 느껴져. 다잉메시지일지도 몰라."

다잉메시지란 미스터리 소설에는 자주 등장하는 소재인 것치고는, 바로 지금 죽음을 맞은 피해자가 마지막 힘을 쥐어짜 내어 진범과 관련된 메시지를 남긴다는 시추에이션 자체가 현실적으로는 조금 생각하기 어렵지. 하지만 사키에게 대해 말하자면 그런 메시지를 남길 가능성이 충분하다. 좌우간 평범한 사람은 죽으면 죽은 이후의 일 따위는 어떻게 되든 알 바 없겠지만 사키는 내가 범인을 지목하면 되살아난다. 본인도 자신이 살해당하더라도 내가 범인을 지목하면 살아난다는 건 알고 있다. 그러므로 다잉메시지를 남긴다는 인센티브가 평범한 사람에 비해 매우 크다.

이게 사키가 나에게 남긴 무슨 메시지라면 나는 어떻게든 그것을 해독해 범인을 지목해야 한다. 오케이?

"으음, 범인은 불상과 연관이 있는 사람이라거나?"

라고 나는 우선 팟 떠오르는 것을 말해봤다.

"글쎄? 하스미 반에는 분명 집이 절인 사람도 있었던 것 같은데."

"아, 맞다. 맞아. 비교적 눈에 띄는 타입의 아이지. 궁도부에 키가 크고 쿨하고 뷰티한 느낌의. 이름은…… 뭐였더라?"

응응, 하고 기억 밑바닥을 더듬는 나에게 노보루는 "하지만 부처님은 아마 아닐 거야"라고 말한다.

"구품정인*중에는 엄지와 약지를 굽히는 것도 있지만, 꽤 마니악한 지식이니까 그걸 하스미가 안다고 보기에는 어렵고."

아아, 그러게. 무슨 메시지였다고 하더라도 애초에 사키가 모르는 건 메시지로 남길 리가 없고, 사키에게 그 구품정인?(뭐라고?) 같은 걸 잘 안다는 설정도 딱히 없다. 게다가 목적을 이루기 위해서는 내가 해독을 해야 하니까 너무 어려워도 의미가 없으니 아마 나도 그렇게 비틀어 생각하지 말고 간단하게 받아들이는 게 낫겠지.

"하스미의 메시지가 아니라 범인이 이렇게 했을 가능성도 배제할 수 없지만. 손가락을 굽히는 것 정도는 범인도 쉽게 할 수 있을 테고."

"으음――? 그럴 경우는 뭘 위한 건데?"

고개를 굽히며 머리 위에 의문부호를 띄우는 나를 본 노보루의 눈썹 끝이 올라간다.

---

*九品定印, 임종 시 아미타여래가 극락정토에서 맞이하러 왔음을 드러내는 9가지 표시

"글쎄? 살인범이 하는 생각 따위는 그야말로 추측해도 아무 의미가 없지만, 강제로라도 무언가 의미를 붙이려고 한다면 예를 들어 모방 같은 거?"

나왔구나, 모방 살인이라. 그것도 미스터리에서는 빈번하게 나오지만, 현실에서는 접하는 일이 없는 패턴 중 하나다. 뭐, 보통은 살인사건을 접하는 경험 자체가 많지 않겠지만. 도대체 내 일상은 왜 이렇게 피비린내 나게 변해 버렸는지.

"범인이 불상인가 뭔가를 모방하기 위해 손가락 모양을 그렇게 꾸며냈다는 거야?"

"그러니까 모를 일이래도. 그냥 그런 것도 생각해 볼 수 있지 않을까, 라는 말이지. 지금 단계에서 이걸 하스미의 다잉메시지라고 단정하는 건 위험하다는 거야. 다잉메시지가 실제로는 큰 효과를 보이지 않는 이유가 여럿 있어. 피해자가 범인을 고발한 메시지라고 확정하기 힘들다나 그게 확실히 피해자가 남긴 것이고 범인이나 제삼자가 가공하거나 위장한 게 아니라는 걸 확인하기 어렵다처럼. 하지만 그건 지금 생각해야 할 문제가 아니야. 우선은 보면 아는 것과 조사하면 확정할 수 있는 걸 모아보자. 추리 같은 건 사실이 알아서 해줄 거야."

아아, 그러게. 생각은 가장 나중으로 미루자. 우선은 조사해서 알아낼 수 있는 걸 조사하는 게 급선무다. 추리 같은 건 어차피 추리에 불과하지만, 관찰을 통해 얻은 사실은 사실이니까 추리보다 압도적으로 강도가 높다. 추리보다 우선은 관찰. 오케이?

"으음──, 그렇다고 해도 딱 봐서 알 만한 단서는 별로 없는

데. 옷에 흐트러짐도 없고 손톱 사이에 눈에 보일 만한 잔류물도 없어. 도구를 전혀 쓰지 않은 교살은 보통 꽤 난이도가 높아서 시간을 잡아먹는데 꽤 뛰어난 솜씨인걸."

"보통을 목을 조르면 엄청나게 저항하지."

만약 누가 내 목을 조른다면 우선 상대의 팔을 잡으려 할 것이고 온 힘을 다해 할퀴기 정도는 하지 않을까. 저항했을 때 피해자의 손톱 사이에 낀 피부 조각으로 범인을 특정한다는 건 현실의 범죄조사에서도 꽤 쓰이는 듯하다. 뭐, 피부 조각을 채취해 봐야 우리에게 그걸 통해 범인을 특정할 만한 과학 조사 수단은 없지만.

"아마 벽을 등지고 의자에 앉아 있는 상황이 범인에게 아주 유리하게 작용했겠지. 의자에 완전히 걸터앉은 상태라면 힘이 안 들어가지니까 저항하기도 힘들고, 범인은 서 있으니까 체중을 싣기 쉽잖아. 체중을 실어도 벽이 지탱해 주니까 힘이 분산되지도 않고."

"게다가 역할이 역할이니까 직전까지 위험을 피할 수 없잖아. 죽은 척해야 하니까 실제로 목을 조를 때까지 얌전히 기다렸던 걸지도 몰라."

남들 같으면 필요 이상으로 남이 다가온 시점에서 경계하거나 소리를 낼지도 모르지만, 내가 사키와 같은 시추에이션이었다면 상당한 확신이 없는 한은 계속 죽은 척하는 것을 우선할지도 모른다. 사키처럼 묘하게 성실한 타입이라면 더더욱 그렇다.

"범인 입장에 가장 교살하기 쉬운 상황이 갖춰져 있었다는 거지."

"제길!! 사키의 묘하게 성실한 근성을 이용한 비열한 범인 같으니!! 절대 용서 못 해!! 꼭 내 손으로 잡아서 따끔한 맛을 보여주겠어!!"

"아아, 그러게."

불끈 주먹을 움켜쥐는 나에 대한 노보루의 반응은 여전히 싸늘하다. 니힐리스트(허무주의자)를 표방하는 건지 뭔지는 모르겠지만 그런 공감성 떨어지는 태도는 좀 그렇지 않나 싶은데 말이지, 나는.

"그나저나, 아무리 범행을 벌이기 쉬운 상황이 갖춰져 있었다지만 그렇다고 망설임 없이 수행하는 건 역시 이상해. 우산을 슬쩍 훔치는 것하고는 차원이 다르니까."

"아니, 뭐 이해는 하지만. 우산도 훔치면 안 돼."

노보루의 윤리관에 약간의 불안은 느끼지만 그건 제쳐두고, 남을 죽이려고 했을 때 가장 어려운 것은 밀실 트릭이나 알리바이 트릭이 아니라 무엇보다 '남을 죽인다'라는 행위 그 자체다. 인간이란 생각 이상으로 쉽게 죽지 않는다.

전철 환승법을 연구해서 15분의 시간을 짜내더라도 한 사람을 고작 15분 만에 죽이는 건 흔히 불가능하다. 크리스털제 재떨이로 머리를 한 번 가격한 정도 가지고 그렇게 쉽게 죽지 않는 데다, 심장을 단숨에 찔러도 순순히 죽을 것이라고는 단언할 수 없다. 권총에 머리를 맞고도 생존한 사례도 있다. 아무리 복잡한 트릭을 구사한 살인사건이라도 피해자가 생존한다면, 피해자에게 직접 이야기를 들으면 그만이다. 그 시점에서 모든 게 허사로 돌아간다.

살인 같은 건 연습을 거칠 방법도 없고, 대부분 인간에게 인생은 1회차이자 처음 하는 경험이기 때문에 처음부터 신속하고 확실하게 살인을 해내는 인간이란 그렇게 흔하지 않다. 물리적으로나 심리적으로나 뛰어넘어야 할 허들이 무수히 많다. 이론상으로 가능한 것과 현실적으로 가능한 것은 한 데 묶을 수 없다. 모든 불가능 요인을 제거하고 실행만이 남았다고 하더라도 도저히 있을 수 없는 일은 보통 벌어지지 않는다.

으음~? 하고 생각에 잠긴 나에게 "진노, 지금은 아직 느긋하게 생각할 만한 상황이 아니야"라고 노보루가 말했다.

"지금 우선적으로 생각해야 할 건 이 시체를 어떻게 하는가야."

"어떻게 하기는? 어루만지거나 주무르자, 뭐 그런 이야기야?"

"황당한 윤리관이네. 현재로서는 여기서 옮기거나 여기 두거나, 둘 중 하나인데."

"아, 그래. 여기서는 역시 좀 그런가. 아니? 오히려 그렇지도 않은가?"

사키의 시체는 아직 살해당한 지 얼마 안 됐다지만 누구에게도 쉽게 발견되지 않을 만한 곳에 숨겨진 게 아닌 데다, 오히려 정기적으로 사람이 드나드는 곳에 눈길을 끄는 형태로 놓여 있다. 그런데도 내가 알아차리기 전까지 아무도 소란을 피우지 않은 것은, 적어도 이곳에서 사키가 맡은 역할이 원래부터 시체 역할이기 때문이다.

지금 나와 노보루가 있는 곳은 1학년 특진과 교실이다. 주변은 거의 캄캄하고 내가 들고 있는 회중전등 빛만 켜져 있다. 아마 폭풍우 치는 날 밤의 학교라는 설정이겠지. 교실 내에는 꽤 요란하게 거센 뇌우 소리가 울려 퍼지고 있지만, 물론 이건 그냥 스피커에서 흘러나오는 녹음된 소리이고 음향도 그렇게 잘 만든 게 아니라 전혀 리얼리티가 없는 데다, 희미한 틈새로 비쳐드는 오후의 태양 빛이 파워풀하게 전력으로 낮임을 주장하고 있어서 아무리 어둡더라도, 아무리 애써봐도 밤이라는 느낌은 안 든다. 뭔가 밤은 밤대로 밤 특유의 분위기라는 게 있기 때문에, 고작 빛을 차단했다고 해서 그렇게 쉽게 따라 할 수는 없다.

뭐, 싸구려려라면 싸구려지만 나름대로 어트랙션으로서의 기능은 하는 데다, 짧은 준비 기간 내에 날조한 것치고는 꽤 괜찮아 보이는 것 같다.

간단히 말해 오늘은 문화제고 나와 노보루는 특진반이 하는 귀신의 집에 와 있답니다. 전국적으로 문화제라면 가을쯤 하는 경우가 많은 것 같지만, 우리 고등학교는 성급하게도 무려 5월의 골든위크 중에 하거든요.

하지만 5월에 문화제를 한다면 1학년에게는 정말 입학한 게 어제 일 같은 느낌이고 아직 반 친구들과도 서로 거리를 잴 시기, 게다가 그럭저럭 알아주는 진학교이기도 해서 오히려 3학년은 5월부터 벌써 수험준비에 돌입하느라 별로 진지하게 몰입하지 않아서 필연적으로 문화제는 거의 2학년의 것이라는 분위기가 있었고, 1학년은 비교적 어깨 힘을 빼고 무난하게 할 수 있을 만한 걸 하면서 적당히 때우자 뭐 그런 느낌이 강하다.

참고로 우리 반에서 하는 건 '인스타용 포토존'이고, 착시 현상을 이용해 재미있는 사진을 찍을 수 있는 패널을 교실 내에 배치하면 이제 알아서 사진 같은 걸 찍으며 즐겨~ 라는 식으로 방치하는 아주 간단한 것이랍니다.

특진과의 귀신의 집은 그것보다는 정성이 들어갔고, 밤의 학교에 살인귀가 숨어들었다!! 라는 설정인 듯한데 기본적으로는 창문에 종이를 붙여 어둡게 하고 파티션으로 구획을 나눠 통로를 만든 뒤, 곳곳에 시체 역할을 맡은 학생이 쓰러져 있거나 앉아 있기만 하면 그만인 식, 무슨 속임수가 있거나 연기로 적극적으로 놀라게 하지는 않는 듯하다.

그렇다고는 해도 어둠 속을 회중전등 하나만 들고 걷는 건 그것만으로도 그럭저럭 무서운 일이고, 코너를 꺾어 사람이 쓰러진 것을 보기라도 하면 꽤 놀란다. 저예산에 연습 같은 것도 필요 없는 것치고는 비교적 그럴싸하다. 게다가 이 중 하나는 실제로 시체였으니 귀신의 집 중에서도 꽤 본격파다. 웃을 일은 아니지만.

"으음──, 원래부터 시체 역이니까 이대로 두더라도 한동안 안 들킬 가능성이 그럭저럭 있어 보이는데. 사실 아마 몇 사람 정도는 이미 사키의 시체 앞을 그냥 리얼한 시체라고 생각하며 지나쳤겠지만. 들키면 성가시니까."

"그렇다고 여기서 시체를 하나 운반하는 것도 꽤 도박 같은 짓이지."

무엇보다 문 한 장을 사이에 두고 맞은편에서는 말 그대로 한창 문화제 중이다. 사키의 시체를 어디론가 운반하더라도 누구의 눈에도 띄지 않는다는 건 우선 불가능하겠지.

사키가 되살아나기만 한다면, 사키는 부활하고 그 검고 정체 모를 무언가가 범인의 존재를 삭제할 것이며 어느 정도는 현실을 평균화해 주니 대부분의 일은 어떻게든 해결이 날 텐데.

그 검은 무언가는 그냥 육체만 가지는 게 아니라, 인간의 존재 그 자체를 통째로 먹어 치운다. 존재를 먹어 치운다거나 현실을 평균화해 준다는 것도 설명하기는 어렵지만, 예를 들어 입학식 날에 소멸된 그 미술 교사는 죽었다거나 행방불명된 게 아니라 처음부터 없었던 존재가 되었다. 그 결과 지금 우리 학교에는 미술 선택 수업이 원래 없었던 것처럼 됐다.

하지만 완전히 그렇게 그 미술 교사와 얽힌 사상 전체가 개변했느냐고 묻는다면 그렇지도 않다. 작년 미술 수업 때 과제로 그린 듯한 그림 같은 건 그대로 남았고, 그 부분은 의외로 대강이어서, 직접적으로 물질적으로 영향을 주는 게 아닌 어디까지나 남들의 의식을 움직여 최소한의 구멍을 메우는 식이다.

그러나 그런 데 애초에 위화감을 느끼지 않게끔 인식이 망가졌다고, 그렇게 말하는 나도 상당히 강하게 의식하지 않으면 그 부분에 위화감을 느끼지 않게 변해가고 있다. 사건의 기억이 통째로 누락되었다거나 뭐 그런 건 아니지만 점점 흐려져 가서, 그런 일이 있었다는 사실은 기억하지만 이미 미술 교사의 이름이나 어떻게 생겼나 하는 사소한 부분은 떠오르지 않는다. 이것도 무언가의 힘이 작용한 결과인지 아니면 내 기억이 그냥 자연적으로 흐려져 가는 것인지, 그걸 확실히는 판별할 수 없다. 나 자신을 그렇게 기억력이 없는 사람이라고 생각하진 않으니, 그 검은 무언가의 영향 아닐까 예상은 하고 있지만.

어쩌면 누군가에게 들키더라도 범인만 지목하면 그 검은 것이 감쪽같이 아귀가 맞게 해줘서 어떻게든 될지도 모른다. 하지만 그게 우리 편이라고는 생각하지 않기에 자신에게 유리하게 작용할 것이라는 기대를 품는 건 너무 위험하다. 게다가 소란이 커져 경찰을 부르는 사태가 생기면, 사건에 쉽게 관여할 수 없게 될 테고 '내가 범인을 지목'하기도 어려워질 것이다. 범인을 찾는다고 하더라도 조금 더 시간을 벌고 싶다.

뭐, 실은 그 '내가 범인을 지목'한다는 게 사키가 되살아나는 데 필요한 조건인지 어떤지도 확실히는 모르지만. 무엇보다 재도전할 수 있는지조차도 불확실하기에 확인할 방도가 없으니까, 가능한 한 될 수 있는 한 지난번과 똑같은 조건을 갖추는 수밖에 없다. 그래서 매번 노보루는 끝까지 조수로 남고, 탐정 역할은 철저히 나에게 돌아오는 것이다. 제대로 정해진 수순이 있고 그대로 하면 그렇게 될 것이라고 누군가가 결과를 담보해 주는 게 아니라서 나도 '어차피 사키는 범인을 지목하면 살아나니까 됐어~'라는 가벼운 마음이 아니라, 되살아날지 어떨지 매번 어림짐작하며 신에게 비는 심정으로 아슬아슬하게 임하는 것이다.

"옮길 거면 그냥 아무 일도 없었다는 얼굴로 당당히 돌파하는 수밖에 없나"라고 내가 중얼거리자 노보루도 "어지간한 일이 없는 한, 평범한 사람은 진짜 시체인가? 라는 생각을 하진 않겠지만"이라며 떫은 표정을 짓는다.

"그거야말로 미스터리 소설 속 범인 같아 보이는 아슬아슬한 행동이긴 하지."

"우리는 오히려 범인을 추적하는 쪽일 텐데, 일이 왜 이렇게……"

할 거면 내가 사키의 시체를 업고, 아무렇지 않은 얼굴로 가는 수밖에 없다.

여자가 여자를 업고 걷는다는 건 이상한 일이기는 하지만, 고등학교에서는 이상 사태라고 할 정도가 아니고 가끔씩 볼 수 있는 광경이기는 하니까. 하물며 오늘은 문화제니까 어느 정도 이상한 일이 벌어지더라도 아마 크게 신경 쓰지 않겠지.

"숨긴다고 해도 어디로 옮길지"라면서 노보루가 턱을 어루만진다.

"마땅한 곳은 화장실이려나. 가장 가까운 화장실이라면 그럭저럭 성공률도 높을 것 같아. 청소 도구함에라도 넣어두면 다소는 시간을 벌 수 있겠지."

하지만 사람을 아무도 마주치지 않기는 아마도 힘들 테고 어쨌든 사키는 시체니까, 죽은 사람은 이미 완벽하게 죽은 상태이기 때문에, 자주 보는 사람에게는 한눈에 보기에도 뭔가 달라 보이겠지. 뭐, 보통은 시체를 자주 보는 사람이 그렇게 많지 않을 테니 거기 기대를 거는 수밖에 없다.

인간에게는 정상성 바이어스가[*]있고, 관측한 사물을 자신이 상정할 수 있는 범위 내에서 받아들이는 경향이 있어서, 아마 대부분의 사람은 업혀 있는 아이가 축 늘어져 있더라도 '자고 있나?'

---

[*]일정 범위 내의 이상을 별다른 문제로 여기지 않는 것.

나 기껏해야 '어디가 아픈가?' 정도로만 생각하겠지. 그렇다지만 그건 어디까지나 희망적인 예측에 불과하고, 누구 하나라도 혜안을 가졌거나 자세한 상황이 신경 쓰이는 사람이 화장실까지 따라오기만 하더라도 발각될 테니까. 완전히 합리적인 판단도 아니거니와 타당성 있는 계획도 아니다.

기본적으로 모든 것은 기대를 전제로 추진해서는 안 된다.

그래도 도저히 해야만 할 상황이라면 인간은 하는 수밖에 없지. 그렇군, 미스터리 속 범인들은 이런 식으로 초조해하다가 자포자기로 그렇게 이상한 행동을 벌이는 거겠지.

"그래, 좋았어. 여기서 이렇게 고민하는 동안에도 상황은 시시각각 악화하고 있을 테니 슬슬 결심해야겠지. 가자."

인생은 턴제가 아니라 액티브 타임 배틀이니까, 선택을 잘못한 결과로 곤란한 상황이 벌어지는 것보다 아무것도 선택하지 못한 채 시간이 초과해 시시껄렁한 상황을 맞닥뜨리는 경우가 훨씬 더 많다. 게다가 때로는 제한 시간도 표시되지 않기에 얼마나 서둘러야 시간에 맞는지도 알 수 없다. 뭐든 상관없으니까 가능한 한 빠르게 결단하는 게 더 낫다. 노자도 뭐라더라, 그런 의미의 글을 썼을 텐데. 게다가 자기가 택한 결과로 실패한다면 차라리 납득이 가겠지만, 그냥 시간이 초과해서 바닥이 벌컥 열리며 아래로 떨어지는 뭐 그런 사태는 역시 납득할 수 없잖아? 기왕이면 할 수 있는 만큼 해보자고? 그렇게 시체를 옮기기 위해 사키를 업으려는데 피투성이 제이슨 마스크를 쓴 사람이 "우오——!!" 하고 도끼를 휘두르면서 덮쳐들어서 비교적 진지하게 "악——!!" 하고 소리쳤다.

"우오오오~~~, 호호호, 아핫!! 아, 이런. 그냥 웃어버렸네. 음후후."

오싹하고 퀄리티 높은 제이슨 마스크 너머에서 살짝 하이톤인 웃음소리가 났고, 그게 왠지 귀에 익은 느낌이라서 반사적으로 몸을 낮춘 나는 "어라? 노아?"라고 물었다. 노아도 제이슨 마스크를 위로 들어올리며 평소처럼 단조롭게 웃어 보였고, 가벼워 보이는 종이 도끼를 흔들흔들 흔들면서 "응, 노아야"라고 깔끔하게 인정했다.

"좀 더 이쪽으로 오면 마지막에 내가 위협하면서 쫓아가는데 좀처럼 안 오길래 내가 온 거야. 요우가 너무 재미있게 반응해서 그만 웃어 버렸어."

노아는 사키와 같은 반이며 항상 생글생글 웃는 귀여운 아이다. 나는 점심을 대체로 특진과 교실에서 사키와 함께 먹기 때문에 특진과 애들도 그럭저럭 알고 있다. 항상 생글생글 웃는 탓에 오히려 감정을 읽기 힘든 면이 있지만 이것도 노아 나름의, 일종의 사회적 배리어라고 본다.

아마 설정상으로는 부근에 벌렁벌렁 쓰러져 있는 시체들을 죽인 살인귀 역할이겠지만, 노아는 평소부터 '나는 당신에게 아무 위협도 가하지 않아요~'라는 편안한 분위기를 온몸으로 뿜어내기 때문에 제이슨 마스크 한 장 썼다고 해서 그 특유의 뭉글뭉글한 분위기를 완전히 감출 수는 없기에 크게 위험한 느낌이 들지 않는 듯하다. 아니, 뭐 평범하게 엄청 놀라기는 했지만.

"보다시피 교실을 한 바퀴 돌면 끝이니까 별다른 문제 거리는 없지만, 한 번에 한 조씩만 들어올 수 있는 구조라서 너무 오래 있어도 곤란하거든. 그래서 시간이 빠듯해지면 내가 위협하면서 쫓아내는 거야. 그러니까 어둡다고 해서 계속 꽁냥거리지 말고 슬슬 나가줘."

그렇군, 꽤 명랑하고 솔직한 살인귀인걸. 딱히 좋아서 노보루와 함께 문화제 구경을 다니는 게 아닌 데다, 어두운 틈을 타 꽁냥거린다는 부분에는 큰 오해가 있어 보이는데. 슬슬 나가고 싶은 마음은 나도 굴뚝 같답니다.

그럼 이제 어떻게 노아의 눈을 피해 사키를 옮겨야 하나~ 라고 고민하는데, 뭔가 상태가 이상하다는 걸 알아챈 노아가 "응?" 하고 사키의 얼굴을 들여다보려고 했고, 그런 행동 하나하나가 예고도 없이 갑작스러워서 깜짝 놀랐다. "우오오?!" 하고 황급히 몸을 던져 막았다. 방심하지 마라! 골 아래는 전장이다!! 자신의 골은 사수해야 한다!!

"어? 뭐야? 뭘 감추는 건데~?"

"아니! 딱히 감추는 건 아닌데!! 아, 그렇지!! 사키 상태가 왠지 안 좋아 보이는데 잠깐 보건실!! 그래! 보건실로 데려가려고!!"

부지런히 고개를 돌려가며 엿보려 하는 노아를 나도 몸으로 막느라 둘이서 꼭 파도타기를 하는 것처럼 움직였고, 왠지 그게 우스웠는지 "아하핫~!!" 하고 노아가 아주 보기 좋게 웃었다. 끄아~, 태양이냐. 아니, 내 쪽은 비교적 제정신이 아니지만.

"에이~, 그럼 사키는 내가 보건실로 데려갈게. 괜찮아~."

"아니, 됐어!! 바쁘잖아?! 노아는 바쁘지? 살인귀 역도 해야 하고!! 사키는 내가 보건실로 데려갈 테니까 나한테 맡겨!!"

"아, 그래? 그럼 부탁할게. 시체 역할은 교대할 사람도 여럿 있고, 솔직히 시체 하나 사라졌다고 해서 큰 영향은 없을 테니까. 다 나을 때까지 푹 쉬어~."

"웅!! 그럼 안녕!! 그렇게 할게!!"

그렇게 어찌어찌 얼버무리고 "자!! 사키, 보건실로 가자!!"라고 F1의 피트 크루처럼* 세련된 동작으로 부리나케 사키를 업은 나는 "간다!! 고마워!! 재미있었어!!" 하고 손을 척 들어 보인 뒤(속공!), 복도로 피융 달려 나갔다. 코너 시작점에서 등을 펴고 아무 일도 없습니다요~ 같은 표정을 지으면서 서서히 속도를 높여 화장실로 향했다. 다행히 특진과 교실은 건물 가장 깊숙한 곳에 있어서 사람도 그렇게까지 많지는 않다.

"큰일 날 뻔했어. 어찌어찌 넘겼네"라고 내가 작은 소리로 말하자, 노보루가 "잘 넘긴 건가……" 하고 고개를 갸웃했다. 아니, 뭐. 비관적이어서 좋을 게 없거든요. 기대를 전제로 행동해서는 안 되지만, 다 끝난 일을 비관해 봐야 하는 수 없지 않은가. 행동하기 전에는 최대한 비관적으로 예측하지만, 때가 되면 불안감을 밀어놓고 낙관적으로 대담하게 행동하는 게 무엇보다 중요하다고요. 오케이?

그렇게 어찌어찌 아무한테도 걸리지 않고 화장실에 도착했고, 다행히 안에도 사람이 없어서 그대로 청소 도구함을 열고 사키의 시체를 텅!! 소리와 함께 슈팅한 다음 문을 닫고 후——, 하고 한

---

*출전 차량의 급유와 정비를 담당하는 작업자.

숨을 돌렸다. 우오――, 해냈다――!! 어찌어찌해냈다고!!

"보건실로 가는 거 아니었어?"

뒤에서 누가 그렇게 말을 거는 바람에 또 "악――!!" 하는 사태가 벌어졌다. 반사적으로 폴짝!! 뛰어 물러선 다음 한쪽 발을 중심으로 몸을 돌렸고, 노아가 아무렇지 않게 도구함 문을 벌컥 열더니 "어라, 이거 사키가 죽은 거 아니야?"라고 항상 그렇듯 명랑한 미소를 띤 채 고개를 갸웃했다. 반응이 담백도 하다! 그보다 어찌어찌 해내기는 무슨!!

"노아, 웬일이야?! 교실로 안 가도 돼??"

"아니, 다 보고 나면 마지막에 회중전등을 회수하게 되어 있는데 요우가 미야기 료타처럼*엄청난 속도로 뛰어나가는 바람에 못 받았거든."

"앗!! 아얏! 그, 그렇구나!! 깜빡하고 회중전등을 그대로 들고 와 버렸네!! 미안해!! 자, 돌려줄게!! 돌려줬다?! 이제 볼일은 다 본 거지?! 볼일이 끝났으면 얼른 가봐야지??"

나는 당황해서 손에 들고 있던 회중전등을 노아에게 떠넘기듯 돌려줬지만, 노아 쪽은 "아니, 그렇게 말해도 회중전등도 여분이 있는 데다 살인귀 역할도 교대할 사람이 있어서 바꾸고 온 거니까, 그렇게 서두를 건 없는데"라며 바로 돌아갈 기색이 별로 없다.

"ㄱㄱㄱㄱㄱㄱ~ 렇구나!!"

큰일 났다. 등에서 줄줄 식은땀이 흘러내린다. 뭐, 5월이라지만 오늘은 하늘이 미쳤나 싶을 정도로 날씨가 좋아서 빌어먹게 더운 데다, 귀신의 집은 창문까지 전부 막혀 있으니까 통풍이 잘

*슬램덩크에 등장하는 캐릭터, 한국어판은 송태섭.

안 돼서 빌어먹게 더웠고, 게다가 나는 사람 하나를 업고 빠른 걸음으로 단숨에 여기까지 왔으니 리얼로 퍼킹 핫(빌어먹게 덥다)이기도 했지만, 그 이상으로 왠지 엄청나게 식은땀이 나는 데다 반대로 등골에는 오한이 들고 땀구멍이 벌어지며 코에서 콧기름이 무한대로 쏟아져 나왔다. 이 끝도 없이 치솟는 콧기름 유전으로 에너지 문제를 해결할 수 있지 않을까?

"그런데 이거, 사키가 죽어 있는 것 같은데 괜찮겠어?"

"어? 아니, 그게 아니야!! 아니거든!!"

"아니라고?"

음, 아닌 건 아닌데!! 어딜 보나 죽어 있긴 하지!! 어? 어떡하지??

"죽은 건 맞는데!! 하지만 한동안은 비밀로 해줄래??"

"응, 알았어~."

알겠다고? 그렇게 순순히 따라주면 오히려 놀라는데.

"잘은 모르겠지만 그렇게 필사적이라는 건 요우에게도 요우 나름의 사정이 있는 걸 테고. 난 남이 하는 일에 이래저래 참견하는 걸 별로 안 좋아하거든. 괜한 소리를 했다가 미움받기도 싫고."

아니 뭐, 입을 다물겠다면 그래 주는 게 나한테는 이로우니까, 내가 이러쿵저러쿵할 이유도 없지만 정말 괜찮겠어? 뭐, 상관없나. 너무 깊게 생각하지는 말자. 사람에게는 각자의 폴리시가 있다. 우오~, 쫄았잖아. 땀이 식고 나니 몸이 싸늘하게 식었다. 반팔은 추울 정도다.

그리고 화장실 밖으로 나가 앞에 우뚝 서 있던 노보루에게 "잠깐!! 기왕 있는 거 멍청히 서 있지만 말고 망 정도는 봐줘!!" 하고 얼굴을 확 찌푸리며 항의했다.

"하지만 망을 본다고 해도 화장실로 들어가려는 여자애를 붙드는 건 평범하게 생각해 봐도 무리 아니야? 여자 화장실 앞에 남자가 서 있는 것만으로도 위화감이 드는데."

음──, 듣고 보니 그러네. 이곳은 남자 화장실과 여자 화장실이 나란히 있는 구조가 아니고 여자 화장실밖에 없으니까, 남자 화장실에 볼일이 있는 것처럼 꾸밀 수도 없고. 변태 같아.

"뭐, 네 말을 이해 못 하는 건 아니지만 기본적으로 노보루 넌 필사적이지 못해. 좀 더 필사적으로 매달리면 여러모로 어떻게든 될지도 모르잖아."

이렇게 나와 노보루가 소리를 낮춰 말싸움을 벌이는데 노아가 옆에서 "응? 뭐야, 뭐야? 요우, 이번에는 무슨 일이야?" 하고 생글생글 웃으며 물었다.

가끔씩 얘기를 나눠본 적은 있지만, 왠지 엄청나게 종잡을 수 없는 애네.

뭐, 하지만 어차피 들킨 거 기왕이면 싶어 노아에게 "으음, 그럼 나는 사키를 죽인 범인을 찾으려고 하는데, 잠깐 시간 돼?"라고 말해봤다.

"아, 사키는 그냥 죽은 게 아니라 누구한테 살해당한 거야?"

"응. 목을 조른 흔적이 있는 걸로 보아 자연사나 자살이 아니라 타살이라는 건 분명해. 누군가가 사키를 죽였어. 역시 그런 건 용납할 수 없으니까 범인을 잡아야 하잖아? 그러니까 노아도 협력해 줬으면 하는데."

"좋아~."

으음~, 끝까지 가볍게 받아들이는군. 뭐, 솔직하다는 건 좋은 일이지. 그럼 화장실 바로 옆이 비상계단이라서 그곳 층계참에서 이야기를 듣기로 했다.

"으음, 우선 범행 시간을 추정하고 싶은데 노아가 마지막으로 살아 있는 사키를 확인한 게 몇 시쯤이야?"

"점심을 같이 먹었으니까 그때까지는 살아 있었어~. 시간 차이를 두고 점심을 먹었고, 우리는 일찍 먹었으니까 11시 반쯤이려나. 그리고 12시쯤부터 사키는 계속 거기서 시체 역할을 하고 있었을 텐데, 그 이후는 모르겠어."

지금이 1시하고도 조금 지난 시간이니 사키는 12시부터 1시까지, 1시간 사이에 살해당한 셈인가.

"진노가 발견한 시점에서 죽은 지 몇십 분에서 1시간 정도 지나 있었으니 12시부터 12시 20분 사이 정도로 좁혀도 될 거야."

내가 팔짱을 끼고 생각하는데 옆에서 노보루가 보충했다. 그러고 보니 그런 말을 했던가. 기온이나 시체의 상황에 따라서도 오차가 생기는 것 같지만 사반 같은 걸 보고 대강은 알 수 있다는 모양이다. 역시 부검의 대가야.

"뭐 달라진 건 없었어? 수상한 사람이나 소리 같은 거."

"음~. 나는 원래 사키가 있던 곳 다음 코너에서 튀어나와서 쫓아가는 담당이니까 기본적으로 사키 쪽까지는 안 가는데. 아까는 요우가 좀처럼 안 오니까 쫓아내려고 갔을 뿐이고."

그 귀신의 집은 네모난 교실에 책상과 종이상자를 배합한 파티션을 세워, 구불구불 굽은 하나의 통로를 내놓은 것이다. 모퉁이를 돌 때마다 시체 역할을 맡은 학생이 굴러다니며 회중전등으로 시체를 비춘 순간 가슴이 철렁! 하는 것을 노린 듯하다. 그리고 사키는 마지막 코너 조금 앞에 앉아 있었고, 노아는 그 코너 맞은편에 대기하고 있었다는 것 같다.

"그럼 노아는 사키를 볼 수 없었다는 거네?"

"그렇지. 안은 캄캄했고 우리가 빛을 쓸 수도 없으니까. 계속 있으면 눈이 적응해서 조금은 보이기 때문에 잠깐 걷는 것 정도는 아무 문제 없지만. 게다가, 바깥의 소리를 차단하려고 요란한 빗소리를 틀어뒀으니 소리로도 알 수 없었지~."

"아~, 그러네. 꽤 시끄러웠지."

귀신의 집을 하려고 해도 문화제 도중인 지금은 체육관에서 하는 브라스밴드의 연주가 다 들리는 데다, 안뜰에도 미니 스테이지를 설치해 놓고 마이크로 이런저런 행사를 하니까 소란스러워서 어둡게 해도 별로 무서운 느낌이 들지 않는다. 이런 교실은 소리를 완벽하게 차단할 수 없으니 반대로 엄청난 소음을 내서 다른 소리를 밀어내자는 작전이었다나 보다. 그래서 쏴──!! 하는 엄청난 뇌우 소리가 계속 흘러나온 것이다. 어느 정도의 소음이라면 묻혀 버렸을지도 모른다.

"귀신의 집은 입구와 출구가 하나씩 있고, 한 번에 한 조씩만 들어갈 수 있는 거지?"라고 나는 한 번 더 노아에게 확인했다.

"응. 회중전등만 켜고 통로를 나아가는 식인데, 그 회중전등을 출구에서 회수하고 다음 사람에게 넘기는 거지. 그러니까 동시에 안에 있는 건 항상 한 조뿐이야."

"12시부터 12시 20분 사이에 들어와 있었던 사람이 누군지는 알아?"

"글쎄~. 나는 마지막에 뛰쳐나가서 쫓아다니는 게 다니까, 어두운 데다 마스크를 꼈고 얼굴을 가만히 볼 기회도 없어서 누구인지까지는 모르겠지만, 접수대에 있던 카에데라면 알지도 몰라."

"카에데가 누구더라?"

"어라? 몰라? 토도로키 카에데. 집이 절이잖아."

아, 맞다. 맞아. 그러고 보니 사키네 반에 궁도부에 쿨하고 뷰티한 절집 아이가 있다고 했었지. 이름이 토도로키구나. 진짜 절에서 태어난 T씨잖아. 으음, 무슨 이야기를 하다가 절 얘기가 나왔더라? 범인은 불교와 관련이 있다 뭐 그런 이야기였던 것 같은데. 아니, 그건 상관없었나?

어쨌든 그렇다면 토도로키(카에데?)에게도 이야기를 들어보고 싶은데, 하지만 뭐라고 설명하면서 물어보지? 아무리 그래도 솔직하게 '사키가 죽어서 범인을 찾고 있다'라고 할 수도 없고. 여, 역시 노아는 꽤 예외로 쳐야 하지 않을까? 응? 아니면 요즘 고등학생은 이 정도로 담백한 게 디폴트인가? 의외로 물어보면 어떻게든 되려나?

"그런데 나도 질문해도 될까?"라고 노아가 가면처럼 단조로운 미소를 띤 채로 고개를 갸웃하자, 나는 "응? 그래. 질문에 따라서는 대답할 수 없겠지만. 대답할 수 있는 질문이라면야"라고 답했다.

"요우는 사키를 좋아해?"

"엥?"

완전히 뜻하지 못한 방향에서 날아든 공에 실제로 "엥?"이라고 내뱉었다.

"응? 뭐, 좋아하긴 하는데 그게 왜?"

"으음——, 그렇게 가벼운 느낌의 프렌들리한 감정이 아니라 일반적으로 러브라고 부르는 쪽의 감정인가~ 했거든."

"러브라고 부르는 쪽의 감정? 그럼 연애 대상인지 아닌지를 묻는 거야? 아닌 것 같은데."

"아니야? 그럼 우선, 사귀어 봤다거나 뭐 그런 건 아니지?"

어? 보통은 없지 않나? 왜냐하면 일단 둘 다 여자니까.

"에이~. 하지만 요우는 진짜 스토커인가? 싶은 레벨로 사키를 따라다니는 것 같았거든. 그보다 지금 사키가 죽은 것도 요우의 사랑이 폭주한 결과 아닐까 했어. 미안하긴 하지만."

어어……. 뭐, 하지만 내가 스토커인가? 싶은 레벨로 사키를 따라다녔다는 점은 쉽게 부정할 수 없기도 하다. 하지만 그냥 친구로서 좋아하는 것뿐이야. 예쁘고 성격도 좋고, 이 세상의 모든 좋은 것들이 현실화한 것 같은 기적의 존재니까. 그렇지?

"하지만 그럼 그것대로 어디까지나 친구로서 좋아하는 것뿐이에요~, 라고 어필은 해두는 게 나았을지도 몰라. 의외로 다들 요우를 그렇게 봤던 것 같으니까. 둘 다 눈에 띄는 타입이라서 노리는 사람은 꽤 있었을 텐데, 둘이 사귀는 줄 알고 포기한 패턴도 많은 것 같고."

어어……, 그 정도인가? 뭐, 본의가 아니라면 본의는 아닌데, 그나저나 사귀고 있다는 어필이라면 또 모를까 사귀지 않는다는 어필은 어떻게 하는 거야. 물어본 적도 없는데 어필하는 것도 이상해 보이잖아. 그보다 사키가 눈에 띄는 타입이라는 건 안다고 치자, 나는 딱히 그렇지도 않잖아? 안면 편차치 48인데?

"음~. 너무 오래 붙어 있었던 걸지도?"

노아는 검지를 입술에 대고 위를 보고 눈을 굴리면서 생각에 잠긴 얼굴을 했다.

"요우랑 사키는 같은 중학교 출신이었지? 사이좋게 지내는 건 좋은 일이지만, 기껏 고등학생이 됐는데 계속 중학교 때 친구하고만 어울리면서 새 친구를 사귀지 않는 것도 어느 정도는 불건전한 것 같은데?"

"어, 딱히 새 친구를 사귈 마음이 없다거나 뭐 그런 건 전혀 아닌데. 나도 교실에서는 짝꿍인 이세자키랑 꽤 떠들거든?"

"하지만 요우는 점심시간이 되면 사키랑 점심을 같이 먹으려고 굳이 우리 반까지 오잖아? 그건 같은 반에 있는 다른 아이와 친해질 기회를 잃는 것이기도 하거든. 왠지 요우랑 사키는 둘만의 세상이 있고 다른 사람에게는 잘 열어주지 않는다는 느낌은 들었는데."

음, 뭐. 확실히 고등학생이 된 지 벌써 한 달 정도 됐는데 아직 친구라고 부를 만한 친구를 새로 사귀지는 못한 것 같기도 하다. 하지만 그것도 어느 정도는 어쩔 수 없는 면이 있다고 보는데.

"하지만 남을 무턱대고 믿으면 살해당할 수도 있잖아."

아무리 겉이 선량해 보인다고 해도 인간이란 근본적으로 믿을 수 없는 존재라는 걸 나는 몸소 체감했다. 인간은 누구나 어떠한 계기로 살인범이 될 수 있다. 그런 걸 나는 이미 경험상 알기 때문에 모르는 사람에 대한 신뢰의 턱이 높아질 수밖에 없다. 그게 그렇게 건전한 상태가 아니라는 건 분명하지만.

"으음~, 사키가 누군가에게 살해당한 이런 상황이라면 그것도 강하게 부정할 수는 없겠지만 일반적으로 말하면 그건 그렇게 좋은 인식은 아닌 것 같은데~."

불건전한 게 내 인식인지, 아니면 세상인지 그런 건 잘 모르겠다. 사실 세상은 좀 더 다정하고 건전하며 멋진 것인데 그냥 내 인식이 불건전해서 비뚤어진 눈으로 바라보는 것일 수도 있다. 하지만 어쨌든 방심하면 사키는 바로 누군가에게 살해당한다는 것만은 틀림없는 진실이다. 적어도 항상 마음을 놓고 있을 수는 없다.

"그렇다고 해도 사키는 사키니까~. 사키가 살해당한 게 인간은 믿을 수 없다는 결론으로 직결하는 것도 조금 이상하다고 할까. 역시 사키는 조금 특수하니까."

"응? 특수하다면 어떤 점이?"

내가 묻자 노아는 다시 할 말을 생각하는 것처럼 허공을 보며 눈을 굴린다. 적당히 떠드는 것 같아 보이지만 의외로 차분히 생각하고 말을 정리한 후에 입을 여는 타입인 듯하다.

"뭐라고 할까? 나도 오해를 주지 않고 적절히 설명할 자신이 전혀 없는데, 사키는 가만히 있기만 해도 가까이 있는 사람들의 열등감을 자극하는 면이 있었잖아? 사키에게 뭔가 나쁜 점이 있다는 게 아니라, 오히려 나쁜 점이 하나도 안 보이니까 그렇게 예쁘고 공부도 잘하고 운동도 그럭저럭 잘하고, 게다가 성격까지 좋다니 결점이라고 할 만한 게 아무것도 없으니까. 나는 성격이 이래서 그런 걸 크게 신경 쓰지 않는 편이지만, 그래도 가끔씩 왜 이런 애가 존재하는 거지? 하고 신기해한 적이 있어."

그런가? 예쁘고 똑똑하고 성격이 좋으니까 그냥 좋아질 것 같은데. 나는 예쁘고 똑똑하고 성격까지 좋은 사키가 그냥 좋기 때문에, 열등감을 자극한다는 게 뭔지 잘 모르겠는데.

내가 그런 식으로 말하자 노아는 입술을 살짝 빼쭉이며 "응~? 그건 그것대로 요우가 왠지 자기한테 타이르는 것처럼 부자연스러운 느낌이 들기도 하거든?" 하고 고개를 가로저었다.

"왠지 요우는 '이래야 한다'라는 규범과 '이렇게 생각한다'라는 자신의 감정을 구별하지 못하는 것 같아. '이런 생각은 하면 안 돼'라고 생각하면 그게 자기 감정까지 숨겨버려서 본인도 '이런 생각은 한 적 없다'라고 믿어버리는 거지. 세상에는 해서는 안 될 일이 여럿 있지만, 해서는 안 될 생각 같은 건 따로 없어."

으음~? 그렇게 '너는 모를 수도 있지만 넌 사실 무의식중에 이런 생각을 하고 있어' 같은 '진정한 나' 논법은 너무 무적 아닌가. 그런 건 반론할 여지가 없잖아. 내가 뭘 어떻게 생각하는지는 최종적으로는 내가 내 뜻대로 정하는 거 아닌가?

"그것도 그렇지만. 규범은 규범, 내 감정은 내 감정으로 제대로 구별하고서 가리는 거라면 그건 그냥 요우가 강한 사람이라는 거겠지. 하지만 세상에는 그렇게 강한 사람만 있는 게 아니야. 아직 감수성이 풍부한 고등학생이라면 더더욱 그렇지. 물론 그래서 죽여도 된다거나 죽어도 어쩔 수 없다는 건 아니야. 나도 그런 것 가지고 남을 죽이지는 않지만, 하지만 죽이고 싶다는 마음이 드는 건 의외로 알 것 같기도 하다~. 이거지."

그래서일까? 하고 노아는 자기가 말하면서도 신기하다는 것처럼, 부엉이처럼 고개를 갸웃했다.

"아까 사키의 시체를 발견했을 때도 크게 안 놀랐잖아. 이럴 수도 있겠다? 같은 식으로. 게다가 의외로 딱 와닿았다고 할까, 죽어 있는 게 잘 어울려 보였다고 할까. 죽은 것도 꽤 괜찮네? 싶었어."

"죽어 있는 게 잘 어울려 보인다니……."

나는 이미 사키가 죽어 있는 걸 늘 봐서 익숙한 경향이 있으니까 죽어 있는 게 잘 어울린다는 말을 이해할 수 있을지도 모른다는 가능성이 왠지 모르게 없지는 않지만, 노아 입장에서 사키는 아마 난생처음 보는 시체일 텐데(시체를 볼 기회는 흔치 않잖아?), 처음 보는 건데도 죽어 있는 게 잘 어울린다니 그게 말이 되나?

"리허설 때도 생각한 건데 사키는 살아 있어도 예쁘지만, 아마 죽은 모습이 더 예쁘지 않을까~."

으음――? 점점 뭐가 뭔지 모르겠는데. 이거 그냥 사이코패스 아니야?

"뭐라고 할까? 사키는 오필리아 같은 아름다움을 가졌어. 아름다움은 죽음에 가까워. 너무나도 아름다운 것이 살아서 돌아다니면 아무래도 위화감이 들고 시체인 게 더 익숙하잖아. 죽은 척하는 사키는 정말 아름다웠어. 죽으면 더 아름다울 텐데~ 라고 생각했다면 해보고 싶어지는 아이도 역시 있지 않을까? 나는 그런 건 귀찮아서 안 하지만."

왠지 점점 이야기가 비약해가네~. 혹시 노아도 보기보다 꽤 위험한 타입인가? 그렇게 생각하는데 옆에서 노보루까지 "뭐, 모르는 건 아니지만"이라고 해서 어? 정말 괜찮아? 가 되었다. 사면초가잖아.

"아름다운 겉모습이든 좋은 성격이든 뭐든 상관없는데, 그런 건 추상적으로 말하자면 전부 힘이잖아. 그리고 너무나도 큰 힘이란 인정사정 보지 않고 많은 것을 끌어들이니까, 단지 그곳에 존재하는 것만으로도 주변에 소용돌이 같은 게 발생하는 거야."

——라고 노보루까지 왠지 오컬트 같은 말을 하기 시작했다. 뭐야, 그게 풍수 얘기 같은 건가?

"으음~, 힘의 소용돌이라……?"라고 내가 신음하자 노아는 만족한 듯한 얼굴로 "아, 그래. 그거야. 힘의 소용돌이"라며 검지를 세웠다.

"왠지 이차원 공간 같다고 할까, 시공이 일그러지는 것 같은 묘하게 자장적(磁場的)인 소용돌이가 있는데, 그걸 중심으로 존재하는 게 사키이고 요우라는 느낌이야."

"어, 뭐야? 나도 그 정체 모를 역장(力場) 한가운데 있는 거야?"

"그래~. 아, 혹시 그래서인가~. 요우랑 사키는 주변에 영향을 크게 미치는데 자기들은 주변에서 아무런 영향도 받지 않고 견고하게 안정되어 있으니까, 그래서 왠지 화가 나서 이쪽에서도 영향을 주고 싶어지는 걸지도 몰라."

어어~? 하지만 그런다고 우리에게 영향을 주려는 수단이 살인이라니, 아무리 그래도 너무 단계를 뛰어넘었잖아. 거리감이 이상하게 가까운 타입의 커뮤니케이션 장애 아니야.

"나도 그렇게 생각해. 뭐, 세상에는 서툰 사람도 많으니까. 나도 왜, 계기는 이렇지만. 이렇게 요우와 얘기를 나누게 돼서 다행이다~ 라고 생각하는 데다, 나 말고도 요우와 좀 더 떠들고 싶어 하는 애는 많을 테니까, 그렇게 기를 쓰고 배리어를 치며 둘만의 사랑의 원더랜드로 삼은 건 좀 그렇지 않을까~ 하는 생각도 드는데?"

뭐, 사키는 이미 죽었으니까 후회해도 늦은 일이지만. 라니, 어어~? 뭔가 엄청 담백하다~. 뭐, 보통은 죽으면 거기서 끝나니까 그렇게 반응하게 되려나? 어? 그렇다고 하더라도 담백한 건 아니라고? 뭐 됐어.

딱히 나는 사키와 둘만의 사랑의 원더랜드를 만들 생각은 없었는데, 그보다 무슨 이야기 중이었더라?

"중요한 건 이번에도 동기로 범인을 찾아봤자 헛수고일 것 같다는 거야."

노보루가 그렇게 말했고 내가 "사람은 원한만 가지고 사람을 죽이지 않는 데다, 어떤 감정이든 일정 이상으로 커지면 동기가 될 수 있다는 거야?"라고 이야기를 정리하자, 노아도 "그런 뜻이려나? 응, 그런 걸지도" 하고 스스로 납득한다.

잘은 모르겠지만 납득했다면 뭐 됐나. 그렇게 이야기가 일단락된 시점에서 "내 앞에 왔던 손님은 알아?"라고 자연스럽게 이야기를 원래 방향으로 돌려놓았다. 애초에 용의자도 좁혀지지 않은 상황에서 동기를 유추하는 건 아무런 의미가 없다.

"아까도 말했지만 나는 마지막에 내쫓기만 하면 되는 역할이라 손님 얼굴까지는 일일이 안 봐. 아, 하지만 우리가 교대하고 나서 12시 이후에 온건 전부 우리 학생이려나. 다들 교복 차림이었으니까, 외부 손님은 아니었을 거야. 그리고 다들 2인조였어. 혼자서 들어온 아이는 따로 없었어."

"아, 그건 꽤 솔깃한 정보인데"라고 내가 말하자 노보루도 "결국 지금 시점에서 용의자는 이 학교 학생으로 한정된다는 거네"라고 고개를 끄덕인다.

그래도 아직 용의자는 몇백 명 이상이 되지만, 그냥 오늘 우연히 문화제에 온 아무 상관없는 외부인이 사키를 첫눈에 보자마자 마음을 먹고 빠르게 살해했다는 패턴보다는 훨씬 낫다. 만약 그렇다면 용의자의 수는 폭발적으로 증가한다. 우리 학교는 외부인도 자유 입장이 아니라 티켓제니까 무한히 확대되는 건 아니지만, 하지만 나 같은 아마추어 탐정이 적은 단서로 추리를 통해 범인을 찾는다는 건 충분히 불가능해진다.

물론 정말 수가 없다면 포기하고 경찰에게 맡길 수밖에 없지만. 어쩌면 경찰이 진범을 찾아낸 경우에도 사키는 되살아날지 모르는 데다, 계속 범인을 풀어두는 것보다는 훨씬 낫다.

그렇다지만 정말 되살아날지 어떨지는 실제로 해보기 전까지는 모를 일이고, 만약 되살아났다고 해도 사키가 한 번 죽었다가 살아났다는 사실이 공개될 수밖에 없으니까, 그걸 두고 사회가 어떻게 반응할지도 전혀 예측할 수 없다. 어쩌면 그 부분도 검은 무언가가 현실을 잘 평균화해 줄지 모르지만, 그것도 어디까지 얼마나 작용할지 모를 일이니까 너무 상황을 낙관적으로 받아들여서는 안 된다. 실은 부활에 시간제한이 있을 가능성도 고려할 수 있다.

역시 최선은 지금까지 해온 것처럼 일이 커지기 전에 가능한 한 빨리 범인을 지목하고 사키를 되살린다. 이거겠지.

"이제 쿠마가이 이외에 귀신의 집에 있던 멤버를 알고 싶은데"라고 노보루가 말하자 나는 "저기, 노아가 살인귀 역으로 교대한 이후인 12시부터는 노아 말고 누가 교실 안에 있었어?"라고 물었다. 아, 쿠마가이라는 건 노아의 성이야. 풀네임은 쿠마가이 노아.

"첫 번째 코너를 꺾은 곳에 쓰러져 있던 게 모부 카즈미일 거야. 그다음이 쿠누기 에미고 그다음은 코사카 히나코. 그리고 사키. 마지막으로 나. 배우는 그 다섯이야. 그 밖에도 교대해주는 멤버가 있지만 12시 이후로는 그 다섯이서 했어."

"교대해주는 멤버들은 어디 있었어?"

"응? 뭐 이 부근이겠지~. 따로 대기실 같은 게 있는 것도 아니고, 교실 안도 캄캄해서 대기할 만한 공간이 없으니까 교대해주는 멤버도 자기 차례가 아닐 때는 그냥 문화제를 구경다녔을 거야. 시간이 되면 적당히 근처까지 와서 타이밍을 보다가 교대하는 식이지."

그 말을 듣고 복도 쪽을 보니 확실히 교실 앞 곳곳에 애매한 수의 학생들이 있다. 전원의 이름까지는 모르겠지만 얼굴이 낯익어 보이는 것 같기도 하니 특진과 반 아이들이겠지. 교대에 대비해 대기 중인 걸지도 모르겠다.

"흐음——, 그렇구나~."

"진노, 모든 걸 밝힐 필요는 없어. 범인만 알면 돼."

노보루가 그렇게 말하자 아, 역시 노보루도 똑같은 생각을 하고 있었다는 걸 알았다. 결정적인 단서는 못 될 수도 있지만, 아마 맞겠지.

그야 물론 다른 가능성은 결코 존재할 수 없을 만큼 답이 하나로 굳혀지는 게 이상적이겠지만, 현실적으로 우리의 조사 능력은 엄청나게 한정적이고, 모든 가능성을 일일이 확인할 만한 시간적인 여유도 아마 없을 것이다. 아직 우리가 건드리지 않은 영역에 진범이 있을 가능성도 배제할 수 없지만, 이거려나? 싶은 게 있다면 그 후로는 어느 정도 결론을 예측하고 추리해 나가는 수밖에 없다.

결국 이번 사건에 필요한 건 용의자의 이름뿐이다. 물론 그런 건 평범하게 생각하면 결정적인 증거가 될 수 없지만.

결정적인 증거 따위는 필요 없다. 그냥 범인을 맞히기만 하면 된다.

"조금 성급한 느낌이 안 드는 것도 아니지만, 매번 이런 식이니까. 불구덩이에 엘보 드롭하는 각오로 가는 거지! 어디 한 번 부딪혀 볼까."

물론 이번에도 노보루는 독려만 할 뿐, 실제로 움직이는 것은 탐정 역할을 맡은 나다.

그런 이유로 나는 비상계단을 통해 교실 앞으로 돌아가 가장 가까이에 있던 베이지색 얇은 카디건을 걸친 아이에게 "코사카 히나코 맞지?"라고 말을 걸었다.

"어? 그런데……."

오, 맞혔네. 이거 좋은 징조인걸 싶어 그냥 분위기 잡지 않고 단도직입적으로 "네가 사키를 죽인 범인이지?"라고 말해 봤다.

"뭐?"

코사카는 경멸하는 눈으로 나를 노려봤다.

"으음, 너 보통과 진노 맞지? 무슨 말을 하는지 모르겠는데."

"아, 역시 그렇게 나오시나요? 음~, 하지만 네가 코사카라는 시점에서 아마 맞는다는 거겠지. 아직 판정은 안 났지만."

아무래도 사키가 부활하는 조건은 그냥 범인을 맞히기만 하면 되는 게 아니라, 그 사람이 범인이라고 특정하게 된 이유도 어느 정도는 설명해야 하는 듯하다. 하지만 완전 1분의 틈도 없이 완벽하게 설명해야 한다거나 그런 것은 아닌지, 비교적 느슨한 추리라도 통할 때가 있는 걸로 보아 그 판정 기준은 아직 분명하지 않다. 그러므로 판정이 날 때까지 계속 몰아붙이는 수밖에 없다.

"왜, 목을 졸려 살해당할 위기에서 저항하려고 한다면 우선 상대의 팔을 잡으려 하잖아?"라고 나는 살짝 몸을 뒤로 기울인 채, 목으로 다가오는 상대의 손을 잡는 제스처를 취하면서 설명했다.

"그리고 어쨌든 죽느냐 사느냐가 걸린 문제니까 필사적으로 손톱으로 할퀼 것 같은데, 그렇다면 오늘처럼 더운 날에는 다들 대부분 반팔을 입고 있으니까 사키의 손톱 사이에 상대의 피부 조각 정도는 남아 있어도 이상할 게 없을 거야. 하지만 그런 건 없었어. 그렇다는 건 범인은 긴소매를 입은 사람이 아닐까 추측할 수 있다는 거지."

"어, 잠깐. 진짜 무슨 소리인지 하나도 모르겠는데."

코사카는 미간을 찡그리며 곤혹스러워하는 표정을 지을 뿐이고 판정도 아직 나지 않았다. 응~? 혹시 정말 틀렸나? 뭐, 하지만 한번 시작한 이상 전력을 다하는 수밖에. 이제 돌파할 수밖에 없기에 이대로 갈 데까지 가보기로 했다.

"그러니까 이 빌어먹게 더운 날씨에 유일하게 긴소매를 입은 네가 범인이야!!"

"아니, 유일하다고 할 정도는 아닐 것 같은데. 나 말고도 가끔씩 긴소매를 입은 사람이 보이니까."

응, 뭐 그렇긴 한데. 역시 낮에는 대부분 반팔을 입지만 아직 완전히 하복을 입으라는 공지가 없어서 등교할 때는 블레이저를 입고 오니까. 아침저녁으로는 쌀쌀하니까 카디건을 걸치고 있는 아이도 그렇게 드물지만은 않다. 으음——, 틀렸나?

"전부 그냥 상상으로 하는 말이잖아. 저항하지 않았을 수도 있는 데다 저항해서 흔적도 남았지만, 범인이 그걸 없애고 갔을 수도 있고. 그냥 너희 조사가 부족해서 못 찾은 걸 수도 있어. 무언가가 있다는 것에 비해, 무언가가 없다는 건 근거로 삼기에 너무 약해."

으음~, 그것도 그렇긴 한데. 하지만 보통은 '사키가 살해당했다'라는 부분을 시작으로 포커스를 맞춰 나갈 텐데, 방금 그 부분을 순순히 받아들였잖아? 물론 나는 일부러 그걸 설명하지 않고 불친절한 느낌으로 갑자기 떠들기 시작한 거고. 사키가 이미 죽었다는 걸 원래부터 아는 사람이 아니라면 그렇게 반응하지 않을 것 같은데~?

"트집이야. 나는 처음부터 무슨 이야기인지 하나도 모르겠다고 했잖아? 갑자기 뜬금없는 트집을 잡으면서 원하는 대로 반응하지 않으니까 수상하다니, 너무 제멋대로인 거 아니야? 애초에 좀 당황스럽거든."

"뭐, 그렇겠지~. 하지만 아마 맞을 것 같은데~."

이제 판정 여부만 남았다. 내 직감으로서는 이미 맞힌 것 같은데, 이걸 제대로 설명하라고 하면 꽤 복잡해지거든.

아, 일단 싱킹 타임을 가지라고? 그럼 상황을 정리할게.

귀신의 집은 입구와 출구가 하나씩 있는 외길 구조고, 사키 앞에는 코사카 히나코가 안쪽에는 쿠마가이 노아가 대기 중이었어. 모부와 쿠누기가 범행을 저지르려 할 경우, 코사카 옆을 지나가야 해서 조금 난도가 높아지니까 이 시점에서는 코사카와 노아가 가장 유력한 용의자지. 하지만 물론 손님이 범인일 가능성도 완전히 배제할 수 없으니, 그럴 가능성을 고려하면 용의자는 폭발적으로 증가해. 가능하다면 코사카가 범인이었으면~ 하는 나의 희망이기도 하지만, 그 이상으로 이번 사건의 결정적인 단서는 코사카의 이름이지. 힌트는 사키의 손 모양.

그럼 싱킹 타임 스타트~.

띠리띠리링띠리띠리링♪ 띠리띠리링띠리띠리링♪

자, 종료~☆ 그럼 정답을 발표합니다.

"사키 손가락이 이렇게 되어 있었는데, 코사카는 이게 뭔지 알아?"

나는 그렇게 말하고 손바닥을 쫙 편 상태에서 엄지와 약지를 굽혀 보였다.

"구품정인?"이라고 코사카는 즉각 대답했다. 어? 코사카도 아는 거야? 이게 그렇게 일반교양 수준으로 유명한 지식인가? 뭐, 상관없나.

"으음, 사키는 불교 같은 건 잘 모를 테니까 아마 그렇게 복잡한 이야기는 아닐 거야. 애초에 나한테 전해져야지만 의미가 있고. 그리고 엄지와 약지를 굽히면 남는 손가락은 검지와 중지, 새끼손가락이잖아? 이게 사키의 다잉메시지야."

나는 코사카를 가끔 본 적이 있는 정도여서 얼굴과 이름이 일치하지 않았지만, 노아에게 이름을 들은 시점에서 다잉메시지를 통해 범인은 이 코사카 히나코라는 애가 아닐까 가늠했고, 아마 그 아이는 긴소매를 입고 있을 것이라고 추측했다.

그리고 교실 앞으로 돌아와 보니 역시 긴소매를 입은 아이가 하나 있는 게 아닌가. 어쩌면 이 아이가 코사카 히나코일까? 싶어서 말을 걸어 보니 역시 맞았다. 이런 흐름이니까 물론 객관적으로 말하자면 전혀 범인으로 확정할 수 없지만, 내 주관으로서는 꽤 확실도가 높다.

그러니까 슬슬 끝까지 힘껏 밀어붙여 보자!!

"사키의 다잉메시지는 검지와 중지, 새끼손가락이고 그건 '히', '나', '코'를*뜻해!! 즉 코사카 히나코, 네가 범인이야!!"

빠밤──!! 하는 효과음과 플래시라이트를 등지면서 자신만만한 표정으로 코사카를 지목했다. 아, 빠빰──!! 이니까 정답인가 보다. 됐어.

"그러니까 그건 그냥 트집이잖아. 그 손가락 모양이 정말 피해자가 남긴 메시지인지도 확실치 않고, 메시지를 그렇게 해석하는 게 맞는지도 확인할 방법이 없잖아? 그런 게 증거가 될 리 없어."

이미 빠밤──!! 도 나왔는데 코사카는 구질구질하게 아직도 그런 말을 한다.

뭐, 보통 다잉메시지가 정말 피해자가 남긴 것인지, 그 해석법이 정말 피해자가 의도한 게 맞는지는 확인할 방도가 없다는 건 맞는 말이니까. 다잉메시지 정도밖에 결정적인 증거가 없으니까 계속 잡아떼는 것도 가능할 법한 작전이다 싶지만, 상대가 사키일 경우에 한해서는 그럴 수도 없다.

그리고 빠밤──!! 이 나왔기 때문에 뒤쪽에서 화장실 문이 벌컥 열리더니 되살아난 사키가 머리를 누르면서 비틀비틀 걸어 나왔다.

"우와앙~!! 사키~~!!" 하고 나는 맹렬히 달려가 사키의 품에 뛰어들었다. 다행이다!! 이번에도 살아 돌아왔구나!!

"아, 뭐야. 요우구나, 다행이다. 깨어나 보니까 이상한 포즈로

---

*각각 검지(히토사시유비), 중지(나카유비), 새끼손가락(코유비)을 뜻하는 일본어의 앞 글자를 따왔다.

청소 도구함에 처박혀 있었단 말이지. 아직 뭔가 위험한 상황인가 했잖아."

사키는 나를 끌어안고 머리를 툭툭 쓰다듬으며 말한다.

"아~, 깜짝이야. 이번에는 정말 죽는 줄 알았네."

아니, 그러니까 죽었었거든.

노아는 여전히 부드럽게 웃고 있어서 표정을 읽기 어렵지만, 일단 깜짝 놀라기는 했는지 "아, 죽은 게 아니었나?" 하고 눈을 굴리면서 물끄러미 사키를 관찰하고 있다.

뭐, 보통은 그렇게 해석하겠지. 인간에게는 정상성 바이어스라는 게 있고, 관측한 사물을 자신이 상정할 수 있는 범위 내에서 이유를 붙여가며 받아들이는 경향이 있다. 노아는 사키의 시체를 제대로 확인한 것도 아니니, 죽은 아이가 살아 돌아왔다!! 보다는 죽었다고 생각했던 게 자신의 착각이고 실은 살아 있었다는 게 차라리 상식 범위 내에서 벌어질 수 있는 일이겠지.

아무튼 이렇게 사키가 살아 돌아왔으니 나는 "저기, 사키. 이건 히나코라는 뜻이지?"라고 엄지와 약지를 굽힌 사인을 보여주며 답을 대조했다. 보통은 다잉메시지의 진짜 의미를 밝힐 수 없지만, 상대가 사키라면 이렇게 본인이 살아 돌아온 후에 직접 그 의미를 물어볼 수 있다!!

"응, 맞아. 목을 졸려서 의식이 흐려져 가길래 이제 틀렸구나~ 했는데, 최소한 마지막으로 요우에게 뭔가 메시지를 남겨야겠다 싶어서. 아주 잠깐이라 생각할 틈도 별로 없었지만 잘 전해져서 다행이야."

아무리 공들인 트릭을 구사한 밀실 살인이라도, 경이로운 속도의 살인이라도, 피해자가 생존한다면 그 시점에서 모든 게 허사가 된다. 사키는 생존한 게 아니라 되살아난 것이지만 뭐, 조건으로서는 비슷한 셈이다.

자. 그런 이유로 피해자 자신이 범인을 지명한 이상, 더는 발뺌할 수 없을걸!! 포기하시지, 코사카 히나코!! 라고 나는 생각했지만 뒤를 돌아보니 코사카는 그냥 팔짱을 낀 채 미간을 찡그리며 불쾌해하는 듯한, 의아해하는 듯한 표정을 짓고 있을 뿐 딱히 포기한 것 같지는 않다.

"으음, 아마 아까까지 진노 넌 내가 하스미를 죽였다면서 트집을 잡았던 것 같은데?"

코사카가 언짢다는 듯 말했다. 아, 뭐야. 눈이 무서운데.

"아, 네. 그러네요. 틀림없이 코사카 씨가 범인이라고 저는 생각하는데요."

기세에 눌려 그만 살짝 약해진 나는 그렇게 대꾸했다.

"살아 있잖아."

"응, 그러네. 지금은 살아 있지."

하지만 내가 범인을 지목함으로써 되살아났을 뿐, 그런다고 코사카가 사키를 죽였다는 사실이 완전히 사라지진 않는다.

"하스미가 살아 있다면 애초에 이야기가 성립하지 않잖아? 무슨 뜬금없는 소리를 하는 거야? 아까부터 이게 뭔데? 이것도 문화제의 여흥 같은 거야? 그렇다면 딱히 재미도 뭣도 없는 데다, 진짜 뭐가 뭔지 모르겠는데."

어라? 대부분은 여기까지 오면 당황하거나 단념하거나 돌변하고, 그 후로 검은 무언가가 여차여차하면 전부 원만하게 평균화되는데 이렇게까지 딱 잡아떼는 패턴이라니 특이하다.

"어? 사키, 코사카가 범인 맞지?" 하고 만일에 대비해 확인하자 사키도 "응. 어두웠지만 카디건을 입고 있었고 몸이나 체격의 느낌도 틀림없이 코사카였던 것 같아"라고 답했다.

"사키도 이렇게 말하고, 더는 시치미를 뗄 수 없을 거 같은데."

내가 말해도 역시 코사카는 "그러니까 모르는 일이라잖아."라고 한 걸음도 물러서지 않는다. 으음~, 아무래도 이건 말다툼을 벌여도 영원히 평행선일 것 같네. 뭐, 가끔씩 있지. 아무리 결정적인 증거를 들이밀어도 끝까지 거짓말로 우기는 타입의 사람이. 그런 사람은 거짓말하는 도중에 점점 자기도 자기 거짓말이 진짜인 것처럼 느끼는 거지? 거짓말로 자신을 속일 수 있는 타입은 강하다.

"뭐, 코사카가 인정하든 그렇지 않든 딱히 아무 상관은 없는데."

"뭐?" 하고 코사카가 고개를 갸웃했다. 우직!! 하고 무언가를 꺾는, 단단한 것을 힘을 실어 부수는 소리가 울려 퍼지더니 그대로 목뿐만이 아니라 온몸이 서서히 기울기 시작했다.

"시간이 됐어. 데리러 온 것 같아."

정신을 차리고 보니 어느새 문화제에서 비롯된 주변 소음은 희미해졌고, 이 자리에 있는 우리 말고는 인기척이 사라졌다. 그리고 코사카 뒤에는 그 검고 뭔지 모를 무언가가 소리도 없이 등장해 있었다.

그ㅇㅇㅇㅇㅇㅇㅇㅇㅇㅇㅇㅇㅇ!!

으고ㅇㅇㅇㅇㅇㅇㅇㅇㅇㅇㅇㅇㅇㅇㅇㅇㅇㅇㅇㅇㅇㅇㅇ!!

검은 소녀가 낮고 묵직한 신음소리를 냈다. 발밑의 검은 원에서 튀어나온 검고 가느다라며 긴 무언가가 우직우직!! 질척질척!! 소리를 내며 코사카의 몸을 차례차례 먹어 치운다.

"어?! 잠깐, 이게 뭐야?! 엇?! 이게 뭔데?!"

차례차례 소멸되는 몸을 보며 코사카가 곤혹스러움이 담긴 비명을 질렀다.

"엇?! 진짜 대체 뭔데!! 어!!"

코사카가 내 쪽을 돌아본다. 눈이, 마주친다. 그 눈은 완전히 공포에 물들어 있다. 그도 그렇겠지. 조금 떨어진 곳에서 보고 있는 나도, 여러 번 이 광경을 보아와서 익숙할 터인 나도 무서운데. 어마어마하게 무섭다.

하물며 지금 말 그대로 자기 몸을 차례차례 먹어 치우는 걸 보는 코사카는 그야말로 공포겠지. 원리는 모르겠지만 이 검은 것에게 몸을 먹히는 사람은 완전히 먹히기 바로 직전까지 의식은 명료한 채로 남아 있는 듯하다. 자기 몸이 검은 정체 모를 무언가에게 먹히는 모습을 자각하는 듯하다.

"제발 도와——."

그렇게 말한 것을 마지막으로 얼굴마저 검은 정체 모를 무언가가 우직!! 하고 으깨 버렸고, 코사카의 목소리는 끊겼다. 모든 걸 먹어 치운 후에는 평소처럼 지면의 검은 원에서 뻗어 나온 촉수 같은 것이 저항하는 검은 소녀를 강제로 끌고 들어가고, 마지막으로 남은 검은 원도 쏙!! 하고 작아지더니 사라졌다.

아무 일도 없었다는 것처럼 모든 것이 깔끔하게 사라졌고, 정신을 차리고 보니 다시 귀에 문화제의 소음이 들어왔다. 복도 맞은편을 많은 학생이 오가고 있다.

돌아온 것 같다. 이번에도 어찌어찌 우리가 잘 아는, 우리가 평소에 생활하는, 우리가 존재해야 할 일상으로 돌아온 것이다.

내가 안도하며 한숨을 크게 내쉬는데, 옆에서 노아가 "깜짝이야~. 어? 뭐야. 방금 그건 뭐였어? 심령현상 같은 거야?"라면서 눈을 동그랗게 뜨고 있다. 깜짝 놀란 것 같긴 하지만 그렇게 극한으로 위험한 것을 보고도 그냥 놀라는 정도에 그친 얘는 역시 조금 심상치 않은 거 아닌가? 싶었다. 나는 처음에는 그걸 목격할 때마다 매번 삼 일 밤낮 정도는 방에서 이불을 머리까지 뒤집어쓰고 덜덜 떨었는데. 지금보다 더 마음이 여린 초등학생이었던 탓도 있는 것 같기는 하지만, 그걸 제쳐놓더라도 노아의 안정감은 위험해 보였다.

"요우가 한 거야, 방금 그거? 혹시 초능력 같은 걸 쓴 건가?"

"아니, 내가 한 게 아니야. 뭔가 멋대로 찾아와."

응, 내가 한 짓은 아니라고 본다. 내 의사와는 무관하게 저게 멋대로 찾아와서 자동으로 범인을 없애 버리니까. 하지만 구조나 원리 같은 건 전혀 모른다고 쳐도, 내가 범인을 지목하면 사키가 되살아나고 그 후에 저게 찾아온다는 걸 아는 데다, 저게 오면 범인으로서 지목당한 상대는 저것에 의해 소멸한다는 걸 알고, 그 일련의 흐름을 아는 데다, 나는 코사카를 범인으로 지목했으니 완전히 내가 저지른 짓이 아니라도 할 수는 없을지도 모르겠다.

방아쇠를 당기면 상대는 사라진다.

아마 죽는다. 혹은, 죽는 것보다 더 심한 상태가 된다.

그 사실을 알면서도 방아쇠를 당긴다면 역시 그건 내가 저지른 짓이 되겠지. 남을 죽이는 것은 총이 아니라 인간의 의사다.

"그렇구나~. 무섭네~."

그러니까 노아, 반응이 너무 담백하지 않아? 뭐, 됐어. 왠지 저 검은 게 오면 어느 정도 사람의 접근이 차단되는지, 아니면 현실이 잠시 이공간으로 옮겨가는지 아까처럼 관계가 없는 사람은 어느새 멀리 떨어지는 것 같은데 노아는 관계자로 판단됐는지 아니면 조금씩 끌려든 건지, 어쨌든 저 현상을 본 것 같으니 괜히 패닉을 일으키는 것보다는 침착하게 고분고분 받아들이는 게 더 편하긴 하다.

"사키는 괜찮아? 유령 같은 건 아니지? 이제 아픈 곳은 없어?"

노아는 몸을 더듬더듬 만지며 사키의 실재성을 확인한다.

"응, 낮잠을 잔 것처럼 멍하기는 하지만 대체로 괜찮아."

"그래. 그럼 기왕이면 잠깐 문화제나 구경할래? 오후가 되자마자 바로 시체 역할을 한 탓에 아직 많이 보지도 못했지? 신 체육관 2층에서 댄스부 발표가 있는데."

"아, 응. 요우도 갈 거지?"라고 사키가 나에게 묻는다.

"어? 아아, 그래"라고 나도 답한다. 노아가 사키의 손을 잡고 먼저 걸어 나가려 하길래, 나도 노보루에게 "자, 가자" 하고 말한 다음 그 뒤를 따랐다.

"저기, 진노."

나란히 선 노보루가 살짝 목소리를 낮추고 나에게 말한다.

"정말 코사카가 범인이었을까?"

"무슨 소리야?" 하고 나는 미간을 찡그린다. "빠밤——!! 소리도 났고 그 검은 녀석도 온 데다, 무엇보다 사키 본인이 그 메시지는 코사카 히나코를 가리키는 거라고 하니까 분명 범인은 코사카겠지."

내가 그렇게 답해도 노보루는 아직 납득이 가지 않는다는 눈치다. 눈을 내리뜬 채 턱을 어루만지면서 신중히 천천히 입을 열었다.

"그 다잉메시지가 코사카 히나코를 가리키는 것이라는 건 분명해. 하지만 코사카는 끝까지 범행을 인정하지 않았잖아."

응, 뭐 그렇지. 그렇게까지 버티는 건 이제까지 보지 못한 패턴이었다. 하지만 본인이 인정하든 하지 않든, 그런 것과는 아무 관련 없이 그 검은 녀석은 가차 없이 인정사정없이 존재를 소멸시켜 버린다.

"다잉메시지가 큰 효과를 보이지 않는 이유는 그 밖에도 있는데, 애초에 피해자가 범인을 오인하고 있을 가능성도 완전히는 배제할 수 없어. 만약 남은 메시지를 피해자가 의도한 대로 올바르게 해독했더라도, 피해자 자신이 착각해서 엉뚱한 상대를 범인으로 지목하는 메시지를 남겼을 수도 있다고."

"하지만 사키는 틀림없이 코사카가 범인이라고 했는데?"

"범행 현장은 그 귀신의 집 안이야. 광원은 손님이 들고 들어오는 회중전등뿐이었고, 손님이 오지 않는 한, 시체 역인 배우도 캄캄한 어둠 속에서 숨을 죽인 채로 있어야 해. 하스미는 그 어둠 속에서 갑자기 습격당했으니까 범인을 똑똑히 목격한 건 아닐 거야. 그러니까 하스미 자신도 '카디건을 입고 있었다'나 '체형이나 체격이 비슷했다'라는 방증을 통해 '범인은 코사카다'라고 추측한 게 분명해."

"하지만 그 상황에서 카디건을 입고 있었다면 역시 범인은 코사카잖아."

애초에 어둡다고는 해도 완전히 빛이 차단된 캄캄한 어둠은 아니었다. 눈이 적응하면 어느 정도는 보일 것이다. 전혀 아무것도 보지 못할 정도가 아니다. 인간은 그렇게 쉽게 눈앞에 있는 사람을 다른 누군가와 헷갈리지 않는다.

"응. 뭐, 나도 십중팔구 코사카가 분명하다고는 생각해. 쿠마가이 왈, 다른 손님은 전원 2인조였다니까, 같이 들어온 상대를 속이면서 혼자 범행을 벌이는 경우는 생각하기 어려우니까 2인조에게 습격을 당했다면 아무리 어두워도 하스미의 증언은 좀 달라졌겠지. 손님이 아니라면 범인은 원래부터 귀신의 집 안에 있던 배우였다는 셈이 돼."

"그럼 역시 코사카가 범인이잖아."

배치상으로도 코사카는 사키보다 한 코너 앞에 쓰러져 있는 역할이었던 것 같고, 그 밖의 좀 더 앞쪽에서 시체 역할을 하던 사람이 범인일 경우, 코사카 바로 옆을 지나 사키에게 가야 한다. 불가능한 건 아니지만 위험성이 상승한다. 코사카가 가장 편한 포지션에 있었다는 건 분명하다. 평면도를 그리면 그냥 가장 가까이에 있으며 가장 범행을 벌이기 쉬운 위치에 있던 사람이 범인일 뿐, 아주 스트레이트하며 아무런 의외성도 없다.

"한 사람이 더 있잖아. 아무도 마주치지 않고 하스미가 있는 곳까지 자유롭게 움직일 수 있는 사람이."

"어? 혹시 노아 말이야? 노보루는 노아를 범인으로 생각하는 거야?"

뭐, 분명 이론상으로는 사키보다 한 코너 앞에서 시체 역할을 하고 있던 코사카와 사키보다 한 코너 뒤에서 살인귀로 대기 중이던 노아는 범행을 저지르기 편하다는 점에서는 같다. 게다가 사키에게 '죽어 있는 게 더 잘 어울린다'처럼, 뭔가 무시무시한 말을 했던 것 같기도 하다. 동기가 있는 데다 기회도 있다.

"하지만 노아와 코사카는 체격이 다르니까 사키가 헷갈렸다고 보기는 어려워. 다른 조건까지 고려한다면 코사카 쪽이 역시 더 의심스러워."

"그러니까 나도 십중팔구 코사카겠지 한다고 하잖아. 하지만 십중팔구는 십중팔구에 불과하고, 확실히 코사카라고 판정할 수 있는 게 아니라는 거야."

"하지만 코사카를 범인으로 지목함으로써 사키가 되살아났잖아."

애초에 이걸 생각해 보라. 빠밤 ──!! 소리와 함께 사키가 되살아났으니 좌우간 그게 정답일 것이다.

"진노도 이미 알고는 있지? 하스미의 부활은 딱히 추리의 진실성을 담보하지 않는다는 거."

"……뭐, 그렇지. 그렇게 묻는다면 그게 맞긴 한데."

내가 어느 정도의 추리를 섞어 범인을 지목한다. 그리고 맞는
다는 판정이 나면 빠밤——!! 하는 효과음이 울리면서 사키가 되
살아나는 것이다. 즉, 누군가—— 인격이 있는지 어떤지도 모르
니까 누군가라고 단언해도 되는지는 모르겠지만 좌우간 무언가
가—— 맞고 틀림을 판정해 주는 주체가 존재한다는 것이다.

그 녀석은 아마 인간이 아닐 것이다. 초자연적인 무언가겠지.

하지만 인지를 초월한 존재라고 해서, 그것이 반드시 진실을
꿰뚫어 보고 있다고 하기는 어렵다. 어쩌면 판정을 내리는 주체
역시 범인이 누군지는 모르는 채로 맞고 틀림을 판단하는 걸지도
모른다. 단순히 자신이 납득할 만한 이유가 나오면 그걸 정답으
로 삼는 걸지도 모른다. 더 나아가 애초에 범인을 지목한다는 건
정확한 요건이 아니고, 내가 필사적으로 이리저리 뛰어다니며 돌
아다니는 것을 재미있게 여겨 그냥 그 보답으로 사키를 되살려주
는 것뿐일지도 모른다.

진실 따위는 영원히 알 수 없을 것이다.

하지만 나는 딱히 진실 따위는 원하지 않는다. 정답이 나온다
면 그거면 된다.

"저기, 노보루. 나는 인수분해의 삼차방정식이 정말 진실인지
어떤지는 모르거든? 하지만 그걸 쓰면 시험에서 정답은 맞힐 수
있어. 나는 내가 공부해온 인수분해가 새빨간 거짓말이라도 딱히
곤란할 게 없어. 그걸로 정답을 맞히고 시험 점수가 잘 나와서 시

험을 넘길 수 있다면 그거면 충분해."

목적을 착각해서는 안 된다. 나는 진실을 상세히 밝히고 싶은 게 아니라, 그냥 사키를 되살리고 싶은 것뿐이다.

결과적으로 사키가 되살아난다면 어떤 것이든, 그게 나의 정답이다. 설령 그게 진실이 아니었다고 하더라도.

"어쩌면 그것 때문에 그 정체 모를 검은 무언가에게 무관한 사람이 먹히고 있는 걸지 모른다고 해도?"

"노보루 넌 쇼킹한 장면을 보고 그냥 살짝 불안해진 거야."

확실히 그게 틀림없는, 완벽한 진실이라고 단언할 수는 없을지도 모르지만 아마 나의 추리에 근본적인 실수는 없었을 것이다. 범인은 코사카가 맞다. 나에게는 그런 확신이 있다.

"하지만 그런 가능성은 어디까지나 배제할 수 없어. 어쩌면 우리는 터무니없는 착각을 하고서 이제까지 무관한 사람을 여럿 소멸시켜 버린 걸지도 몰라."

"하지만 다른 선택지가 없잖아."

현재로서는 죽은 사키를 되살릴 방법이 따로 없으니까 사키가 살해당할 때마다 내가 범인을 지목해서 되살리는 수밖에 없다. 그 탓에 나는 범인으로 지목당한 사람이 소멸되더라도 하는 수 없다고 생각한다.

코사카가 정말 범인이었다면, 뭐 여러모로 불편이 적겠지. 이건 권선징악의 이야기이자 파사현정의*플롯이자, 인과응보의 스토리다.

하지만 만약 코사카가 완전히 무관한 사람이고, 코사카를 그

----
*그릇된 것을 깨고 바른 것을 드러내는 것.

검은 정체 모를 무언가에게 넘김으로써 대신 사키가 되살아난다면 나는 나의 바람을 위해 코사카를 희생시킬까?

답은 예스다.

코사카가 살인을 저지른 악인이든 그렇지 않든, 대신 사키가 되살아난다면 나는 망설임 없이 코사카를 넘길 것이다. 코사카와 사키를 견주어야 한다면 사키 쪽을 택할 것이다.

나는 사키를 좋아하고, 사키는 나에게 소중한 사람이니까 사키를 지키기 위해서라면 난 아무렇지 않게 악에 손을 대겠지.

그러니까 방아쇠를 당긴 건 역시 나다. 나는 나의 의사로 코사카를 이 세상에서 소멸시켰다. 그 사실로부터는 도망쳐서는 안 될지도 모른다.

"뭐, 진노가 그걸로 만족한다면야 나도 별 상관은 없지만."

최종적으로는 노보루도 그렇게 말하며 어깨를 으쓱했고, 항상 그렇듯 아무 관심이 없어 보이는 나른한 표정으로 돌아갔다. 조금 앞서 걷던 노아가 뒤를 돌아보고 달려오더니 팔을 수평으로 펼친 포즈로 몸통 박치기를 했다.

"요우, 왜 복잡한 표정을 짓고 있어~? 아, 혹시 질투했어?"

아, 뭐야? 노아가 사키랑 손을 잡고 걸었던 거 말인가? 아니, 전혀 질투한 적 없는데. 그보다 왜 그렇게 기뻐 보이는 거야. 아, 원래 이런가.

"아까 그 일이 묘하게 시간을 잡아먹어서 이제 남은 시간이 별로 없거든? 자 기왕 온 거 문화제를 즐겨야지. 고등학교 첫 문화제는 다시는 돌아오지 않으니까."

아니, 그렇게 태세 전환이 빠른 것도 이건 이것대로 장난 아닌데. 어쩌면 역시 노아가 진범인이었던 거 아닐까? 같은 생각을 잠시 했다.

하지만 노아 말이 맞는다. 끝난 일은 이미 끝난 일이니까 이제 와서 후회해 봤자다. 앞으로의 인생을 마음껏 즐기며 해피한 추억을 만들어야지.

왜냐하면 한창 청춘일 고등학교 1학년인걸. 고등학교 첫 문화제는 역시 한없이 해피해야지, 아니면 억울하지 않은가. 제아무리 무서운 영문 모를 괴물이라도, 아무리 무시무시한 비일상이라도, 고등학교 1학년생의 한없이 해피한 청춘의 빛 앞에서는 눈 깜짝할 새 풍화해 버릴 것이다. 그래야 한다.

설령 우리의 이 비일상적인 일상이 국자로 필사적으로 물을 퍼내고, 화물을 휙휙 내버림으로써 어찌어찌 간신히 떠 있는 침몰해가는 진흙 배일지라도 나는 이 배를 타고 갈 수 있는 곳까지 갈 것이다. 내 로망인 코지하고 미스터리한 일상계 고교생활을 그렇게 쉽게 포기할 수는 없으니까.

그녀는죽어도
낯지않는다

막 간 2   계속해서

사
키
에
대
하
여

나는 사키를 좋아하니까 계속해서 사키 이야기를 할 텐데, 저기, 잠깐 들어볼래? 왜, 나는 어릴 적에 사키를 천사나 뭐 그런 게 아닐까 했었다고 비교적 진지하게 생각했었다는 이야기는 했었지.

하지만 노보루는 당시부터 지금과 별반 차이가 없는 담백한 녀석이라서 내가 그런 말을 해도, 살짝 난감해하는 표정을 지으면서 '그럴 리가 없다'라는 식으로 반응했던가. 어라, 왠지 지금 또 무슨 장면이 떠올랐는데, 뭐지? 내가 펑펑 울고 있잖아. 펑펑 울면서 "사키는 천사나 뭐 그런 거라고 생각했어"라고 노보루에게 주장하고 있잖아. 어, 뭐지. 이 장면은?

근처에 도리이가 있는 것 같으니 위치는 그 신사의 긴 돌계단 아래일까? 주변 상황을 잘 모르겠다는 건 내 기억이 희미해진 탓이 아니라 단순히 어두워서인가.

뭐, 됐어. 어린 시절 기억 따위는 애매한 것이라서 엄마에게 "여행으로 여기 간 적 있지?" 같은 말을 들어도 전혀 기억하지 못할 때가 있는데, 반대로 아무래도 상관없는 걸 묘하게 선명하게 기억에 남아 있을 때가 있거든.

그때는 나와 사키, 노보루 셋이서 인근 신사 경내에서 자주 공놀이 같은 걸 하면서 뭐가 그렇게 재미있었는지 지금으로서는 전혀 기억이 안 나지만, 그래도 거의 매일같이 거길 드나들었으니 아마 즐거웠겠지. 아직 사키도 지금처럼 살해벽(그게 뭐지)이 없었기 때문에 태평했고.

지면에 선을 긋고 공을 서로 공을 주고받았던 것 같으니 그건 아마 피구였을까? 그래, 맞아. 노보루가 던진 공이 내 머리를 세 게 쳐서 꽤 진지하게 아팠기 때문에 아마 '아야야!!'라고 말하려고 했는데 실수로 "와야야!!"라고 소리친 적이 있었지.

사키는 평소에는 재미있는 일이 있어도 미소를 짓는 정도인데 그때는 뭐에 꽂혔는지 웬일로 얼굴을 한껏 찡그리며 소리 내어 폭소했고. 그냥 흘려넘기면 될걸, "요우, 방금 와야야!! 라고 하 지 않았어?"라고 묻기도 했지. 그게 너무 창피해서 지금도 똑똑 히 기억나는 데다 자기 전에도 갑자기 떠오를 때가 있어. 그 장면 만은 선명히 기억해서 앞뒤로 있었던 일이나 상황 같은 건 매우 애매한 데다, 진짜 이게 무슨 기억이래 싶지만.

아까 그 정체를 잘 알 수 없는 것도 그런 유일까? 노보루 눈앞 에서 펑펑 운 게 창피해서 똑똑히 기억하는 걸지도 몰라. 창피함 을 느낀 경험은 다른 감정보다 묘하게 기억 속에 강하게 남는 거 같으니까.

나뿐만이 아니라 학교에서도 모두가 사키를 바라봤어. 나처럼 노골적으로 빤──히 보는 사람은 역시 드물었지만, 사키가 잠깐 자리를 뜨거나 재채기를 하기만 해도 다들 순간적으로 그쪽을 봤 지. 아마 무의식중에 그랬을 거야. 사키가 소리를 내면 모두가 자 연스레 귀를 기울였고, 하지만 먼저 사키에게 말을 거는 사람은 흔치 않았으니까 대화로 이어지는 일은 흔치 않았지. 꼭 조용히 설법에 귀를 기울이는 경건한 사도들처럼, 그렇게 비유하면 사키는 그리스도 포지션이겠네.

물론 사키는 그리스도나 신 같은 게 아니라, 그냥 이상하게 예쁜 얼굴과 몸을 지니고 태어났을 뿐이며, 그것 말고는 다른 사람과 다를 바가 없는 인간이라는 걸 지금은 나도 이해하고 있어. 아무리 얼굴이 예쁘고 균형이 예술적으로 아름답고 성격도 좋고 화 한번 안 내고 항상 싱글벙글 웃고 있으며, 그 미소에 이 세상의 모든 악을 뿌리째 뽑아버릴 만큼 압도적인 선함을 지니고 있었다고 하더라도, 그냥 거기서 그치는 이야기라는 건.

하지만 거기서 그치는 이야기가 가끔씩 주변 사람을 크게 미치게 만들 때도 있어서, 사키에게 아무 죄가 없더라도 그냥 아름답게 태어났다는 사실이 남의 악의를 끌어들이는 경우도 간간이 있었고, 사키의 인생은 항상 남들의 강한 악의나 해의(害意)로 가득한, 비교적 변변치 않은 삶이었어.

그러니까 그 시점. 아직 사키에게 살해벽이 발생하기 전, 전력으로 공을 주고받거나 실수로 "와야야!!"라고 소리치는 바람에 사키가 크게 폭소했다는, 아무런 걱정 없이 함께 재미있게 놀았던 시절의 기억이 나에게는 가장 소중한 추억이지.

아니, 말하고 보니 지금 이 순간까지 자주 떠올린 적이 없는 기억인데. 어? 하지만 의외로 사람은 그렇지 않나? 소중한 것은 가슴속 가장 깊은 곳에 소중히, 아주 소중히 묻어두고 그렇게 자주 돌아보지 않잖아.

구체적으로 누가 어떤 악의를 보였냐는 이야기하려고 해도 그 검은 물체가 가진 현실을 평균화하는 작용 때문에 기억이 애매해서 기억이 잘 안 나지만. 어떤 시점을 경계로 사키는 누군가에게 자꾸 살해당하게 됐고, 나와 노보루는 사키가 살해당할 때마다 그 범인을 누구 하나 남김없이 지목해왔거든.

나에게 범인으로 지목당한 사람은 전부 검고 정체 모를 무언가에 의해 존재가 소멸했고, 곧 떠올릴 수조차 없는 존재가 되었으니까.

하지만 사키가 되살아나도, 범인의 그 존재 자체가 이 세상에서 사라져 버리더라도 사키가 살해당했다는 사실 자체도 완전히 사라지는 게 아니야. 살해당했을 때의 고통이나 괴로움, 공포의 기억은 확실하게 사키 안에 남아 있지. 예를 들면 범인의 얼굴이나 이름이나, 그런 구체적인 정보는 검은 존재에 의해 사라지더라도 남이 자신에게 강한 살의를 드러냈다는 공포는 반복될 때마다 사키 안에 차곡차곡 쌓여 갔단 말이야.

그런데 아무리 남이 강한 악의나 해의를 드러내더라도 우울해하거나 타락하거나, 자기 쪽에서 악의를 보이는 일 없이 한결같이 꾸밈이 없는 사키의 의지력은 정말 대단하고 존경스러워서 상상만 해도 몸이 떨려와. 상상을 초월했지.

으음, 무슨 이야기를 하고 싶었냐면 나에게 사키는 아주 소중한 친구이고 친구라는 말만으로는 도저히 모든 걸 커버할 수 없을 정도로 특별한 존재니까, 그러니까 나는 무슨 일이 있더라도, 아무리 강한 악의를 마주하게 되더라도 온 힘을 다해 사키를 지켜야 하고 사키가 꾸밈없이 웃을 수 있을 만한 평온한 일상을 유지해야만 한다. 그냥 그런 다짐을 굳게, 아주 굳게 다진 것뿐이야.

제 3 화

6월은

정석 계통의

트릭

이렇게 계속될 경우, 굳이 표현하자면 '역시나~'라는 감상이 더 강한데. 에잇! 하고 문을 걷어차 보니 역시 사키가 목에서 피를 뿜어내며 죽어 있었고 예상은 하고 있었다지만 정말이지 '제길~!!' 같은 마음이 든다.

창문으로 석양이 비쳐드는 제2 이과 준비실에서 사키는 문 쪽을 등지고 책상에 엎드린 채 죽어 있다. 장난 아니게 피를 뿜어내고 있다는 것 말고는 마치 공부 도중에 잠이 든 것 같은 꼴이다. 발밑에는 피범벅이 된 커터 칼이 떨어져 있다.

"아차~, 사키가 또 죽어 버렸구나~"라고 노아가 내 옆에서 불쑥 고개를 내밀며 중얼거리지만, 항상 있는 일이라고 하나 아무리 그래도 너무 텐션이 가벼워서 잠깐, 아니, 꽤 발끈했다.

"저기, (하아…… 하아……) 노아도 조금 더 (하아…… 하아……) 다르게 표현할 수 (하아…… 하아……) 없을까?"라고 내가 가쁜 숨을 정돈하면서 말하자 노아는 "아, 미안. 자주 듣는 말인데, 이래 봬도 슬퍼하는 게 맞고 놀라기도 했거든? 난 그런 게 겉으로 잘 드러나지 않는 타입이야"라고 평소처럼 단조롭게 생글생글 웃으며 답했다.

아, 그러세요? 뭐, 지금은 노아의 캐릭터 때문에 발끈하고 있을 때가 아니다. 그보다 노아도 나와 비슷하게 달렸을 텐데 전혀 숨차지 않은 건 대체 왜지? 실은 신체 능력이 엄청 좋은 거 아닌가?

"이럴 수가!! 설마 하스미가 자살하다니?!"라고 신규 캐릭터인 카에데마저 말만 보면 나름대로 놀라는 것 같지만 표정은 그대로인데다, 왠지 각본에 적힌 대사를 낭독하는 것 같은 느낌이라 실제로는 딱히 하나도 놀라지 않은 것 같다. 어쩌면 요즘 여고생은 다들 이런 걸까? 싶었다. 아니, 절대 그럴 일은 없겠지. 사람이 죽었는데? 보통은 좀 더 놀라거나 당황하잖아. 왜 이렇게 멘탈이 저중심 수평대향 시메트리컬 AWD 같은 캐릭터밖에 없는 거야, 이 학교는. 게다가 역시 전혀 숨차하지 않잖아. 혹시 그냥 내가 이상하게 체력이 달리는 건가?

"아, 저는 궁도를 하고 있어서"라고 카에데는 도복의 가슴께를 살짝 집어 올린다. 이후에 동아리 활동을 하러 갈 예정이었는지 이미 도복으로 갈아입은 데다 동아리용 가방과 활주머니까지 짊어지고 있다. 아주 알아보기 쉬운 궁도부원이다.

"궁도란 거의 멘탈 스포츠니까요. 정신 안정성이 기량과 직결되기 때문에 잘 동요하는 일이 없도록 평소부터 단련을 하고 있죠. 저도 쿠마가이 씨와 마찬가지로 이래 봬도 슬퍼하고 있는 데다 놀라고도 있어요. 미안해요, 반응이 약해서."

어어……, 뭐야 그 잡다한 설정은. 아무리 궁도로 정신단련을 쌓고 있대도 동급생이 목에서 피를 뿜으며 죽어 있는 장면을 맞닥뜨리고도 1밀리미터도 흐트러지지 않는 건 아무리 그래도 설득력이 너무 부족하지 않나? 대체 궁도가 얼마나 만능이길래.

"그도 그럴 게 카에데는 대단해~. 중학교 때는 종합 체육대회 같은 데도 나가서 분명 전국 몇 위! 였나 그 정도였거든. 잘은 모르겠지만."

적당히 떠드는 거냐. 노아는 정말 귀엽게 생긴 얼굴 하나로 어찌어찌 버티고 있는 타입이구나.

"게다가 집이 절이고."

아니, 지금 이야기랑 집이 절이라는 설정이 무슨 관련이 있나? 아니, 그게 아니라.

"자살 같은 게 아니야. 사키는 절대 자살 같은 건 안 해."

팔짱을 끼고 분노를 어필하면서 내가 말하자 노아는 약삭빠르게 고개를 갸웃하며, 입술에 손가락을 얹고 "어~, 그런가?" 같은 말을 했다. 그 동작 하나하나가 자신의 귀여움을 확실히 자각하고 하는 것 같아서 또 발끈했다. 귀엽잖아, 젠장.

"왠지 이야기를 들어보면 사키는 오랫동안 말도 안 될 정도로 많은 사람의 악의나 살의, 해의에 계속 노출되어 온 거잖아?"

듣고 보니 그렇다. 사키는 첫 추락사를 시작으로 척살에 박살, 구살(毆殺), 교살, 나중에는 목이 잘려 거꾸로 매달리기까지 했고 여러 사람에게 정말 온갖 방법으로 살해당해 왔다. 보통 슬슬 마음이 꺾여도 이상할 게 없다.

노아는 지난번 사건으로 인해 조금씩 사키나 사키를 포함한 내 사정을 알아가고 있고, 사키와 한 반에서 평소부터 친하게 지내는 것 같으니 이제 대강의 내용은 파악하고 있는 듯하다.

"나도 사키는 멘탈이 강한 타입이라고 생각하니까 자살은 안 할 것 같지만, 절대 하지 않을 것이라고는 단언할 수 없어. 아무리 되살아나더라도 여러 번 살해당하면 힘들 테고. 사키도 인간이니까 궁지에 몰리면 마음이 흔들리는 식으로 훅 죽고 싶어지더라도 이상할 게 없지 않을까?"

뭐, 이런 것도 전혀 모르는 건 아니다.

"아니, 아니. 안 한대도"라고 나는 노아의 말을 즉석에서 부정했다.

사키는 자살하지 않는 데다, 애초에 이게 만약 자살이라고 하더라도 곤란하잖아.

누군가에게 살해당했을 경우에는 그 범인을 내가 지목함으로써 사키가 되살아난다는 게 판명됐지만 자살할 경우에는 어떤 판정이 될지 알 수 없다. 그 경우 진범이 사키 자신이라고 할 수 없는 것도 아니지만, 내가 그 진상을 간파함으로써 사키가 살아 돌아오더라도 살아 돌아온 순간 이번에는 그 검은 뭔지 잘 모를 존재에게 사키의 존재가 소멸할 것이다.

그러면 되살린 의미가 없잖아.

"으음~? 하지만 그 가능성을 조금도 고려하지 않는다는 것도 왠지 이상한 느낌이 드는데. 이 세상에 절대적이라고 할 수 있는 일은, 인간은 언젠가 죽는다나 엔트로피는 계속 증대한다나 시간은 일방적으로만 흘러간다나 어느 공리 위에 구축된 논리체계는 반드시 모순이 들어간다거나 뭐 그런 것뿐이지 않아?"라고 노아는 아랫입술에 검지를 대며 살짝 위쪽을 두리번거렸다. 그리고 생각났다는 듯 "그리고 죽은 사람은 다시 살아나지 않는다거나"라고 덧붙였다.

"절대라는 말을 쓸 경우, 대부분은 거기 자신의 바람이 채워져 있기 마련이지. 그건 요우가 그냥 그러길 바라는 것뿐이잖아?"

우오, 여전히 뭉글뭉글한 분위기로 정곡을 찌르는군. 실은 꽤 성격이 나쁘거나 마음에 어둠을 품고 있는 거 아니야. 노아 너? 뭐, 그 말은 지당한 것이기는 하다. 지당하다고 해도 어차피 지당 하다 정도에 불과하지만.

"저기, 이야기 도중에 죄송한데 또나 여러 번이라는 게 무슨 소 리인가요?"라고 카에데가 의아하다는 얼굴로 끼어들었다. 아, 그 렇지. 조급한 마음에 완전히 무시했지만, 이 아이는 사정을 모르 는 신규 캐릭터였지.

으음——, 아마 내 생각이지만 사키의 특성 같은 게 너무 알려 져도 좋을 건 없겠지. 살해당해도 살아 돌아온다는 게 공공연해 지면 여러모로 성가실 것 같다. 하지만 이렇게 같이 있는 이상, 완전히 숨기기도 이미 틀린 것 같지만.

자, 그러면 어떻게 어떻게 말해야 하나 내가 고민하는 사이, 노 아가 "엄청나게 생략해서 설명하자면 사키는 살해당해도 요우가 추리를 통해 범인을 맞히면 되살아나는 체질이라나 봐"라고 아주 깔끔하게 설명했다.

"그렇구나" 하고 카에데가 고개를 끄덕인다.

그 대목에서 그렇구나 하고 납득해도 되겠어? 아무리 그래도 수용력이 너무 좋지 않아? 그렇게 내가 입을 ^자로 삐쭉이자 수 상한 시선을 알아차렸는지 카에데는 무표정한 상태에서 팔을 벌 리더니 "아아, 또 반응이 부족했나요? 하지만 저는 그냥 그런 평 범하지 않은 일도 이 세상에 가끔씩 벌어질 수 있다는 걸 원래부터 알고 있었던 것뿐이에요"라고 무슨 해명하듯 말한다.

"집이 절이니까요. 그렇다고 해도 죽어도 살아나는 사람이라는 건 역시 처음 보는 케이스라 그게 사실이라면 비교적 놀라운데요."

집이 절이라는 설정, 너무 무적인 거 아니야? 뭐, 너무 패닉에 빠지는 것보다는 차분하게 있어 주는 게 더 좋지만. 왠지 느낌이 이상하네.

"그래, 맞아. 카에데는 왠지 그런 쪽 전문가 같아"라고 옆에서 노아가 참견한다. 내가 눈을 반쯤 내리뜨고 그쪽을 돌아보자 "그런 쪽?"이라고 묻자 "으음, 음양사인지 엑소시스트인지 영능력자인지, 뭐였는지는 잊어버렸는데 왠지 그런 쪽의. 즉 괴기현상이나 초현상적인 사건의 전문가?"라고 매우 애매한 답을 했다. 왜 자기가 말해놓고 어미가 의문형인데.

"경계는 중개자(메디에이터)라고 불러요. 저는 개인적으로 기도사를 자칭하지만요."

"기도사."

왠지 음양사나 엑소시스트에 비교하니까 단숨에 서민적으로 들리는데. 그렇게 세 보이진 않지만 친근한 느낌은 든다. 경계라는 건 잘 모르겠지만 그런 것들의 총괄자 같은 조직인가? 라고 문맥을 통해 멋대로 추측했다.

"주변에 널린 사소한 이매망량 정도는 경우에 따라서는 우격다짐으로 쫓을 수도 있지만, 기본적으로 그것들은 비나 바람과 마찬가지로 그냥 그곳에 존재할 뿐인 현상이니까 퇴치할 수 있는 게 아니에요. 서로에게 영향을 미치기 때문에 강물을 한 곳에서

막으면 다른 곳에서 홍수가 발생하듯 섣불리 쫓아내면 괜히 더 악한 것을 불러들일 때도 있어요. 우리는 그냥 교섭할 뿐이에요. 손을 모으고 기도드리며 그것들을 자기에게서 떨어뜨려 놓는 거죠."

"어, 그게 뭐야. 수상한데."

내가 반사적으로 그렇게 말하자 노아는 "죽었는데 되살아나는 체질이 훨씬 더 수상한데?"라며 고개를 갸웃한다. 너무 정론이라서 찍소리도 할 수 없었다.

"카에데는 그걸로 실제로 사건을 해결한 적도 있고. 지난번에도 카미카쿠시로[*]행방불명된 남자를 하나 찾았어. 왜 이 근처는 산이 많은 지형이잖아? 그리고 역시 카미카쿠시는 주로 산 근처에서 자주 벌어지는지, 옛날부터 꽤 그런 일이 있었다나 봐. 분명 요우네 집 쪽에서도 전에 남자아이가 하나 사라진 적이 있지 않았나?"

노아가 그렇게 말했고 내가 답을 하기 전에 카에데가 "뭐, 하지만 결과적으로 말하자면 그 사건은 괴기현상과 아무 관련이 없었지만요"라고 답한다.

"아, 맞아. 사라졌다는 남자는 결국 찾기는 했지만 기억을 잃고 생기가 빠져 있었댔나? 카미카쿠시 사건은 그런 템플릿이 많네. 얼마 후에 돌아왔지만 혼이 나가 있었다~ 같은."

으음~? 그건 왠지 서양의 체인질링 에피소드랑 혼동하는 것 같은데? 그건 자기 아이가 어느새 요정과 뒤바뀌어 있다는 얘기였던가?

---

[*]사람이 갑자기 행방불명되면 신의 짓이라고 하여 카미(신이)카쿠시(감추었다)라고 불렀다.

"이번 케이스는 인과가 반대예요. 사고로 머리를 부딪혀 머리에 손상이 생긴 결과, 자신이 어디 사는 누구인지도 모른 채로 산을 헤맨 거죠. 뇌 기능 장애이기 때문에 본인이 어떤 생각을 한 건지는 잘 모르겠지만, 누군가에게 도움을 청하는 게 아니라 도망치거나 숨는 쪽으로 생각이 기울었나 봐요. 이쪽이 아무리 찾아도 찾으면 찾을수록 본인은 위기감을 품고 영문도 모르는 채로 수색대에게서 도망치려고 했죠. 기억이나 사회생활에 관련된 기능만 손상됐고 운동기능에는 영향이 없었기 때문에 그렇게 되어 버렸죠. 일단 확보는 했기 때문에 최악의 케이스만은 피했지만 애처로운 일이었죠."

아아, 그렇군? 영문도 모르는 채로 스스로 행방불명이 됐단 말이지. 대략적으로 말하자면 몸은 완전히 쌩쌩한 인지증(dementia) 같은 건가. 확실히 그런 경우 남들이 보면 카미카쿠시 같아 보일지도 모르겠다.

"흐음――, 카미카쿠시라고 해도 그냥 평범한? 사고였구나?"

라고 노아가 묻자 카에데는 "네"라며 고개를 끄덕였다.

"경계를 통해 괴기현상으로 의심되는 사례가 저에게 들어오는데, 실제로 조사해 보면 그중 90% 이상은 단순 사고이거나 인간이 벌인 사건이에요. 진짜 괴기현상은 흔치 않죠."

"그럼 옛날부터 카미카쿠시라고 부르는 것도 대부분 그런 이야기였을지도 모르겠네."

"그렇다지만 옛날부터 신이나 영이라는 존재는 제물이나 매개로서 아이를 원했으니까, 뭔가 좋지 않은 것이 인간 아이를 데려

145

갔다는 건 없는 이야기는 아니에요. 그것들은 실체 없는 현상에 불과하기 때문에 자신의 존재를 보다 확고히 하기 위해 물리적인 실재를 원하죠. 그런 케이스는 어찌어찌 몸을 되찾더라도 거기 들어 있어야 할 혼이 없어서 껍데기처럼 변해 있는 경우도 실제로 있었다나 봐요. 하지만 어떤 시대든 저희가 아는 현실의 룰로 설명할 수 있는 사건과 진짜 괴기현상의 비율은 비슷하지 않을까요?"

어, 왠지 둘 사이에서 이야기가 진행되니까 전혀 못 끼어들겠는데. 아니, 굳이 끼어들고 싶은 화제는 아니지만.

왠지 모르게 분위기로 카에데가 그런 괴기현상 전문 탐정 같은 포지션이고 나름대로 유능해 보인다는 건 파악했으니 이야기 자체는 나름대로 흥미진진하기도 했지만, 딱히 지금 그런 이야기는 안 해도 되지 않나? 눈앞에 있는 사건에 집중하자고.

"아아, 죄송해요. 진노 씨는 하스미 씨의 죽음은 자살이 아니라 살인사건이라고 생각하는 거죠. 이제까지 여러 번 비슷한 일이 있었다면 또 악의를 가진 누군가에게 살해당했을 것이라고. 즉 현재로서는 뭔가 근거가 있어서 판단하는 게 아니라 경험상으로 그렇게 추측 중이라는 뜻인가요?"

응. 말하자마자 고분고분 눈앞에 있는 사건에 집중해주는 건 아주 고마운데, 괴기현상 전문이라지만 탐정 같은 활동을 하는 만큼 사건에 집중하기 시작하면 그건 그것대로 이야기 전개가 빠르다. 게다가 묘하게 소란을 피우는 것보다는 자연스레 사정을 이해해주는 게 더 여러모로 편하다는 것은 분명하지만, 하지만 노아도 아무렇지 않게 진리를 꿰뚫어 보는 타입이니까, 인물 배치상 탐정 역이 너무 많다는 생각은 드는데?

"애당초 그렇게 쉽게 죽는…… 다고 할까 쉽게 살해당하는 기질의 사람이라면 그거야말로 이렇게 태평하게 고등학교 같은 데 다닐 게 아니라 좀 더 안전한 곳에 틀어박혀 있는 게 좋지 않을까요? 살해당하면 되살아나는 걸 운용하기보다 애초에 살해당하지 않도록 주의하는 게 일반적인 선택일 것 같은데요."

그것도 뭐 지당한 의견 중 하나이긴 하다.

나도 가능한 한 사키가 살해당하지 않도록 사방을 살피며 주의하고, 피해를 가능한 한 미리 방지하고자 하는 의욕은 있지만, 노아에게 스토커급이라는 들을 수준으로 사키 주변을 어슬렁거리고 있긴 하지만, 그렇다고 해서 진짜 항상 찰싹 붙어 있을 수는 없고 사키의 자유를 제한하며 안전한 곳에 가둬두는 것도 논외다.

"그러면 안 돼"라고 나는 말한다.

"그럼 결국 악에 굴하는 셈이 되는 거잖아."

우리의 일상생활이란 대부분이 '남을 신용한다'라는 것으로 성립되어 있다. 밤길을 혼자 걷더라도 갑자기 뒤에서 누가 덮쳐들어 살해당하는 일은 보통 없는 데다, 엘리베이터에서 모르는 사람과 둘만 남더라도 갑자기 그 사람이 돌변해서 덮쳐드는 일은 염두에 두지 않아도 된다.

남을 전혀 믿지 않으면 일상의 많은 면에서 비효율적이다. 특히 사키 같은 경우, 위험해 보이는 장소나 수상해 보이는 사람만 주의해서 끝나는 게 아니다. 누가 갑자기 돌변하더라도 이상할 게 없다. 그 미술 교사든, 그 카디건을 입은 동급생이든, 딱히 위험한 분위기를 띠고 있지 않았다.

완전히 피해를 미리 방지하고자 한다면 갖은 사람들과의 접촉을 피하는 수밖에 없다. 그건 사실상 평범한 일상생활을 보내는 것을 포기하는 것이다.

하지만 우리는 평범한 고등학생이고, 평범한 고등학생으로서 평범한 고등학생답게 평범하게 살 정당한 권리가 있다. 이 세계는 사키에게 악의에 찬 최악의 장소일 수도 있지만, 그렇다고 과도하게 위축되어 본래 누려야 할 평범한 생활을 내던질 수도 없다. 우리는 고집으로라도 코지하고 일상적인 평범한 고교생활을 누려야 한다.

"아하하. 악에 굴할 수 없다니, 평범하게 살면 흔히 들을 기회가 없는 대사인데. 요우 멋있다. 정의의 아군 같아."

노아, 너 절대 그렇게 생각 안 하지?

"하지만 그건 어디까지나 요우의 생각이고 사키도 그렇게 생각하는지는 모를 일이잖아? 악에 굴할 수는 없다! 아무리 악의에 노출되더라도 우리는 꼭 평범한 고등학생으로서 살아갈 것이다! 그건 꽤 힘들 것 같은데. 악과 싸우는 건 힘들잖아. 아무한테나 바라도 될 일이 아니야."

그렇게 말한 노아는 팔을 뒤로 꼬며 이번에는 목뿐만 아니라 상반신 전체를 기울여 치켜뜬 눈으로 날 바라본다. '그렇지?' 동의를 구하는 포즈다.

"몇 번이고 반복해서 살해당하고 몇 번이고 인간에게 공포심을 갖고 실망하고 절망하고 그래도 몇 번이고 되살아나는 데다 악에 굴할 수는 없다! 라니, 올바르게 사는 걸 강요당하는 건 그야말로 지옥이야. 몇 번이고 괴롭힘당하고 죽었다가는 되살아난다니, 지옥에 그런 곳이 있었던 것 같은데. 요우 말은 어느 측면에서는 정론일 수도 있지만 정론은 가끔씩 아주 폭력적이라서 사람을 몰아붙일 때도 있어. 요우의 그 정론이 사키를 자살로 몰아붙인 게 아닐까 하는 생각은 조금도 안 해?"

포즈 그 자체는 귀엽지만 하는 말은 엄청나게 하드하다.

"어쩌면 사키는 더는 되살아나고 싶지 않을지도 몰라. 더는 되살아나고 싶지 않아서 자살하는 수밖에 없었을 수도 있잖아. 왜냐하면 누군가에게 살해당하는 한은 요우가 되살리지만, 되살리기 위해 범인을 맞혀야 하는 이상은 자살해 버리면 끝이지. 몇 번이고 살해당하고 되살아나는 끝없는 지옥에 종지부를 찍고 싶다면 사키로서는 이제 자살하는 수밖에 없어."

음, 뭐. 실제로 자살일 가능성을 완전히 버릴 수 없을지도 모르지만, 그렇다고 자살이라고 판정할 만한 정보도 아직 없으니까지금은 아직 자살이 아니라는 가정을 하고 모든 걸 생각해봐도 크게 상관은 없을 것이다. 그럴 것이다. 라고 내가 노아에게 대꾸하는 대신 깊은 생각에 빠져 있는데 옆에서 "훌륭하군요!! 분명악에 굴할 수는 없으니까요!!"라는 예기치 못한 카에데의 지원사격이 날아들었다.

"죄도 없는 선량한 사람들이 악에 위협당해서는 안 되죠. 진노씨, 전 감동했어요!! 약자들의 평화로운 일상을 지키기 위해, 정의의 실현을 위해 함께 싸우죠!!"

어어……, 카에데는 왠지 정의감 같은 데서 폭주하는 타입이
네. 적극적으로 협력해주는 건 고맙지만 이건 이것대로 괜찮은가
싶은데? 그리고 진지한 얼굴인 채로 텐션만 높이면 얼굴과 기세
가 따로 놀아서 왠지 불안하거든?

그 기세에 내가 약간 주춤하자 뒤에서 노보루가 "남이 무슨 생
각을 했는지는 남들끼리 아무리 이야기해 봤자 결론이 나지 않
아. 가장 쉬운 길은 하스미를 되살려서 직접 이야기를 듣는 거야"
라고 말한다.

"추리는 사실이 알아서 해주겠지."

노보루는 제2 이과 준비실로 들어가자마자 딱히 놀라거나 분
해하는 기색 없이 냉정하게, 사키의 시체와 그 주변 상황을 검사
했다. 그렇다. 이런저런 추리는 뒤로 미루고, 우선은 조사하면 알
수 있는 것을 확정시켜 가야 한다. 그 사실은 여러 번 확인해 왔
을 텐데 역시 자꾸만 잊기 십상이다. 아무래도 인간은 본질적으
로 조사하기에 앞서 이것도 아니요, 저것도 아니요 하면서 이것
저것 추리하고 싶어 하는 경향이 있는 듯하다. 그건 딱히 현명한
태도가 아니다.

"칼에 묻은 피는 다 그냥 튄 것이겠지. 이걸로 실제로 목을 벴
다면 칼에 좀 더 지방분이 묻어나야 자연스러우니까. 게다가 커
터 칼치고는 절단면이 무뎌. 잘랐다기보다 힘껏 잡아 뜯은 것 같
은, 동물에게 물어뜯긴 것 같은 흔적이야. 어쩌면 흉기는 큰 가위
나…… 아니, 펜치나 볼트 클리퍼처럼 큰 힘을 내기 쉬운 공구일

지도 몰라"라고 손이 닿지 않도록 허리를 낮추고 얼굴을 들이밀며 바닥에 떨어져 있는 커터 칼을 조사하면서 노보루가 말한다.

즉——"적어도 저 커터 칼은 흉기가 아니라는 거네"라고 나는 말한다.

"다행이다. 역시 자살이 아니라 사키는 누군가에게 살해당한 거야."

살해당해서 다행이라는 것도 이상한 이야기지만, 그래도 살해당한 것이라면 아직 평균화될 가능성도 있으니까 말이다.

"그러니까 다시 사키를 되살리기 위해 추리를 통해 범인을 찾아야 해."

내가 말하자 "아, 역시 그걸 하게?"라고 노아가 다시 역방향으로 고개를 갸웃했다. 뭐지? 목이 뻐근한가? 아카베코*같아서 재미있네?

"그야 그렇지. 하지만 범인을 맞혀야만 사키가 되살아나니까."

"에이~. 하지만 죽어 버린 인간을 되살리는 것도 별로 좋은 일은 아니지 않나? 좀비 같은 거니까. 게다가 범인을 찾기도 꽤 힘들 테고. 무엇보다 범인은 누구냐~! 처럼 눈을 부라리며 남을 의심하기만 하면 미움받을걸?"

에이~, 뭐야. 여자의 커뮤니티 이론은. 사안이 살인이니까 미움받을걸? 이나 그런 차원의 문제가 아니잖아. 애초에 나는 사키 이외의 사람에게 호감을 얻고 싶다는 생각을 애초에 안 하니까.

"애초에 왜 요우는 그런 고생을 하면서 몇 번이고 반복해서 사키를 되살리는 거야? 요우도 그 과정에서 불쾌한 일을 많이 겪었

---

*후쿠시마현의 한 시에서 만든 향토 완구로 소 모양을 하고 있으며 고개가 흔들거린다.

을 거 같은데. 누가 멋진 샤프를 잃어버렸대~ 범인을 찾자~ 같은 것도~. 굳이 종례 시간까지 써서 반 전원을 붙들어가며 추궁해도 좋은 결과가 나온 적은 없잖아. 범인을 찾아봐야 결국 다들 불쾌하기만 한걸. 범인 찾기는 보통 그렇게 적극적으로는 하고 싶지 않은 거 아니야?"

"아니, 샤프와 목숨은 이야기가 전혀 다르잖아. 친구의 목숨은 그렇게 쉽게 포기할 수 없어. 왜냐하면 친구고, 나는 사키를 좋아하니까."

"왜~ 지~? 왠지 그것도 별로 이해가 안 되는데"라고 노아가 두 팔을 벌리고 좌로 우로 리드미컬하게 몸을 흔들었다. 이건 왜~ 지~?를 표현하는 모션인 듯하다. 그보다 오늘은 엄청 나한테 신경 쓰네? 뭐지?

"요우는 사키를 좋아한다고 하는 것치고는 왠지 그 사랑이 공허해. 잘 전해지지 않는다고 할까. 사키 본인을 안 보는 느낌이 든달까. 좋아하는 것치고는 사키의 시체를 화장실 청소 도구함에 난잡하게 쑤셔 넣는 데 아무런 주저가 없기도 했고 왠지 행동이 따로 놀아."

어, 아니, 그건 상황상 어쩔 수 없지 않았나? 나도 딱히 좋아서 사키의 시체를 청소 도구함에 아무렇게나 슝——!! 하고 쑤셔 넣은 게 아닌데.

"으응~? 하지만 그런 데서 약간의 주저가 드러나는 게 인간의 감정이잖아? 좋아한다는 감정은 그렇잖아, 보통은. 기계가 아닌걸. 설령 그 상황에서는 그렇게 하는 게 가장 맞았다고 해도 여러 감정이 방해해서 당장은 그걸 선택하지 못하는 게 인간이 본래 가지고 있는 흔들림이잖아. 요우의 호감은 감정이라기보다 말에 불과한 것 같아서, 오히려 자신에게 말로 그렇게 타이르는 것 같아 보이는걸. 요우는 좋아한다는 말을 가져다 대면 그 사람을 좋아하는 것처럼 굴고, 친구라는 말을 가져다 대면 친구란 이래야 한다는 것처럼, 왠지 사고가 말에 얽매여 있는 느낌이 들어. 아니, 말로 자기 생각을 잘 컨트롤하는 걸 수도 있지만."

으음——? 내 감정이 말뿐이라거나 가볍다거나 마음이 담겨 있지 않다는 건가? 아니, 그런 걸 남한테 평가당할 이유도 없는 것 같은데. 내가 누굴 얼마나 좋아하는지, 어떻게 행동하는지는 내가 알아서 정하는 거잖아.

"아니, 보통 감정은 자신이 정하는 게 아니야. 자연스럽게 그런 마음이 드는 거지. 왠지—— 부자연스러운 컨트롤을 느끼는데, 게다가 우상화? 신격화? 뭐라고 하는지 모르겠지만 그런 계통의, 사키와 같은 층계에 서 있지 않은 느낌이 들어. 사키는 뭐, 조금 평범하지 않은 수준으로 아름다운 아이지만 그래도 그뿐이잖아? 우리와 똑같이 평범한 여고생이야."

뼈를 때리네. 그야 나도 사키에게 그런 감정이 완전 없는 건 아니지만, 하지만 상대적으로 말하자면 그 정도까지는 아닌 것 같은데. 어쨌든 오래 알고 지냈으니까 아무리 엄청나게 예쁘더라도 익숙해지긴 했고.

게다가 우리 또래의 여자들에게 '조금 평범하지 않은 수준으로 예쁘다'라는 건 쉽게 무시할 수 없는 거대한 스테이터스 아닌가?

과도하게 예쁜 여자 앞에서도 자연스럽고 공평한 자신을 유지할 사람은 그렇게 많지 않을 거 같은데. 적어도 비하나 숭배가 뒤섞이는 건 피할 수 없을 테고, 노아처럼 누가 상대라도 항상 단조로움을 유지하는 유아독존 타입이 더 흔치 않다고 본다.

"쿠마가이 씨! 진노 씨! 그것보다 지금은 우선 현장을 잘 시찰하죠!! 범인이 뭔가 중요한 단서를 담겼을지도 몰라요!!"

뒤에서 카에데가 그렇게 말했고 오오, 맞다, 그렇지 하면서 노아의 말은 우선 제쳐두었다. 나와 사키의 관계가 아무런 왜곡 없이 완전무결하고 건전하다고는 할 수 없을지도 모르지만 그건 나와 사키 둘이서 앞으로 긴 시간을 들여 조금씩 해결해야 할 문제이다. 그걸 위해서는 좌우간 사키를 되살려야만 한다.

"흉기는 이 커터 칼이 아니고 실내에는 달리 흉기 같은 게 눈에 띄지 않아. 이만큼 피를 뿜어냈으니까 하스미 자신이 목을 그은 후 죽기까지, 짧은 시간 동안 흔적 하나 남기지 않고 흉기를 처분할 수도 없었을 것 같고. 만약 즉사가 아니라 그럭저럭 시간이 있었다고 하더라도 창밖에 내던지기만 해도 피는 튀었을 테니까."

노보루가 현장을 검증하면서 소견을 늘어두었다. 즉 흉기는 범인이 가지고 갔다는 것이다. 사키를 죽인 살인범이 확실히 존재한다.

"제길! 비겁한 범인 같으니!! 용서 못 해!! 꼭 찾아내 주겠어!!"

응, 왠지 의욕이 생겼다. 어쨌든 사키를 죽인 범인이 있다는 것이니 사키가 실은 다시 살아나고 싶지 않은 게 아닐까? 같은 건 거르고 반드시 범인을 찾아내 혼쭐을 내줘야 한다. 무고한 여고생의 목을 베어 죽이는 살인귀를 그대로 방치할 수는 없잖아.

"바로 그거예요!! 악한 살인범을 반드시 해치워 보이죠!!"

아니, 내 이 뜨거운 열기에 진지하게 답해봐야 그냥 깨기만 하는데. 그보다 카에데의 이건 역시 꾸며 낸 게 아니라 완전히 본래 성격이구나. 으음~, 본래 성격이라~. 뭐, 상관은 없지만. 쿨하고 뷰티하기는커녕 완전 뜨겁잖아.

"하지만 문은 잠겨 있었지. 그러니까 발로 차 부수며 들어온 거고. 그런데 이 방 열쇠는 여기 있잖아."

그렇게 말한 노아가 바닥에서 플라스틱 플레이트가 달린 열쇠를 주워 들었다.

그리고 "평범하게 생각하면 사키가 직접 안쪽에서 문을 걸어 잠갔다는 게 되지 않나? 그렇다는 건 역시 사키의 자살 아니야?"라면서 주워 든 열쇠를 벽의 고리에 걸었다. 아무래도 노아는 끝까지 사키의 자살설을 미는 모양이다. 아니, 아마 그냥 귀찮으니까 자살로 하고 싶은 거겠지. 그보다.

"엇, 잠깐만. 노아. 방금 그 열쇠 어디서 난 거야?"

"응? 여기 떨어져 있었어. 방으로 들어오면 벽에 있는 고리에 걸어 두게 되어 있는데. 딱 그 아래쯤에 떨어져 있었으니까 제대로 안 걸렸던 거겠지. 이렇게 대충하면 금방 어디 뒀는지 모르게 될 텐데. 제대로 좀 하지, 쓰면 제자리에."

"아니, 뭐, 쓰면 제자리에 두는 건 중요한 일이라고 생각하는데 여기는 지금 살인 현장이고 우리는 현장을 조사 중이니까 너무 경솔하게 물건을 건드리거나 이동하지 말아줘. 알 수 있는 것까지 모르게 되잖아."

"아, 그런가. 미안, 미안. 왠지 진짜 탐정 같네."

조금도 거리낌이 없어 보이는 노아를 밀어내고 나는 벽 고리에 걸린 열쇠를 조사했다. "이 방 열쇠는 이것 하나뿐이야?"라고 노아에게 묻자 "응? 글쎄?" 하고 노아는 그대로 눈짓만으로 카에데에게 질문을 패스했다. 나도 그쪽을 돌아보았고 카에데는 살짝 고개를 갸웃하며 "아마"라고 자신 없다는 듯 답했다.

"일단 그거 하나인 걸로 되어 있으니까요. 그래서 저와 쿠마가 이 씨는 준비실로 들어가지 못하고 그 열쇠를 가지고 있을 하스미 씨를 찾아다닌 건데 정말 하나밖에 없지는 않겠죠. 직원실에는 여벌 키도 있을 테고, 게다가 학교 시설에는 보통 모든 문을 열 수 있는 마스터 키도 준비되어 있어요. 다만 학생이 반출할 수 있는 건 그것 하나뿐일 거예요."

그렇다지만 딱히 아무런 특징도 없는 정통파 실린더 키니까, 이런 건 복제하려고 하면 인근 홈센터에서도 할 수 있다. 뭐, 안 쓸 때는 교무실에 돌려놔야 하고 준비실에 있을 때는 저 고리에 걸어 두게 되어 있으니 학교 밖으로 가지고 나가는 건 조금 어렵다고 하면 어렵겠지만. 하지만 절대 불가능하다고 할 정도로 엄중하지는 않다. 하지만 그런 것까지 고려하기 시작하면 가능성이 무한대로 확대돼서 우리의 조사 능력으로 어떻게 할 수 없는 문제가 된다. 그야말로 경찰처럼 주변 홈센터를 전부 돌며 복제 키를 만들었을 가능성은 없는지 일일이 대조하는 식으로 꾸준한 수사를 해야 한다. 그런 건 도저히 나 개인으로서는 감당할 수 없다.

"으음———, 그럼 지금은 우선 열쇠가 하나뿐이라고 가정하고 그 조건하에서는 어떤 걸 생각할 수 있는지 검토해 보자."

라고 내가 제안했다. 뭐, 그냥 경찰에 신고하고 조직 능력으로 어떻게든 해결을 보는 수도 있겠지만, 아니, 그게 가장 제대로 된 방법이라고는 생각하지만, 인생에는 많은 사정이 있고 항상 제대로 된 방법을 선택할 수는 없는 노릇이다.

"문은 안쪽에서 손잡이를 내리기만 해도 잠기는 타입이니까, 열쇠가 없더라도 밖에서 닫는 정도는 어떻게든 할 수 있지 않을까?"

우선 떠오르는 대로 나는 그렇게 말해 봤다.

"글쎄요? 고전적인 실을 이용한 트릭을 쓰더라도 슬라이드 문이니까 상하로 실을 통과시키기는 힘들 테고, 잠글 때는 손잡이를 아래로 내려야 하니까 옆으로 통과시킨다면 도중에 힘의 방향을 변환해야 해요. 어느 단계에서 도르래나 도르래의 대용품이 필요해지겠죠. 불가능한 건 아니지만 번잡할 거예요."

카에데가 살짝 어깨를 으쓱하며 말한다.

"게다가 만약 실을 이용해서 바깥에서 문을 걸어 잠갔다고 판명이 나더라도, 그냥 누구든 범행을 저지를 수 있었다는 셈이 되니까 용의자를 특정하는 데는 아무 도움이 안 돼요. 그쪽으로는 생각해 봐야 아무 의미가 없을 것 같기도 해요."

응, 그것도 지당한 말이다. 내 목적은 '여기서 무슨 일이 있었는가'나 '범인이 어떤 수법을 썼는가'를 밝히는 게 아니라 그냥 사키를 죽인 범인을 맞히는 것이다. 범인을 특정하는 데 아무런 도움이 안 되는 의문은 우선 '모르겠다~' 하면서 방치해 두더라도 별 상관이 없을 것이다.

결국 사태가 나의 조사 능력의 한계를 초월했다면 최종적으로는 경찰을 의지하는 수밖에 없다. 다행히 지금까지 있었던 사건은 경찰을 부르는 일 없이 비교적 짧은 시간 내에 해결됐지만, 평범하게 생각하면 살인사건은 평범한 여고생이 혼자 감당할 가능성이 더 낮다. 만약 이게 남몰래 교내로 숨어든 전혀 모르는 변질자의 범행이라면 내가 진상을 밝혀낼 가능성은 전무하겠지.

그럴 가능성을 항상 기각할 수 없더라도, 내 능력의 한계를 초월한 문제는 어차피 해결할 수 없으니까, 간파할 수 있는 범위 내에 진실이 있기를 기대하는 수밖에 없다.

그러므로 전혀 모르는 제삼자가 범인일 가능성은 배제한다. 이건 단순히 만약 그렇다면 내가 범인을 찾는 것이 절망적이라서 생각할수록 헛수고라는 것뿐이다. 그리고 열쇠 복제도 없었을 것으로 가정해 본다. 이것 역시 그러는 게 더 생각하기 쉬우니까 우선은 그렇게 생각해 볼까 했을 뿐이다.

"하지만 딱히 완전한 밀실 살인인 것도 아니네. 창문은 열려 있으니까."

올해는 장마 전부터 여름을 미리 느끼는 것처럼 무더워서, 아직 6월임에도 녹아버릴 듯 무더운 날이 이어지고 있다. 제2 이과 준비실에는 에어컨이 없고 천장에 달린 회전식 선풍기 하나가 유일한 냉각장치라서, 창문은 전부 활짝 열려 있다. 방이 좁고 한쪽에만 창문이 있으니까 통풍이 잘 안 되고 이 시간대는 석양이 직격으로 비쳐들어서 아주 덥다.

"음──, 하지만 여긴 4층이니까. 아무리 창문이 열려 있었대도 어지간히 몸이 가볍지 않고서야 창문으로 드나들 수 없을걸. 게다가 맞은편 건물에서 다 보이니까, 방과 후라 보는 눈이 적다지만 역시 눈에 띌 테고."

내가 창문으로 다가가자 뒤에서 노아가 그렇게 말을 걸었다.

"창문으로 드나들지는 않은 것 같아"라고 창문 주변을 조사하던 노보루도 말했다. "홈통이나 튀어나온 부분을 이용하면 못할 건 없겠지만, 하지만 흔적을 남기지 않는 건 우선 힘들 거야. 외벽은 어디든 먼지투성이니까. 어딘가에 손이나 발을 딛기만 해도 그 흔적이 눈으로 보면 알 정도로 남을걸."

창문을 통해 밖을 봤다. 이 준비실이 있는 곳은 4층 구조인 제 1 건물의 4층이고, 그 맞은편에는 폭이 20미터 정도 되는 안뜰을 사이로 마찬가지로 4층 구조인 신건물이 세워져 있다. 위에서 보면 연결복도로 이어져 있어 H 모양이다. 실제로는 본 건물이 하나 더 반대쪽에 있어서 왕(王)자라고 하는 게 더 나을지도 모르겠다. 그 밖에도 자잘한 동이나 구 동아리동, 신 음악실 같은 것도 있어서, 비교적 좁은 부지에 무수히 많은 건물이 빽빽이 세워져 있는 느낌이다. 연결복도는 1층에만 있어서 제1 건물 4층 물리 화학 교실에서 신건물 4층에 있는 전자 도서관 교실로 이동할 일이 생기기라도 하면 화장실에 갈 새도 없을 만큼 꽤 시간이 빽빽해진다. 뭐, 그런 이야기는 지금은 됐고.

그렇다는 건 이번에도 일단 밀실 살인 베리에이션이라는 뜻이 될 것 같다.

"맞은편 건물에서 쏜 건 아닐까?"

나는 카에데 쪽을 돌아보며 그렇게 물었다.

"그건 제가 궁도부라서 그렇게 묻는 건가요?"라고 카에데는 미간을 찡그렸다. "뭐, 궁도는 근적(近的)이 28m니까, 그런 의미로 보면 맞은편 건물에서 이 준비실로 활을 쏘는 것도 논리상으로 못할 건 없을 거예요. 다만 움직이는 표적의 목덜미를 노리고 한 방에 명중하는 건 조금 현실적이지 않죠. 게다가 어쨌든 활에 맞았다면 이 방 안에 활이 남아 있을 텐데요."

"그건 왜, 화살에 실 같은 걸 달아두면 나중에 회수할 수 있지 않을까?"

"으음──, 글쎄요? 4, 5개 정도의 기적이 동시에 일어나면 가능할 수도 있죠. 물론 실을 매달아도 화살은 날아가지만 그만큼 컨트롤하기는 까다로워질 테고요. 화살은 화살 깃이 조금만 달라져도 날아가는 방식이 완전히 달라져요. 그냥 저쪽에서 이쪽으로 활을 쏘기만 하는 거라면 간단하겠지만, 노린 대로 맞춰야 한다면 지극히 어렵겠죠."

에이~, 하지만 카에데는 전국대회 같은 데도 나갔고 전국 몇 위! 같은 거라며? 의외로 어떻게든 할 수 있지 않을까? 않으려나. 실제로 나도 무리겠지~, 하고는 생각하고 있다. 한번 빗나가면 아무리 사키라도 경계할 테고 이런 건 연습도 할 수 없으니까. 한 방에 성공시키기는 역시 어렵겠지.

"그보다 애초에 왜 범인은 문을 잠근 거지?"

아마 '그걸로 추적해 봤자 소용없다'라는 거겠지. 노보루가 옆에서 끼어들더니 화제를 다른 쪽으로 돌리려 했다.

"아마 하스미가 직접 잠근 건 아닐 거야."

"아아, 그러게. 나중에 노아와 카에데가 올 줄 아는데, 사키가 직접 안쪽에서 문을 잠글 이유는 없으니까, 아마, 문을 잠근 건 사키를 죽인 범인이야."

사키와 노아와 카에데 이 셋은 이번 주에 이 제2 이과 준비실의 청소 당번이다. 사키는 이런 데서 묘하게 성실하기 때문에 가장 먼저 와서 문을 열었을 것이고 그 뒤로 노아와 카에데가 오는 패턴이었다나 보다.

"평소에는 대체로 하스미 씨가 이미 문을 열어놓기 때문에, 전종례가 끝난 후에 그대로 제2 이과 준비실로 왔는데 웬일로 문이 잠겨 있길래 처음에는 '하스미 씨가 아직 안 왔나?'라고 생각했어요. 그래서 일단 직원실로 열쇠를 가지러 갔다가 선생님께 여쭤보니 하스미 씨가 가지고 갔다고 하더라고요. 엇갈린 건가 해서 와보니까 역시 문은 잠겨 있었고요. 노크해도 반응이 없고"라고 카에데가 경위를 쫙 설명해 줬다.

"나는 일이 있어서 선생님께 불려갔기 때문에 계속 교무실에 있었는데, 카에데가 교무실에 온 건 봤어. 그리고 볼일을 다 보고 늦게 여기 와보니 문 앞에 카에데가 서 있었지. 그래서 사정을 들은 뒤, 그러면 휴대폰으로 연락해 볼까~ 하는 이야기가 나왔는데 둘 다 사키의 번호를 몰랐고 요우라면 알지 않을까~ 해서 교실까지 부르러 갔던 거야."

그리고 그 후는 나도 함께 행동했기 때문에 잘 안다. 나는 교실에서 노보루와 함께 사키의 청소가 끝나기를 기다릴 생각이었는데, 그때 노아와 카에데가 찾아와서 '사키 번호 알아~?'라고 물었고 아는데~? 라고 한 뒤, 시험 삼아 걸어 보니 신호음은 가지만 사키가 통 전화를 받지 않는 게 아닌가, 어쨌든 사키의 경우 사키니까 전화를 안 받으면 그것만으로도 왠지 '이건 위험한 상황일지도~?'라는 생각이 드니까 나와 노보루가 교실 밖으로 달려 나가 사키를 찾으러 갔고, 우선 제1 건물 4층까지 올라와 봤지만 역시 제2 이과 준비실 문은 잠겨 있었고, 하지만 맞은편 신건물 창문으로 보면 제2 이과 준비실 안을 볼 수 있지 않을까? 하는 이야기가 나와서 다시 달려서 1층으로 내려간 다음, 신건물 4층까지 올라가 복도 창문으로 제2 이과 준비실 쪽을 살피니 안에서 사키가 피를 뿜어내고 있는 게 보여서, 다시 달려서 1층으로 내려가 연결복도를 건너 4층까지 계단을 올라간 다음 문을 차 부순 시점에서 첫 장면으로 이어집니다.(헥헥.)

"노아는 종례 후에 카에데와 합류할 때까지 계속 교무실에 있었다는 거지?"라고 나는 다시 확인했다.

"응, 그렇지. 그건 카에데도 봤고 선생님에게 확인을 받아도 돼."

그런고로 노아는 일단 알리바이가 있다는 셈이 되는 듯하다. 물론 아직 선생님에게 확인을 받은 게 아니니까 지금으로서는 그냥 노아가 그렇게 주장하는 게 되지만, 아마 거짓말은 아니겠지. 확인하면 바로 들킬 만한 거짓말을 할 이유가 없다.

"청소 시간이니까 금방 다른 학생도 온다는 것 정도는 범인도 알았겠지. 고작 문 좀 잠근 것 가지고는 잠깐 시간을 버는 데 그칠 테고, 시간을 벌고 싶었다면 창문을 벌컥 열어놓은 게 이상해. 제2 이과 준비실은 보다시피 맞은편 건물에서 내부가 훤히 보이니까 숨길 마음이 있었다면 최소한 커튼 정도는 치지 않을까? 고작 몇 초면 끝날 일이야"라고 노보루가 말한다.

그렇겠지. 실제로 그래서 우리도 맞은편 건물을 통해 사키가 죽어 있는 걸 발견한 데다, 굳이 내가 아니더라도 누구든 안에서 사람이 피를 뿜어내며 죽어 있는 듯한 모습을 보면 문을 차 부수고 들어올지 모른다.

나였다면 확신이 없더라도 우선 차 부쉈겠지만, 뭐 보통 사람들은 어지간한 확증이 없는 한 쉽게 차 수부기까지 하지는 않겠지. 범인의 입장에서 생각해 보면 시체가 있는 방문은 일단 잠가두고 싶다는 심리는 이해가 간다. 하지만 그런데 커튼이 활짝 걷혀 있다는 건 어딘지 모르게 뒤죽박죽이라는 인상이다. 물론 범인이 놀라서 문은 잠갔지만 창문 커튼까지는 신경 쓰지 못했을 것으로 해석할 수도 있고, 당황한 사람의 행동은 당연히 뒤죽박죽일 테니 그럴 가능성은 충분히 있음 직하지만.

"창문은 열어둘 필요가 있었던 거야"라고 나는 가정해 봤다.

침입이나 탈출의 흔적은 없는 듯하니 그렇게 직접적으로 범행에 쓴 건 아닐 수도 있지만, 창문이나 커튼을 칠 수 없는 무슨 사정이 범인에게 있었던 것이다. 딱히 근거가 있는 건 아니지만, 경험적인 느낌상 지금은 그렇게 생각해야 할 듯하다. 오케이?

범인에게 창문이 열려 있어야 할 시추에이션이 있다면 어떤 걸까?

이번 케이스는 4월 사건처럼 '그냥 시체를 감춰두고 싶어서' 단단히 잠가놓은 문을 내가 강제로 차 부순 탓에 발생한 밀실이 아니다. 그럼 대체 범인은 무엇 때문에 굳이 이 방을 밀실로 만들었을까.

실제로 범인에게는 현장을 밀실로 만들 메리트가 거의 아무것도 없다. 그렇기에 미스터리와는 다르게 현실의 밀실 살인 사건이란 거의 존재하지 않는다. 현장이 잠겨 있지 않은 게 누구든 범행은 가능했다는 게 되어서 용의자를 특정하기 어려워지기 때문이다.

내가 으음——, 하고 머리를 싸매자 "메타적인 이야기인데" 하고 노보루가 말한다.

"미스터리물에 밀실 살인사건이 많이 나오는 건 용의자를 한정하기 쉽다는 작가의 사정에 의한 경우가 많아. 트릭을 풀면 범인을 알 수 있다는 범죄는 현실에는 많지 않고, 그냥 살인을 저지른 후 수사망을 벗어나고 싶다면 목격자가 없는 밤길에서 습격한 뒤 쏜살같이 달아나는 게 더 나아. 하지만 그런 사건에는 탐정의 추리가 개입할 틈이 없어. 밀실 살인은 생각하면 알 수 있도록 출제하는 경향에 맞춰져 있어."

그래. 그냥 개인이 개인의 능력 범위 내에서 제시된 단서를 통해 추리하고 범인을 찾는다면, 우선은 용의자가 어느 정도 한정되어야만 한다. 개방된 밤길에서 뒤에서 머리를 때리는 식의 묻지 마 살인처럼 용의자의 틀이 무한대로 확대되는 케이스라면 아무리 현장에 단서가 있더라도, 그리고 '대체 현장에서 어떤 일이 벌어졌는지' 추리했더라도 범인을 특정하는 것과는 이어지지 않는다.

이게 밀실 살인이라면 밀실을 구성한 사람이 즉 범인이라는 뜻이고, 용의자의 수는 처음부터 꽤 축소된다. 몇 명쯤 되는 용의자 중에 범인이 포함되어 있다는 게 확실하다면 그 속에서 진범을 찾아내는 것은 그렇게 어려운 일이 아니다.

현장에서 확실히 범인을 가려낼 수 있는 증거를 철저히 찾아내는 경찰의 과학수사에 비하면, 그냥 출제된 문제를 푸는 게 다인 명탐정 따위는 전혀 대단할 게 못 된다.

"범인이 밀실을 구성하는 가장 근원적인 동기는 탐정에게 출제하기 위함이야."

문제로 성립시키기 위한 밀실 살인.

응, 나도 이번에는 왠지 그런 느낌이 든다. 범인이 출제한 것인 듯하다. 이건 아마 정답이 나올 수 있게끔 계획된 문제다.

대체 무엇 때문에? 나 그런 의문은 들지만, 뭐 그 부분은 상관없겠지. 동기나 그런 건 범인을 안 후에 본인에게 직접 묻는 게 가장 빠르니까 거들먹거려 봤자 아무 소용 없다. 무엇보다 사키를 되살리는 게 최우선이다.

"그런 이유로 범인은 당신이야. 토도로키 카에데."

나는 뒤를 돌아보며 카에데를 척 가리켰다. 그 말을 들은 카에데는 놀라거나 화내는 게 아니라 매우 낙담한 듯 한숨을 내쉬더니 "어째서죠? 저는 그냥 진노 씨가 악을 처단하는 걸 돕고 싶었을 뿐인데"라며 어금니를 악물었다.

어째서냐고? 그렇게 물어도 난감하지만 우선 해결편을 전개해 볼까. 어쨌든 말은 거저 할 수 있으니까, 잘못됐다면 사과하면 그만이고 솔직히 말해 그것 때문에 카에데가 분노하더라도 여고생이 쓸 만한 수단은 기껏해야 절교 정도니까. 만약 절교당하더라도 카에데와는 원래부터 그렇게 친하지 않았으니까 크게 곤란할 게 없다.

"으— 음, 걸리는 건 여럿 있지만 우선 하나, 왜 카에데 혼자만 궁도복을 입고 있는가 하는 점이려나."

나는 천천히 걸으면서 턱에 손을 대고 말했다. 이런 건 분위기가 중요하다. 그 이전에 '왜 지금 이 자리에 있는 인간을 용의자로 한정하느냐?'라는 부분은 그냥 '그러면 좋겠다'라는 것뿐이지 근거는 아무것도 없기 때문에, 굳이 터치하지 않는다. 용의자의 폭이 확대되어 버리면 결국 나로서는 손댈 방법이 없기 때문이다.

생각하면 풀리도록 출제된 문제이기를 기대하는 수밖에 없다.

"그야 그냥 끝나고 동아리 활동을 하러 갈 생각이니까요."

응, 뭐 그렇겠지. 안 그래도 좁은데 기본적으로는 쓰지 않는 제2 이과 준비실 청소 따위는 그렇게까지 시간이 드는 일도 아닐 테고, 카에데처럼 전국대회에서 몇 위를 할 만한 유력한 선수라면 착착 끝마치고 당장에라도 동아리 활동을 하러 가고 싶을 거야. 먼저 준비를 마쳤더라도 전혀 이상할 게 없다.

"하지만 궁도복으로 갈아입기 위해 한번 부실로 갔으면 활주머니나 동아리용 가방은 부실에 두고 오면 되잖아. 그런데 카에데 너는 궁도복을 입은 데다 활주머니와 동아리용 가방을 지금도 등에 메고 있지. 즉, 아직 부실에 가지 않은 거야. 그럼 부실이 아닌 다른 곳에서 옷을 갈아입은 셈이 되는데 어쨌든 카에데도 10대 소녀니까, 아무리 그래도 아마 일반 교실에서 아무렇지 않게 옷을 갈아입진 않겠지? 어디 문을 잠글 수 있는 방에서 옷을 갈아입고 싶지 않을까~ 하는데."

그렇게 말하면서 카에데의 안색을 힐끗 살폈다. 아마 이게 '망연한 얼굴'이라는 거겠지~ 싶지만, 우선 끝날 때까지 들어는 보자는 태도인 듯해 그대로 말을 이어 나갔다.

"그러므로 가설1. 카에데는 이 방에서 옷을 갈아입은 게 아닐까? 여기라면 입구를 잠글 수도 있으니까. 그럼 왜 카에데는 이방에서 옷을 갈아입었는가? 하나는 궁도부 차림이라면 활주머니를 메고 있어도 그렇게까지 부자연스럽지 않기 때문이 아닐까. 카에데, 너는 사키를 찾아다닐 때부터 쭉 활주머니를 메고 있었는데, 궁도복을 입고 있으면 활주머니도 잘 녹아들어서 왠지 모르게 부자연스러워 보이지 않잖아. 하지만 실제로는 그렇게 긴 걸 의미 없이 가지고 다닐 필요는 없고 보통 대부분은 부실이나 궁도장에 놓아두지 않나?"

"어제 현을 갈고 절피를 감았거든요. 그래서 한 번 집으로 가져갔어요. 저도 항상 활주머니를 들고 다니는 건 아니지만, 일본식 장궁은 꽤 보수도 꼼꼼하게 해줘야 해서 그렇게 드문 일도 아니에요."

"응, 뭐 그런 일이 생길 수도 있지? 하지만 만약 우연이 아니었다고 가정해 보자. 카에데는 활주머니를 가지고 다녀야 할 이유가 있었고, 그것 때문에 궁도복을 입고 있는 게 더 이로웠어. 하지만 활주머니를 들고 있더라도 크게 수상해 보이지 않는다는 건 부차적인 효과려나. 좀 더 직접적으로, 카에데는 좌우간 옷을 갈아입어야 했어. 왜냐하면 사키를 죽일 때 옷에 피가 튀었기 때문이야."

"잠시만요. 진노 씨는 제가 하스미 씨를 피가 튈 정도로 가까운 거리에서 죽였다고 보는 건가요? 그러면 이미 활과는 무관하지 않을까요. 만약 제가 맞은편 건물에서 쏘았다고 치더라도 역시 피가 튈 수는 없잖아요?"

"응, 그렇지. 피가 튈 정도고 절단면도 예리하지 않으니까 흉기는 화살 같은 장거리 무기가 아니야. 그러니까 그 가설은 이제 됐어. 그냥 시험 삼아 말해 본 거야. 화살은 일단 옆으로 미뤄둘게. 방과 후 제2 이과 준비실로 온 카에데는 먼저 와 있던 사키의 등 뒤로 다가가 지참한 흉기——상처로 보아 추정할 수 있는 건 볼트 클리퍼처럼 거대한 펜치 종류일 듯한데——로 사키의 목덜미를 베어 죽였어. 선생님에게 호출당한 노아가 청소하러 조금 늦게 올 것이라는 건 카에데도 사전에 알고 있었으니까 사키와 둘만 남기는 어렵지 않았겠지. 하지만 그때 카에데의 교복에는 피가 튀었어. 그대로 있으면 카에데가 사키를 죽인 범인이라는 게 다 티가 나니까, 카에데는 동아리용 가방 안에 들어 있던 궁도복으로 갈아입기로 한 거지."

"으음——. 확실히 저는 쿠마가이 씨가 늦을 줄 알고 있었으니까 필연적으로 제가 하스미 씨와 둘만 있기 쉬운 환경이 된다는 건 알겠어요. 쿠마가이 씨와 달리 저에게는 알리바이도 없고요. 부정할 만한 요인은 없지만, 하지만 그건 제가 아니더라도 이 학교의 학생이라면 누구든, 아니, 어쩌면 이 학교 학생이 아니어도 틈을 보면 가능하지 않을까요? 옷을 갈아입은 게 수상하다고 하더라도 체육복을 입고 범행을 저질렀다면 교복으로 갈아입었을 수 있고, 애초에 외부범일 경우 그런 건 아무 상관이 없어져요. 화살로 저격했다는 가설 때문에 저를 용의자로 삼은 건데 역시 활로 쏜 게 아니라는 쪽으로 이야기가 흘러가도, 계속 저를 고집하는 건 그냥 진노 씨의 사고에 유연성이 부족한 거 아닐까요? 원래 하던 이야기를 완전히 잊은 건 아닌가요? 게다가 가장 중요한 잠긴 문에 대해서는 어떻게 설명하려고요?"

"그 잠긴 문을 설명하는 데 활이 필요해져."

"설마."

하고 카에데는 살짝 미간을 찡그리며 그녀 나름대로 경악하는 표정을 지었지만, 그렇게 놀랄 만한 트릭이 아니다. 고전적으로 실을 이용한 기계적 트릭을 응용한 것이니까.

그럼 상황을 정리하죠. 사키는 문이 잠긴 준비실 안에서 목이 베여 죽어 있었다. 창문은 열려 있었고 커튼도 걷혀 있었기 때문에 우리는 맞은편 건물에서 사키가 죽어 있는 걸 확인할 수 있었다. 하나뿐인 문의 열쇠는 실내 바닥에 떨어져 있었다. 자, 그럼 범인은 대체 어떻게 했을까요.

자, 싱킹 타임 스타트~.

띠리띠리링띠리띠리링 ♪ 띠리띠리링띠리띠리링 ♪

자, 종료~☆ 그럼 정답을 발표합니다.

"사키를 죽인 카에데는 궁도복으로 갈아입고 나서 저쪽 벽에 있는 고리에 낚싯줄을 걸었어. 이건 활과 이어져 있었고, 그 상태에서 카에데는 이 방에서 맞은편에 있는 신건물 옥상으로 화살을 쏘았지."

목을 정확하게 관통하는 정밀한 컨트롤은 어렵더라도, 그냥 그쪽으로 쏘는 것이라면 가능하다고 카에데 자신도 인정했다.

"이로써 맞은편 옥상과 이 방 사이에 로프웨이가 생긴 셈이야. 그리고 그냥 바깥에서 문을 잠그고 신건물 옥상으로 가서 화살을 회수한 다음 줄에 열쇠를 통과시켜 그걸 통해 준비실 안으로 열쇠를 돌려놓은 거지. 욕심 같아서는 고리에 걸고 싶었겠지만, 그것까지는 어려웠나 보네. 마지막으로는 줄을 힘껏 잡아당겨서 회수하면 열쇠는 고리 아래쪽 바닥에 떨어지고 이 밀실 상황이 완성되는 거지. 옥상에서 회수한 화살이나 피가 튄 교복은 아직 그 가방 안에 들어 있지 않을까? 그러니까 토도로키 카에데, 당신이 범인이야!!"

내가 처억!! 하고 지목하자 빠밤──! 하고 평소처럼 효과음이 울리는 것으로 보아 이게 정답이었던 듯하다.

뒤에서 사키가 "으음~" 하는 신음소리를 내면서 일어나자, 나는 또 그쪽으로 폴짝 뛰어들어 "우오오~! 사키~~!!" 하고 품에 안겼다. 아까까지 주변에 고여 있던 피 웅덩이도 이미 깔끔하게 사라졌다.

사키는 "우왁! 요우, 왜 그래?"라면서 눈을 동그랗게 뜨더니 주변을 죽 둘러보고 "어라, 혹시 내가 또 죽은 거야?"라고 대강의 상황을 빠르게 짐작했다. 역시 완전히 살해당하는 데 익숙해졌(그리고 부활하는 데 익숙해졌)구나.

"저기, 사키. 카에데가 사키를 죽인 범인 맞지?"

"어? 으음──, 글쎄?"

내가 물어도 사키의 답변은 시원치 않다.

"분명 갑자기 목에 통증을 느꼈고 그 즉시 의식을 잃었거든."

음~, 뭐, 엄청나게 솜씨 좋게 처리하면 그렇게 될지도 모르겠다. 평범한 여고생에게 그런 노련한 암살자 같은 스킬이 있을지는 모르겠지만 카에데는 전국대회에서도 몇 위를 차지한 굉장한 사람이라는 것 같고, 집이 절이라 왠지 그런 가계(家系)? 인 것 같으니까. 분명 그런 것도 가능하겠지. 무엇보다 틀림없이 사키의 자살은 아니다. 이번에는 그게 무엇보다도 중요하다. 노아 너어, 귀엽게 생겨서는 내 멘탈을 한계까지 몰아붙였겠다.

"그러니까 토도로키 카에데!! 역시 네가 범인이잖아!! 단념해!!"

다시 한번 척!! 하고 손가락질해 봤지만 역시 카에데의 반응은 약했고, "그렇군……. 하스미 씨가 되살아난다는 얘기를 실제로는 반신반의했는데, 이렇게 발현하는군요. 이건 분명 진짜 괴기현상이네요" 같은 말을 중얼거리고 있다. 그리고는 등에 메고 있던 동아리용 가방을 바닥에 툭 내려놓고 지퍼를 열더니 안에서 교복을 꺼내고는 펼쳐 보인다.

"하지만 진노 씨의 추리는 완전히 틀렸어요. 자, 제 교복에 핏자국 같은 건 없잖아요. 증거가 없다면 어떤 추리든 그냥 망상에 불과하죠."

아, 카에데도 순순히 인정하지는 않는 타입의 범인인가~. 왠지 요즘 들어 이렇게 버티는 아이가 많지 않나? 그런 세대인가?

"어, 하지만 그건 사키가 되살아났으니까 핏자국도 같이 사라진 건데."

사키가 되살아나면 흐른 피 같은 것도 완전히 원래대로 사키 안으로 돌아가니까, 핏자국이나 흉기에 묻은 지방분처럼 사키의 몸에서 비롯된 건 사키의 부활과 동시에 순식간에 깔끔히 사라져 버린다.

"그렇군요. 그렇다면 되살아났다고 하기보다는 되돌아갔다고 하는 게 정확할지도 모르겠네요. 그냥 사자가 살아나는 것보다 한층 더 레어한 괴이예요. 설마 그런 사리를 벗어난 반칙 같은 기술을 제 눈으로 직접 보게 될 줄이야, 놀라운걸요. 저는 가정 사정상 남들보다 괴기현상을 자주 보는 편인데 그래도 놀랄 만큼 격이 다른 이상 현상이네요."

"이야기를 돌리지 마. 카에데가 범인 아니야?"

"네……? 진노 씨는 진짜 그걸 믿는 건가요? 뭐, 하스미 씨가 되살아나면 핏자국도 사라지는 건 어쩔 수 없다고 치고, 그럼 본래 묻어 있었던 핏자국이 지금은 사라졌다는 걸 어떻게 증명할 건데요? 제 교복에는 원래부터 피 같은 게 묻어 있지 않았고요.

그럼 그것대로 먼저 증거를 잡고 나서 수수께끼를 풀어야 하지 않았을까요? 지금은 이미 사라져 버렸지만 실은 묻어 있었다는 말은 트집이라고 웃어넘겨도 반론할 수 없지 않을까요? 어떤 추리든 그것을 뒷받침하는 증거가 없으면 그냥 망언에 불과해요."

"하지만 정답을 알리는 소리가 난 데다……, 이렇게 사키도 되살아났으니까……."

"으음~? 뭘 어떻게 착각하고 있는지는 모르겠지만, 진노 씨는 이 현상을 그렇게 이해하고 있군요?"

너무나도 동요하지 않는 카에데를 보고 나는 그만 쭈글해졌다. 하지만 어쨌든 사키가 되살아났으니까 내가 정답을 맞혔다는 걸 텐데. 카에데가 범인임이 분명할 것이다. 지난번 걔도 그렇고(이름이 뭐였더라? 이미 기억 속에서 흐릿해졌는데.) 요즘 범인들은 아무래도 고집을 부린다. 진상을 밝히면 포기하고 나불나불 자백해야지 아니면 얘기가 길어지잖아!!

"진노 씨는 정답을 어떻게 생각하고 있나요? 정답과 오답은 누가 정하는 건데요? 그 맞고 틀림을 판정하는 게 대체 누구인가요?"

카에데는 네 눈을 똑바로 바라본 채 시선을 돌리지 않는다.

"누군가가 정답이라고 하면 그게 정답이 되나요? 자기가 믿는 대로 말해준다면 상대가 누구든, 내용이 뭐든 상관없다는 건가요? 정답만 맞힌다면 진실은 아무래도 상관없다고 생각하는 거예요? 진노 씨는 그냥 자기에게 불리한 사실은 외면하고 긍정해 주는 것만을 유리한 쪽으로 취사선택해서 듣는 거 아닌가요? 어떤 증거를 채용하고, 어떤 것을 무시할지 자기 마음대로 정해도 된다면 당연히 어떤 진상이든 자유자재로 도출할 수 있겠죠?"

으응? 왠지 어려운 말을 하기 시작했는데 혹시 그냥 철학적인 이야기로 정신을 쏙 빼놓으며 얼버무리려는 건 아니겠지? 뭐, 하지만 상관없어. 카에데가 뭘 어떻게 둘러대든, 말로 나를 구슬리든 판정이 나고 사키가 되살아난 이상 뒤이어 반드시 그것이 찾아오니까.

그 검고 뭔지 잘 알 수 없는 녀석이 오면, 그거면 끝이다.

왔다.

이 검은 녀석에게는 출현 신이라는 게 없다. 도중에는 일절의 시퀀스가 없어서, 항상 정신을 차리고 보면 이미 나타나 있다. 나를 가만히 바라보고 있는 카에데 뒤에는 이미 소리도 없이 검은 소녀 같은 무언가가 서 있었고, 카에데는 아직 그걸 전혀 알아차리지 못한 상태여서 아무런 주의를 기울이지 않는 듯했다.

벌써 여러 번 봤을 텐데, 슬슬 적응해도 될 텐데 이 검은 녀석이 나타나면 나는 역시 너무 무서워서 침을 삼키게 된다. 눈을 감을 수도 없거니와 찍소리도 할 수 없다. 그냥 가만히 바라보는 수밖에 없다.

카에데 뒤에 있는 검은 녀석 발밑에 고인 웅덩이 같은 검은 원에서 촉수 비슷한 것이 슈륵슈륵 뻗어 나왔고, 그것이 카에데의 존재 그 자체를——.

"그렇군요. 대가를 받으러 온 건가요."

사라지지 않는다. 검은 촉수는 카에데의 몸을 소멸시키지 않는다.

카에데 주변으로 희고 작은 무언가가 빙글빙글 돌고 있었고, 그것이 뒤에서 소리 하나 없이 빠르게 덮쳐드는 검은 촉수를 가르며 모든 걸 막고 있다. 바닥에 떨어진 검은 무언가는 새카만 안개처럼 스르르 퍼지며 사라졌다.

부적인가? 카에데 주변을 빙글빙글 날고 있는 것은 무슨 문자가 적힌 길고 가느다란 네모난 종이였고, 그것이 날카로운 날붙이처럼 검은 녀석을 난도질하고 있다.

"물리적인 실체……. 매체를 얻어 인간의 존재를 먹어 치움으로써 실재성을 키워왔나. 하지만 물리적인 실재를 가진 것이라면 차라리 대응할 방도가 있죠!!"

뭐지, 카에데는. 이 검고 정체 모를 녀석마저 이길 정도로 엄청난 실력자인가? 기도사인지 뭔지라고 했는데, 기도를 드리며 자기에게서 떨어뜨려 놓기만 한다고 했는데 무시무시한 무투파잖아. 어? 그게 말이 되나?

하지만 그러네. 요괴인지 악마인지 원령인지는 모르겠지만 이렇게 검고 꺼림칙한, 누가 봐도 사악한 것이 실제로 존재하는데. 이 녀석은 아마 오래전부터 이 세계에 있었을 것이다. 그것을 아는 게 물론 우리뿐이진 않을 테고, 안다면 무슨 대항책을 생각해 놓은 사람이 있는 게 당연하다.

"혼돈을 죽이기 위해서는 눈과 입을 막으면 되니까. 사악한 존재여, 인간들의 존재를 먹어 치워 네 살을 불리고 강한 실체를 얻은 것을 후회하도록 해라."

하지만 저항? 대책? 이라고 할까 격퇴? 퇴치?

이렇게 검고 압도적으로 사악한 무언가를 '쓰러뜨린다'라는 발상을 애초에 나는 가진 적이 없었다. 이것은 인지를 초월한 무언가이고, 이것이 내린 판정은 아무도 거스를 수 없을 것이라고 생각했다.

쓰러뜨릴 수 있어? 이 검은 걸?

정말?

카에데 주변을 날고 있는 부적은 이미 방어전에서 공세로 태세를 바꾸었다. 뻗어오는 검은 촉수의 공격을 받아칠 뿐만 아니라, 부웅부웅 날아 적극적으로 베고 있다.

<u>그오오오오오오오오오오오오오!!</u>

<u>고오오오오오오오오오오오오오오!!</u>

검은 녀석은 땅속을 울리는 것처럼 무겁고 나직한 소리를 내고 있다. 평소보다 더 괴로워하며 아파하는 듯한 느낌이 든다. 저 녀석도 다치면 아픈 건가.

카에데가 부리는, 저 자유자재로 날아다니는 부적이라면 화살이나 줄로 만든 로프웨이 같은 게 일절 없더라도 멀리 떨어진 곳에서 사키의 목을 쉽게 벨 수 있겠지.

어, 하지만 그런 진상은 아무리 그래도 너무 불공평하지 않나?

"죽어도 되살아나는 소녀나, 범인의 존재 그 자체를 소멸시키는 수수께끼의 검은 존재가 있는 시점에서 공평이고 불공평이고 없을 것 같은데……. 그보다 진노 씨, 아직도 제가 범인이라고 생각하는 건가요?"

"어? 진짜? 진짜진짜 진짜로 정말 카에데는 범인이 아니야?"

"그러니까 여러 번 말했잖아요!! 진짜진짜 진짜로 정말 저는 범인이 아니에요!!"

그렇게 소리치면서 카에데는 활주머니에서 장궁과 화살통에든 화살을 꺼내 들더니 슥 일어났다.

"자, 저 검은 녀석의 지나치게 거대한 사기(邪氣)에 진범이 모습을 드러낸 것 같은데요!!"

카에데의 시선을 좇아가 보니 준비실 구석에 있는 선반 사이에서 개의 목이 스멀스멀 미끄러져 나왔고, 그것이 바퀴벌레처럼 바스락거리며 바닥을 기었다. 히에엑!! 뭐야, 뭔데?? 불쾌해!!

"안 놓칩니다!!"

카에데가 빠르게 화살을 시위에 걸더니 쏘았다. 쏘아낸 화살은 말도 안 되는 각도로 휙 구부러졌고 푸욱!! 소리와 함께 개의 목이 바닥에 꽂혔다. 어, 뭐야. 뭔데? 저 불쾌한 개의 목이 진범이라는 거야? 그보다 이게 뭔데? 이것도 괴기현상이야??

"그야 죽은 사람을 되살릴 만한 존재가 있으니까 당연히 잠긴 방 안에 있는 사람을 물어 죽일 만한 괴이 역시 있을 수 있죠. 그보다 사자의 부활에 비하면 이누가미 정도는 식상하고 평범한 고술(蠱術)에 불과해요."

그렇게 말한 카에데는 이번에는 느릿느릿 차분한 동작으로 발을 좌우로 내디뎠다.

"자, 다음은 당신입니다. 사악한 존재여."

카에데 바로 뒤에 서 있었던 검은 녀석은 부적의 공격 때문에 어느새 멀리 밀려나 있다. 부적은 카에데가 컨트롤하는 게 아니

라 자율적으로 방어를 하거나 적을 공격하는지, 그 사이 카에데
는 매우 우아한 동작으로 화살을 쏘았다.

"귀명, 불공견색 비로자나시여, 대인(大印)으로 말미암아."

무언가를 읊으면서 두 팔을 벌리고 활시위를 힘껏 잡아당긴다.

"보주와 연화와 광명의 대덕이 생겨나니."

순수하게 대상을 관통하고자 하는 의지가 느껴지는 아름다운
구도가 완성되었다.

마치 빛이 나는 것처럼 보이는 건 그 완성된 미가 보여주는 착
각일까, 아니면 무언가의 힘으로 인해 정말 빛이 나는 것인지 나
로서는 판단이 되지 않는다.

그냥 예쁘다는 생각이 들었다.

힘의 소용돌이 같은 것이 화살 끝에 응축되었고, 카에데는 잠
시 눈을 내리떴다.

"이고득탈!! 전전케 하시옵소서!!"

쏜다.

파앗——!!

빛이 눈 깜짝할 사이에 뿜어져 나오더니 쏘아진 화살은 순간 이
동이라도 한 것처럼 벽에 콱 꽂혔고, 아직 여운 때문에 요란하게
흔들리고 있다. 나타났을 때와 마찬가지로 갑작스럽게, 아무 흔
적도 남기지 않고 검은 무언가가 사라졌다.

잔심.*

매섭게 빙빙 날아다니던 부적이 그냥 종이 쪼가리가 되었고,
현실의 중력과 공기저항에 눌려 팔랑거리며 떨어졌다. 창문으로

---

*殘心. 궁도에서 활을 쏜 후 다음에 대비하는 자세를 취하는 것.

비쳐드는 석양빛에 반짝거리며 금빛으로 빛난다.

"칫……."

카에데가 소리를 냈다. 그 목소리 덕에 겨우 내 세상에도 소리가 돌아왔다. 소리가 돌아옴으로써 겨우 소리가 사라졌다는 걸 알아차렸다.

카에데는 살아 있다. 아직 존재하고 있다. 소멸하지 않았다.

소멸하기는커녕 저 검은 녀석을 격퇴, 해버린 건가……?

"아니요, 놓쳤어요. 저런 건 보통 단순 현상이자 어차피 단순한 시스템에 불과하거든요. 의사는 없지만 그렇기에 더 유연하게 대응할 수 없어요. 주변에 들러붙어 있던 검고 끈적끈적한 건 그냥 굶주림에 존재를 먹어 치우는 잡다한 이매망량에 불과하지만 중심에 있는 건 매체를 얻은 신격이겠죠"라고 나에게 설명하는 것인지 혼잣말인지 모를 말투로 카에데가 말했다.

"진짜 카미카쿠시를 당한 아이예요, 중심에 있는 건. 신께서 그릇을 얻어 실체화한 것이죠."

"뭐어~? 하지만 그 검은 게 신 같은 건 아니지 않아? 분명 뭔가 사악한 존재일 거야. 이미 그건 느낌으로 알겠는걸. 위험한 녀석이라는 걸" 하고 노아가 말한다.

"신에게는 선과 악이 없어요. 그건 그냥 공(空)의 개념이에요. 공의 존재이기에 많은 것이 들러붙기 쉽죠. 그리고 신이란 쉽게 쫓아버릴 수 있는 게 아니에요"라면서 카에데는 벽에 꽂힌 채로 아직 요란하게 흔들리는 화살로 다가가더니 그것을 뽑아 들었다.

"그런 점으로 보면 저기 있는 이누가미는 귀여운 편이에요. 그

179

냥 쓰러뜨리면 끝이니까요."

아, 맞다. 혼란스러워서 완전히 잊고 있었는데 아까 뭔가 이상한 게 어디선가 기어 나왔지. 그리고 그쪽을 돌아보니 곤충 표본처럼 화살에 꽂힌 채로 개의 목을 아직도 꾸물거리며 움직이고 있다. 우와! 기분 나빠!!

"아마추어가 인터넷 같은 데서 적당히 지식을 얻어 한 술식이 우연히 정말 성립된 거겠죠. 왜 하스미 씨를 주살(呪殺)하려고 할 만큼 증오를 품었는지는 모르겠지만요. 하스미 씨는 운명의 복원력으로 원한을 사기 쉬운 상태인 듯한데 그것 때문일까요. 하지만 어차피 아마추어예요. 저주 받아치기에 대한 방어는 하지 않았나 봐요."

그렇게 말한 카에데는 개의 목에서 화살을 뽑았다. 순식간에 그것은 놀라운 속도로 바닥을 기었고 창문을 폴짝 뛰어넘어 도망쳐 버렸다.

"어? 카에데, 방금 그거 놓아줘도 돼?"

노아가 묻자 카에데는 "남을 저주하면 무덤이 두 개. 실패한 주술은 그대로 술자에게 돌아가요. 물론 우리 같은 프로는 그것까지 내다보고 미리 반동을 밀어내는 술식까지 같이 짜두지만, 이 누가미를 써서 하스미 씨를 물어 죽이려 했던 범인은 그런 대책을 세우지 않았나 봐요. 역으로 자기 저주에 물려 죽는 꼴이 나겠죠. 굳이 퇴치해 줄 거 없어요"라며 고개를 가로젓는다.

"오~, 그렇구나? 이번에는 범인도 초자연적인 수단을 써서 살인을 저질렀구나. 이제 무슨 일이든 벌어질 수 있겠어. 미스터리가 성립되지 않네. 아니, 그럼 지난번에는 의혹으로 끝났지만 요우의 이번 추리는 확정적으로 크게 빗나갔다는 거잖아."

노아가 웃는다. 아주 기쁘다는 듯 양쪽 입꼬리를 씩 들어 올린다.

"요우도 이제 슬슬 자기 것도 아닌 부정한 힘을 내세우며 정의로운 척하는 놀이를 즐기는 건 그만두는 게 좋지 않을까?"

"엥?"

노아는 왠지 내가 정곡을 찌르거나 아픈 부분을 찔렀다는 듯 자신만만한 얼굴이었지만, 그런 말을 들어도 난 무슨 소리인지 모르겠는데, '엥?' 하는 느낌이라서 그냥 "엥?"이라고 말했다.

"요우 넌 평범한 여고생 주제에 그 검고 정체 모를 녀석을 사역할 수 있으니까, 혹은 자기가 사역하는 줄 아니까, 절대 악에 굴하지 않겠다느니 어쩌니 하면서 사키를 죽인 범인을 찾아내겠다~라고 눈에 불을 켜고 있잖아? 그러니까 꼭 거신병을 호령하는 크샤나 전하*같아서 바보 같아."

아, 애니메이션판 얘기다? 라고 하면서 노아는 항상 그렇듯 생글생글 웃는 얼굴로 내 눈을 바라본다.

그야 뭐, 사키를 죽인 범인은 명확한 악이고 내가 범인을 밝힘으로써 그 검은 녀석이 찾아와 범인을 소멸시키는 것이니, 결과적으로 말하면 악을 멸했던 걸 수도 있지만 나는 딱히 이걸 정의라고 생각하고 하는 게 아닌 데다, 악을 타도하고 싶은 마음도 없다. 나는 그냥 사키를 되살리고 싶을 뿐이다. 정의로운 척하는 놀이라고 해도 솔직히 '엥?' 소리밖에 안 난다.

---

*일본의 애니메이션 '바람계곡의 나우시카'의 등장인물.

"그보다 진범은 평범하지 않은 방법으로 사키를 죽이는 동시에, 요우가 카에데를 진범으로 추리하는 일석이조를 노렸을 가능성도 있어. 그렇게 생각하면 요우 넌 감쪽같이 진범의 노림수대로 조종당한 셈이 되는 거야."

아아, 그렇군. 그렇게 볼 수도 있나. 그래서 현장의 상황을 보고 따로 노는 듯한 인공적인 인상을 받은 것이다. 역시 이건 처음부터 풀게 하기 위한 출제된 밀실살인이었을지도 모르겠다. 나는 준비된 정답에는 다다랐을 수 있지만 진상에는 털끝에도 미치지 못했다.

어, 하지만 이런 진상을 간파하는 건 그냥 무리 난제 아닌가?

"그러니까 애초에 이건 무리 난제였어. 그런 건 시작하면 안 된다니까."

노아는 '간단한 얘기지?' 같은 얼굴로 그렇게 말하지만, 그냥 무슨 뜻인지 알 수가 없어서 나는 답을 하지 않았다. 어떤 무리 난제든 내가 풀지 않으면 사키는 되살아나지 않으니까, 나는 추리하는 수밖에 없다.

"그러니까 이번 일을 통해 그 '추리를 통해 범인을 맞힌다'라는 건 사키의 부활과 아무 상관이 없다는 걸 알았잖아. 왜냐하면 요우의 추리가 빗나가더라도 아무 문제 없이 사키는 되살아났고, 그 검은 녀석은 범인도 아닌 카에데를 아무렇지 않게 소멸시키려고 했는걸. 카에데가 이상하게 강해서 그 검은 녀석을 격퇴했으니 다행이지만. 요우 네가 하마터면 무관한 사람에게 트집을 잡아 소멸시킬 뻔한 거거든?"

그건 그냥 악이잖아?

사키를 죽인 범인들과 뭐가 다른 건데?

"그러네요. 그런 사악한 것들은 남이 곤란할 때 찾아와 부드럽게 말을 걸어오기 마련이죠. 신격이라고 하나 시조신처럼 절대적인 힘을 가진 건 아니니까, 멋대로 힘을 행사할 수는 없어요. 그것들은 계약에 얽매여 있어요. 대가만 치르면 소원을 확실하게 들어주는 데다, 거짓말을 하거나 약속을 파기할 수도 없어요. 하지만 어디까지나 자신이 존재하기 위해 남의 소원을 이용하는 것뿐이에요. 거짓말을 하지 않더라도 남을 속일 수는 있으니까. 그리고 만약 사악한 것에게 속아 자기도 모르는 새 악한 일에 가담했다고 하더라도, 사악한 일을 했다면 그건 틀림없이 사악한 것이에요."

"잠깐만. 말을 건다느니 소원을 들어준다느니, 카에데 너 무슨 소릴 하는 거야? 그건 단순히 아무 조짐도 없이 갑자기 찾아든 현상 같은 것이고, 그렇게 의사소통 같은 게 통하는 존재가 아니잖아?"

검은 녀석은 쭉쭉 뻗어오는 촉수 말고도 사슬에 묶인 소녀 같은 인간 모양을 한 부분이 존재하는 데다, 신음소리를 내는 때도 있지만 의미가 있는 말을 하는 일은 없으며 타르처럼 검고 끈적끈적한 것에 덮여 얼굴도 보이지 않는다. 항상 나의 사정과는 아무 상관없이 멋대로 나타나 멋대로 범인을 소멸시키고 사라지는 게 다다.

"뭐, 명확한 말로 커뮤니케이션하는 일은 없을 수도 있지만, 하지만 의사소통이 전혀 안 되는 것도 아니라고 보는데요? 신은 공의 개념이니까요. 누군가가 바라지 않는 한, 자신의 의지로 움직이는 일은 없어요. 틀림없이 이건 누군가가 바란 결과예요. 누군가라고 할까, 아마 진노 씨겠죠."

내가? 이 상황은 내가 뭔가를 바란 결과라는 건가?

"원숭이 손이나, 펫 세메터리나 또 뭐가 있더라? 프랑켄슈타인은 조금 거리가 멀려나요. 뭐, 어쨌든 그런 계통이에요. 그런 사악한 존재에게 사자의 부활을 빌면 최악의 결말로 이어지기 마련이죠. 설령 선의나 우애에서 비롯된 행동이었다고 하더라도 부드러운 말을 속삭이는 사악한 존재를 의지했다는 건 그것만으로도 사악한 일이에요, 진노 씨."

"사악, 사악. 카에데가 나를 사악한 존재로 본다는 건 알겠어. 그래서 결국, 내가 뭘 어쨌으면 하는 건데?"

있기도 하지. 다 너 때문이고 네 잘못이다, 라는 것처럼 어떡했으면 한다거나 어떡하면 자신이 만족하는지를 미뤄둔 채로 그냥 계속 화만 내는 사람. 화나 있다는 건 충분히 알겠으니까 우선 어떡했으면 하는지 말해 봐. 말을 들을지 말지는 모를 일이지만, 그것도 전부 우선 똑똑히 말을 한 다음 정할 일이니까. 어떡했으면 하는지 말도 하지 않은 채로 그냥 불만만 쏟아놓는 건 너무 비건설적이지 않나?

"으음——. 제 딴에는 표현했는데 아직 모르겠어요?"

카에데는 내 험악한 시선에도 개의치 않고 그냥 살짝 고개를 갸웃했다.

"운명이라는 건 강력해요. 반칙을 써서 살짝 뒤틀어 놓아 봐야 흙으로 강물을 막는 짓이에요. 원래 자리로 돌아가고자 하는 운명의 복원력에 의해 결국은 다시 하스미 씨가 살해당하게 될 거예요. 몇 번을 되살리든, 몇 번이고. 그러니까 하스미 씨는 또 누군가에게 살해당하겠지만, 그때는 그냥 하스미 씨를 되살리려고 노력하지 않는 게 좋을 거예요. 그냥 그렇게만 하면 이 끝없는 현상은 멈출 테니까요."

뒤에서 내 교복을 움켜쥐고 있는 사키의 손에 힘이 꽉 들어갔다.

"죽은 사람을 되살리려고 한 것 자체가 애초에 잘못이에요."

사키가 되살아나지 않는다면 사키는 두 번 다시 살해당하지 않을 것이다. 사키가 되살아나지 않는다면 그 검은 것이 찾아올 일도 없다. 아니, 뭐 논리는 알겠지만.

그런 짓을, 어떻게 하라는 거야.

"괜찮아."

나는 카에데에게서 눈을 돌리지 않은 채로 사키의 어깨를 끌어안으며 말했다.

"나는 꼭 사키를 살릴 거니까. 몇 번이든 반복해서, 꼭 사키를 되살릴 테니까. 나는 절대 포기하지 않을 거야."

그 결의는 이미 마쳤다. 그리고 나는 다시 굳게 결의했다. 이 이상 아무도 사키를 죽이게 두지 않을 것이며 설령 죽인다고 하더라도 내가 꼭 다시 살려내 보일 것이다. 앞으로도, 설령 어떤 일이 벌어지더라도 나는 결코 악에 굴하지 않을 것이다.

설령 나 자신이 악에 물들더라도 사키는 내가 지킬 것이다. 왜냐하면 사키는 내 친구고 나는 사키를 좋아하니까.

내가 사키를 되살리는 걸 막을 생각이라면 카에데는 내 적이다.

"그런가요. 그게 진노 씨의 정의로군요. 뭐, 정의란 결국 사람별로 다른 법이라, 저에게는 저의 정의가 있고 진노 씨에게는 진노 씨의 정의가 있겠죠. 하지만 정의와 정의가 충돌한다면 이제 싸워서 이기는 쪽이 승리자가 되는 거예요. 어쩔래요? 저랑 싸울 건가요?"

"헛수고야, 진노."

팔짱을 끼고 평소처럼 멍한 얼굴로 카에데를 바라보면서 노보루가 말한다.

"우리 행동이 최종적으로는 그 검은 녀석의 압도적인 힘에 담보되어 있었다는 건 사실이야. 법이든 도리든, 모든 강제력은 최종적으로는 폭력에 의해 담보되어 있어. 토도로키가 저 검은 녀석보다 더 강하다면 우리가 할 수 있는 일은 아무것도 없어."

법률이 대부분의 사람에게 억지력으로서 기능하거나, 벌할 수 있는 것은 그냥 경찰이 이 나라에서 최강의 폭력을 가지고 있기 때문이다. 만약 한마 유지로처럼 경찰보다 더 압도적으로 강한 개인이 현실에 존재한다면 그 개인에게 법률을 강제할 방법은 아무것도 없겠지.

"이제 그만두자, 요우."

내 뒤에서 사키가 내 교복 자락을 잡아당겼다.

"왠지 내가 싫어. 이런 느낌은."

겁먹은 표정을 짓고 있는 사키를 향해 카에데는 상큼하게 웃어 보였다.

"뭐, 그렇게 걱정하지 마세요. 분명 죽은 사람을 되살리겠다는 소원은 사악한 생각이라고 보지만, 저도 지킬 수 있는 사람은 가능한 한 지키고 싶다고 생각하는 데다, 애써 되살아난 하스미 씨를 굳이 죽일 생각도 없어요. 결국 더는 살해당하지 않으면 그만이에요."

"하지만 만약 사키가 또 살해당하면 카에데는 내가 사키를 되살리는 걸 방해할 거지?"

"그러게요……. 하스미 씨를 살해할 그런 사악한 인간을 간과할 수는 없지만, 그렇다고 누군가를 희생양으로 삼아 사악한 소원을 이루는 것도 간과할 수는 없으니까요. 저는 제 정의를 등지지 않을 거예요."

"이제 됐잖아, 진노. 우선 사건은 일단락됐고, 미래를 가정한 이야기로 입씨름을 벌여봐야 아무 의미도 없어. 그것보다 토도로키. 그 검은 녀석에 대해 뭔가 아는 게 있다면 알려주지 않겠어?"

노보루가 카에데에게 그렇게 묻자, 카에데는 조금 놀란 듯한 표정을 지어 보였다.

"그렇군요. 당신은 그냥 진노 씨를 서포트하는 하부구조로만 존재하는 게 아니라, 자율적으로 생각해 독자적으로 움직일 때도 있군요"라면서 활을 주머니에 넣으며 답했다.

"경계는 그런 것을 시호(諡號)라고 불러요. 뭐, 하지만 이건 이름을 부르는 것도 꺼림칙한 존재, 즉 무명(無名)에 불과하기에 큰 의미는 없어요. 그냥 뭔가 잘 모를 존재라고 바꿔말하고 있죠. 그러니까 뭘 아냐고 묻는다면 저도 잘은 모른다고 할 수밖에 없지만, 좌우간 사악한 존재임은 분명해요."

카에데는 노보루 쪽을 힐끗 봤다. 노보루는 무언인 채 눈짓으로 재촉한다.

"신을 건드리지 않으면 벌도 내리지 않는다. 기본적으로는 괴기현상이니 초현상 같은 데 접근하지 않는 게 가장 좋아요. 어떤 형태이든 그런 존재와 관계를 가진다면 안 좋은 일이 안 좋은 일을 계속해서 끌어올 거예요. 흔히 이렇게 말하잖아요? 무서운 이야기를 하면 무서운 존재가 찾아온다고. 그런 건 존재하지 않는다고, 눈을 꼭 감고 무시하며 살아가는 현실의 인간이 결국은 가장 강한 존재예요."

카에데는 활주머니를 다시 메고는 "그럼 저는 동아리 활동이 있어서요"라며 가볍게 손을 들어 올린 뒤 준비실을 뒤로했다.

"아하하, 카에데는 담백한 데다 퇴장하는 모습까지 멋지네~. 그보다 전전케 하시옵소서!! 랬나? 집이 절이라는 설정일 텐데 신도(神道)가 뒤섞인 느낌도 드는데."

카에데가 사라지자마자 노아가 그렇게 말하며 찌릿찌릿한 긴장감이 흐르던 공기가 살짝 누그러들었다. 그보다 노아도 카에데와 한편이 되어 나를 몰아붙였던 것 같은데, 그건 이제 괜찮은 모양이다. 의외로 그러네. 사실 자기 의견 따위는 따로 없고, 그 자리의 분위기에 편승해 적당한 말을 늘어두는 것뿐이겠지, 노아는. 가끔씩 말이 살을 찌르는 것도 그냥 요형인 듯한 느낌이 들었다.

"아~. 지쳤어~"라고 나도 굳이 아무렇지 않은 투로 말해 봤다.

"머리를 써서 그런가? 엄청나게 단 걸 먹고 싶어. 집에 갈 때 크레이프나 사서 가자."

"응, 그러자" 하고 사키가 고개를 끄덕인다.

"아, 그보다 결국 청소는 하나도 못 했잖아."

성실하기도 하지. 사키는 역시 엄청나게 성실하구나.

"아, 아차! 그러고 보니 아직 청소 전이잖아. 혼란스러운 틈에 카에데는 도망쳐 버렸네"라고 노아도 말했고, 그 확실한 일상감이 주는 느낌에 나는 살짝 웃었다.

"뭐, 됐어. 나도 도울 테니까 얼른 해치우고 가자."

그렇다. 비일상은 여기서 끝이다. 정체 모를 검은 녀석이나 집이 절인 정의의 사도 같은 기도사 여고생에게 계속 끌려다닐 수는 없는 노릇이다. 우리는 우리의 일상으로 돌아가야 한다.

상대가 정신 나간 살인귀이든, 상식을 초월한 힘으로 남을 저주해 죽이는 오컬티스트든, 검고 뭔지 잘 모를 신의 일종이든 우리의 평온한 일상을 빼앗을 권리는 아무에게도 없다. 절대로.

그녀는죽어도
낫지않는다

막 간 3   결국,   사키에 대하여 나는 사키를 좋아하니까 또 사키 이야기를 할 텐데, 잠깐만. 기왕 여기까지 들은 거 끝까지 듣고 가줘.

나 같은 경우 진짜 자나 깨나 계속 사키 생각을 하고 있으니까, 꿈에도 사키가 자주 나오는데 꿈속에서 사키는 대체로 누군가에게 살해당해 있어.

꿈속에서 초등학생 무렵의 사키가 머리에서 피를 흘리며 죽어 있어. 주요 사인은 머리의 손상 같지만, 팔다리가 묘한 데서 꺾였고 이상한 쪽으로 돌아가 있어. 이런 비참한 상태라도 역시 예쁘다는 인상을 잃지 않는다는 건 대단하다고 봐.

"계단에서 떨어졌네."

아직 초등학생인 작은 노보루가 사키 옆에 웅크려 앉아 시체의 상황을 살피고 있어. 모자란 사람처럼 헐렁헐렁한 반바지가 꼭 치마 같고, 거기서 막대기처럼 가느다란 다리가 불쑥 튀어나와 있어.

"발자국이 마지막 하나까지 똑똑히 남아 있는 걸로 보아 아마 사고는 아니야. 발이 미끄러졌다면 마지막 발자국은 질질 끄는 식으로 남았겠지. 사키는 결국 주르륵 미끄러진 게 아니라 앞으로 훅 떨어진 거야. 누군가가 뒤에서 민 거지."

역시 노보루다. 이렇게 어릴 적부터 이런 계통의 쿨한 탐정 캐릭터였나 봐.

"요우가 한 거 아니야?"라고 노보루가 말해.

"그러니까 내가 아니래도"라고 나는 답해. 왜 노보루는 그렇게 바로 날 범인으로 삼고 싶어 하는지.

"내가 아니야!!"라는 다른 아이의 절규가 들려서 보니 사키 시체 옆에 초등학생인 나도 있어. 아아, 그렇구나. 과거의 내 안으로 들어간 패턴이 아니라, 나는 다른 시점에서 나 자신을 보는 패턴인가. 꿈이라도 1인칭 시점일 때와 3인칭 시점일 때가 있잖아? 이건 3인칭 쪽인가 봐.

아직 어린 나는 사키가 죽어 있는 걸 보고 완전히 겁에 질려서 어둠 속에 주저앉아 펑펑 울고 있어. 으음~, 풋풋한 반응이네. 지금은 이런 느낌이지만 나도 역시 처음에는 정말 무서웠지.

"누군가가 하스미를 죽였어. 진노, 또 범인을 찾아야 해."

정신을 차리고 보니 어느새 장면이 바뀌어 있고 이번에는 체육관 농구 골대에 사키가 목을 맨 상태로 매달려 있다. 이건 아직 초등학생일 때지만 노보루나 사키 모두 덩치가 커진 것으로 보아 고학년이 된 이후다.

"사반이 등에 나타났어. 즉 하스미의 시체는 한동안 옆으로 누워 있다가, 사반이 정착한 후에 여기 로프로 매달린 거야. 사인은 목을 매단 게 아니야."

이 무렵 이미 노보루는 나를 요우가 아니라 진노라는 성으로 불렀고, 나보다 훨씬 작았던 키도 비슷한 수준까지 컸다. 원래부터 귀염성이 있는 아이는 아니었지만(얼굴은 귀여웠지만), 더 뻔뻔스러움이 늘었다. 언제부터 노보루가 나를 진노라고 부르게 됐더라?

"네 이놈! 비열한 살인범 같으니!! 꼭 찾아내서 대가를 치르게 하겠어!!"

나도 나름대로 키가 자라서 몸을 웅크리고 펑펑 울던 모습은 이미 찾아볼 수 없다. 주먹을 부들부들 떨며 분노를 불태우고 있다. 객관적으로 봐도 친구의 시체가 바로 옆에 매달려 있는데 그건 좀 그렇지 않나? 싶은 반응이지만, 이거 참, 적응이란 무섭다니까.

"확실히 이 특징적인 필적은 하스미 것 같고, 내용도 자살을 암시하는 것 같지만 이건 유서가 아니야. 조금 오래된 밴드의 쓰레기 같은 가요곡 가사를 그대로 베꼈어. 아마 범인이 무슨 이유를 붙여서 살아 있을 때 하스미에게 쓰게 했겠지."

다시 신이 바뀐다. 사키는 보건실 침대에서 자는 듯이 죽어 있고, 사이드 테이블에는 루즈로 남긴 유서 같은 것이 놓여 있다. 노보루는 검은 가쿠란 차림인 것으로 보아 이건 중학생 때의 사건이다.

"그렇다는 건 범인은 사전에 사키에게 자기도 모르는 사이 유서 같은 문장을 쓰게 했다는 거야. 다소 교류가 있었던 사람으로 한정할 수 있겠지."

"응. 십중팔구 같은 반 애들 중 누군가일 게 분명해."

이쯤 되면 내 반응도 빨라진다. 수많은 경험을 거쳐 사키가 살해당한 상황에 익숙해진 덕에 놀라거나 슬퍼하기에 앞서 즉석에서 '좋아, 추리를 통해 범인을 찾아내 사키를 되살리자'라는 발상을 하고 행동하게 됐다. 남 못지않은 탐정역다워졌다. 배우기보다 익혀라, 라고 자주 말하지 않나.

그러나 이렇게 돌아보면 용케 지금까지 아슬아슬하게 어떻게든 모든 사건을 해결하고 사키를 되살렸구나 싶다. 아마 나 혼자였다면 울기만 하느라 첫 사건에서부터 막혔겠지.

애초에 이론을 따지는 탐정 기질이 있는 노보루가 계속 함께 있어 줬기에 어떻게든 해올 수 있었던 것이다. 나는 마지막으로 범인을 지명하는 역할을 맡고 있을 뿐, 가장 먼저 그 역할을 맡았으니까 계속 탐정역을 하고 있을 뿐, 본래는 노보루야말로 탐정 포지션에 걸맞다. 나는 사건을 기술하는 방관자에 불과해.

그런 의미로 보면 나와 노보루의 통산 10년 연속 같은 반이라는 저주에 가까운 레벨의 악연도 나쁘기만 한 건 아니야. 사키와는 초등학교, 중학교, 고등학교 모두 쭉 같았지만 반까지 겹친 적은 거의 없으니까.

되살아나면 사키는 항상 깊은 잠에서 깼을 때처럼 멍한 표정으로 천천히 주변 상황을 확인해. 자기가 또 살해당해서 되살아났다는 걸 이해하고 나면 내 눈을 바라보지.

"고마워, 요우"라고 말하며 부드럽게 웃어.

사키가 웃어주면 아아, 나는 옳은 길을 택했구나 싶어. 올바른 쪽으로 나아가고 있다는 걸 확신할 수 있지.

죽은 사람을 되살린다는 생각이 애초에 잘못이고 살해당한 사람은 살해당한 채로 두는 게 올바르다는 것은 오랜 종교적인 도덕관에 사로잡힌 녀석들의 궤변이야. 앞으로도 몇 번이든, 나는 반드시 사키를 되살려낼 거라고.

제 4 화

7월은 새삼스레 탐정이 범인

나는 사키를 좋아하기 때문에 점심때는 특진과 교실로 가서 함께 도시락을 먹는 게 일과인데, 노아와 카에데는 같은 반이고 요즘 들어 갑자기 사키와 친해졌는지, 그럼 다 같이 먹을까로 이야기가 흘러가서 책상을 붙이고 넷이서 점심을 먹는 게 요즘의 패턴이 되었는데, 뭐, 노아는 조금 걷잡을 수 없다지만 기본적으로는 착한 아이니까 크게 신경 쓰이지 않지만, 거기 태연스레 카에데까지 아무렇지 않게 끼어드는 건 어째서인지 이해가 가지 않는 느낌이 드는 데다, 나는 비교적 겉으로 잘 티가 나는 타입이라 노아에게 바로 들키고 "혹시 요우는 카에데가 싫어?"라는 질문을 받았다.

　그래서 뭐, 거짓말을 해봤자 아무 소용 없으니 순순히 "아니, 싫은 건 아니지만 왠지 조금 불편하다~ 같은 느낌이 안 드는 것도 아닌 것 같아"라고 꽤 매서운 말을 해 봤지만 카에데 쪽은 "하지만 저도 하스미 씨와 쿠가가이 씨 말고는 친구가 없어서 꽤 심각하게 이 그룹의 멤버로 끼워줬으면 하는데요"라고 솔직하게 말해와서 내가 더 유치하게 느껴졌고, 그냥 안 해도 될 말을 했다는 느낌이 들어서 조금 후회했지만 이미 엎질러진 물이다.

　"뭐. 카에데는 표정이 딱딱한 데다 정의의 사도니까, 처음에는 어렵게 느껴지기도 하지만 이래 봬도 잘 보면 기뻐하거나 웃기도 해. 눈썹과 위쪽 눈꺼풀의 미묘한 각도에 주목하는 게 요령이야"

라고 하면서 노아가 웃었고, 네 그 JPEG 이미지를 붙여 놓은 것처럼 일절 변화가 없는 생글생글 웃는 얼굴도 보통은 읽기 힘들거든? 같은 생각을 했다. 아니, 뭐 내가 카에데를 불편해하는 건 딱히 단조로운 감정표현이나 뭐 그런 것 때문이 아니라, 좀 더 근본적인 부분에서 이렇게 '친구야~'처럼 구는 건 조금 아니지 않나? 같은 느낌 때문인데.

으음~, 카에데의 성격이 싫다기보다는, 굳이 따지자면 '좀 잘못된 거 아닌가?' 같은 기분이고, 그래도 사키가 "다 같이 사이좋게 지내는 건 좋은 일이지. 노아나 카에데 같은 새 친구가 생기고 나와 친하게 지내주는 게 기뻐, 나 이외에도 서로 친하게 지내면 좋겠어~"라고 하기에 사키가 좋다면 나도 별 상관없지~ 하고 깊게 생각하는 것은 그만뒀다.

게다가 처음에는 카에데를 '조금 불편해~'나 '왠지 싫은데~'라고 생각하고 있기는 했지만, 어쨌든 매일 함께 점심을 먹는 사이니까 요즘은 역시 적응이 되었고, 그럭저럭 이야기를 나누고 보니 고지식하고 답답하다~ 라고 생각하는 일이 없는 것도 아니지만, 정의감 강하고 잘못된 일은 절대 하지 않는 타입의 의외로 평범한 착한 아이였으니까, 평범하게 의외로 착한 사람을 계속 완고하게 싫어하는 것도 그건 그것대로 어려운 일이라. 그 사람이 싫은 것도 아닌데 무리하게 애써서 계속 싫어하려 노력하는 건, 아무리 그래도 너무 성과도 없고 어리석은 짓이니까 음, 뭐 지금은 이제 그렇게까지 싫거나 불편하진 않을지도. 좌우간 적응한다는 건 역시 중요한 일이다.

역으로 좋아하는 사람을 계속 좋아하기 위한 노력이라는 건 역시 필요하기에, 아무리 지금 그 사람을 좋아한다고 하더라도, 아무리 그 감정이 크더라도, 이 우주를 만들어낸 빅뱅의 열기마저 식어갈 정도이니 그냥 두면 좋아한다는 감정은 차츰 소멸하는 (엔트로피 증대 측) 것이니, 아무런 조처 없이 자연스레 계속 좋아할 수는 없을 것이다. 좋아하는 사람을 끝까지 계속 좋아하기 위해서는 좋아한다는 사실에 적응해선 안 되며, 정기적으로 스스로 '좋아해~'라는 감정을 보충해야 한다고 본다. 멈추지 않고 계속 나아가기 위해 때로는 스스로 페달을 밟아야 한다. 열심히 노력해서 좋아하는 면을 보도록 유의해야 한다고 생각한다.

이런 말을 하면 '무리하게 좋아하는 것 같아서 부자연스럽다' 같은 말을 노아에게 듣기도 하지만, 부자연스러운 감정은 그릇됐고 자연스러운 감정은 옳다는 전체 그 자체가 잘못된 거 아닐까. 느끼는 대로 자연스레 흘러가게 둔다고 하면 듣기에는 좋지만 그건 자신의 감정을 보살피지 않는다는 뜻이고, 나는 인간의 손길이 미치지 않은 자연 그대로의 황무지보다 제대로 손질된 정원이 더 예뻐 보이니까, 내 마음은 아름다운 정원 같았으면 한다. 부자연스럽더라도 아무 상관없으니까 자신의 감정 정도는 직접 컨트롤하고 싶다.

아니, 그보다 원래 나는 왜 카에데가 불편해졌더라? 뭐 기억이 나지 않을 정도니까 별일 아니었겠지~ 싶기도 하고, 요즘은 그런 문제를 깊게 생각하는 건 그만뒀다. 나는 좋아하는 게 적고 싫어하는 것과 불편한 것만 많아서 한번 싫어하면 그걸 쉽게 고칠 수 없는 비뚤어진 사람이지만, 그렇다고 해도 무리하게 나서서 싫어하는 것만 만들어내며 비뚤어진 사람인 척할 필요 따위는 아무 데도 없으니까. 싫어하는 것이나 싫은 것은 보통 적은 편이 세상 살기 편한 데다 지치지도 않는다.

그런 이유로 결국, 비교적 노아나 카에데 모두와 그럭저럭 친하게 지내는 편이었고 요즘은 주변 사람들도 우리 넷을 한 그룹으로 인식하는 듯하다.

"난 전부터 요우 정도밖에 친구가 없었으니까 이렇게 여럿이 시끌벅적하게 지내는 분위기는 잘 못 겪어봤거든. 왠지 즐겁네"라며 사키가 직접 만든 도시락(직접 만든 거라고요!)의 팽이버섯 고기말이를 젓가락으로 집으면서 예쁘게 웃음으로써 갖은 인과가 씻겨 내려가고 원죄는 용서를 얻었으며, 비는 멎었고 구름이 갈라지고 햇빛이 비쳐들었으며, 새들은 하늘을 날며 노래하고 꽃과 풀은 바람에 흔들거렸다. 아아, 보라, 세상의 모든 죄를 벗어던진 신의 어린 양 같지 않은가. 그런데 무슨 얘기 중이었더라? 으음――, 아직 미묘하게 뭔가 걸리는 것 같지만 구름 사이로 내려온 대천사 미카엘이 나팔을 불기 시작할 쯤에 완벽히 잊어버렸다. 뭐, 상관없나 하고 산리즈 게빵의 다리를 비틀어 뗐다. 먹는다. 맛있지는 않지만, '그래, 그래. 이거지?' 싶은 안정된 맛이다. 이런 소박함도 중요하지.

"아하하. 카에데뿐만 아니라 이 넷은 정도의 차는 있지만 다들 의외로 친구를 사귀기 힘든 타입 같으니까. 나도 수다 떨 상대는 있어도 친구라고 할 만한 사람은 따로 없는 데다, 사키도 수준이 너무 높아서 경원시하는 건지 반 아이들이 일정 거리를 두고 있는 느낌이고. 요우는 사키 이외에는 아무 흥미가 없고."

그렇게 말해도 역시 다소의 친구는 있어야 쾌적한 고교생활을 보낼 수 있으니까~, 라고 하면서 노아는 베지마이트를 바른 빵을 우걱우걱 먹었다. 이거 정말 엄청 맛이 없는데, 노아는 아무래도 맛없는 게 좋은가 보다.

"맞아요. 초반에 그룹을 잘 형성하지 못하고 밀려난 사람들끼리 2군을 형성하는 건 자연스러운 흐름이니까요. 딱히 무리하게 친하게 지낼 필요는 없지만, 그룹에 받아들여 줘서 기뻐요."

그렇게 카에데가 철벽의 무표정을 유지하며 겸허한 말을 하지만, 초반에 그룹을 잘 형성하지 못하고 밀려난 사람들이라는 부분은 그런 측면도 없지는 않은가 싶기는 해도, 전혀 이군 분위기는 아니다. 굳이 따지자면 유럽 한가운데 갑자기 하늘에서 거대한 무(Mu) 대륙이 내려온 식이고, 교실에 있는 다른 도시락 그룹의 멤버들도 멀찍이서 상황을 살피는 기색이니까.

사키는 이미 그 미소만으로도 이 세상의 모든 허물을 정화해 버리는 타입의 초월적인 미인이고, 노아도 성격적인 면을 무시하고 얼굴로만 평가하면 상당히 귀여운 부류고, 카에데는 카에데대로 보이시한 타입이니까 미인인지 귀여운지 평을 갈리겠지만 이목구비 자체는 평균 이상으로 갖춰져 있기 때문에, 외모만 보고 평가한다면 2군은커녕 오히려 톱 선수들의 집단 같은 느낌이지.

게다가 다들 각각 파악하기 힘든 성격을 가지고 있어서 반의 다른 아이들이 보기에는 어지간히 다루기 힘든 그룹이겠지. 그보다 왜 여기에 내가 섞여 있는지가 가장 의미 불명인데?(←안면 편차치 48) 아니, 아니지. 그런 얘기가 아니라. 왠지 뭔가 찝찝한 느낌이 드는데.

"분명 나는 사키 말고는 관심이 없고 사키와는 쭉 친했지만 그렇다고 해도 사키에게 나 정도밖에 친구가 없다는 건 아니지 않을까? 왜냐하면 봐, 초등학생 때나 뭐 그런 때 신사 경내에서 자주 같이 놀았잖아?"

아, 맞아. 이거지 이거. 나는 사키가 말한 '전부터 요우 정도밖에 친구가 없었다'에 찝찝함을 느꼈다. 뭐 다른 건 없었나?

"어? 그렇지 않아, 아마의 얘기지만. 분명 신사 경내에서는 자주 놀았지만 그때도 나랑 요우 둘뿐이었잖아?"

내 의문에 "애초에 근처에 또래 아이가 있는 집이 적었고"라고 사키가 답한다. 응, 나와 사키의 집은 초등학교 아이들이 많이 살던 신흥 주택지로부터 조금 떨어진 농지 한가운데 덩그러니 지어져 있어서, 일단 집으로 들어가면 굳이 멀리 나가면서까지 다른 아이들과 노는 게 귀찮아지는 식이었다. 그래서 자주 함께 인근 신사 경내에서 놀고는 했는데.

"하지만 왜, 그때의 우리는 자주 지면에 막대기로 선을 긋고 공을 주고받으며 놀았잖아"라고 고개를 휙 비튼 뒤 기억을 파헤치며 나는 말했다.

"공을 주고받다가 '아야야!'라고 해야 하는데 실수로 '와야야!'라고 소리쳐서 그게 너무 창피했던 기억이 나. 그냥 흘려넘기면 될걸, 사키까지 '요우, 방금 와야야!! 라고 하지 않았어?'라면서 깔깔거렸고."

"아하하, 그게 뭐야. 진짜 아무래도 상관없는 기억 아니야?"

노아가 웃는다. 응, 정말 아무래도 상관없는 기억이지만, 왠지 유독 그런 아무래도 상관없는 일이 기억 속에 선명히 남을 때가 있잖아? 그 밖에도 문득 올려다본 하늘이 진짜 보라색 셀로판지를 붙여 놓은 것처럼 인위적인 보라색을 띠고 있어서 갑자기 무서운 마음이 들어 집까지 뛰어갔던 기억이라거나, 천둥이 너무 무서워서 '목소리를 녹음하면 자기 목소리를 알람으로 쓸 수 있는 앵무새 모양을 한 자명종 시계'에 '쿠와바라 쿠와바라'를*녹음해서 그 소리를 계속 틀어놓고 담요를 뒤집어쓰고 있었던 거나, 또 뭐더라? 왠지 도리이 쪽에서 펑펑 울었던 기억도 나는데. 그런 단편적인데도 묘하게 상세한 디테일까지 떠오르는 기억이 꽤 있어서 '와야야!'도 그중 하나다. 아마 일반적인 수치심과는 또 다른, 그 독특한 창피함이 묘하게 유니크해서 그 기억만이 매우 깊게 머릿속에 새겨진 것이겠지. 전후 기억은 이미 꽤 애매해졌지만 머리에 공을 맞고 내가 '와야야!'라고 외친 사건은 확실하게 과거에 존재했을 것이다.

"요우가 '와야야!'라고 소리친 게 나는 기억이 안 나는데, 하지만 왜 그 기억이 나한테 요우밖에 친구가 없었다는 이야기를 하다가 나와?"

머리를 쥐어짜서 자신의 기억을 더듬으며 설명하는 나에게 사키가 묻는다.

"하지만 봐, 둘이서는 아무리 애를 써도 공을 주고받는 놀이를

---

*뇌신이 뽕나무(쿠와)를 싫어한다고 하여 옛날 사람들이 천둥을 피하기 위해 외웠다는 주문.

할 수 없는걸. 피구는 원래부터, 더 적은 인원으로도 할 수 있는 안에 있는 사람을 맞추는 놀이라도 가능한 최소 인원은 셋이니까, 적어도 한 사람 더 필요하잖아? 아무리 그래도 사키와 날 둘이서만 서로 공을 주고받는 놀이를 하지는 않았을걸."

"아~, 듣고 보니 그럴지도."

노아는 "그런가? 그냥 둘이서 공을 주고받기만 해도 꽤 재미있지 않았을까?"라고 말하지만 그런 애매한 룰로 해가 저물 때까지 노는 건 아무리 멍청한 아이라도 역시 힘들 것 같은 데다, 내 기억 속에서 나와 사키는 신사 경내에서 거의 해가 질 무렵까지 놀았다. 그보다 역시 그렇다. 우리가 했던 것은 안에 있는 사람을 맞추는 놀이고, 그러니까 최소한이라도 누구 하나는 더 같이 있었을 것이다. 으음, 그게 누구였더라?

"잘은 모르겠지만 그게 그렇게 곰곰이 생각할 만큼 중요한 일인가요? 어릴 적의 기억이 희미해지거나 애매해지는 건 평범한 일이고, 진노 씨 말고 누군가 하나 더 있었을 수도 있지만, 하스미 씨는 그 사람을 친구라고까지는 생각하지 않아서 그냥 기억에서 완전히 누락된 걸지도 몰라요."

카에데의 말에 노아까지 "맞아, 맞아" 하고 고개를 크게 끄덕이며 동의한다. 우와, 역시 목이 너무 덜렁거려서 불안해지는 움직임인데. 머리가 툭 떨어질 것 같아.

"요우는 그 사람을 친구라고 생각했을지 몰라도, 어떤 수준부터 친구로 보는지는 사람별로 다르니까 같이 해 질 녘까지 공놀이를 하며 놀았더라도 사키는 그 아이를 친구라고는 생각하지 않앗을 가능성도 있지 않을까?"

만약 그 당시는 친구라고 생각했더라도, 인간은 잠시만 안 봐도 놀라울 만큼 금방 잊는 존재니까, 게다가 결국 요우도 누가 있었던 것 같다는 건 기억해도 자세한 내용까지는 기억 못 하잖아? 의외로 그런 거야. 우정 따위는 허무하지~.

으음——, 그렇게 듣고 보니 맞는 말이지만, 하지만 뭔가 묘하게 걸리는데.

"아——, 안 되겠어. 생각이 안 나."

내가 포기하며 고개를 젓자 노아가 "그럴 때는 역방향으로 걸으면 떠오를 때가 있는데"라고 말한다.

"역방향?"

내가 눈썹을 비틀며 "무슨 소리야?" 하고 고개를 돌리자, 노아는 "어라? 안 해?"라면서 휙! 하고 고개를 갸웃한다. 우와, 사람 놀라게 그렇게 극단적으로 고개를 갸웃거리지 좀 말아달래도?

"냉장고를 열고 어라, 뭘 꺼내려고 했더라? 하는 상황이 있잖아. 그럴 때는 그대로 비디오 되감기처럼 역방향으로 행동해 보는 거야. 냉장고 문을 닫고 역방향으로 걸어가서 거실 문을 뒷손으로 열 때쯤에 '아, 맞다. 맞다' 할 때도 있으니까. 꽤 효과적이거든? 그냥 탈취제를 가지러 왔을 뿐이지 냉장고랑 아무 상관이 없는 경우도 있지만."

아아, 있지. 그리고 어째서인지 냉장고 안에 탈취제가 들어 있을 때가 있기도 하고 말이다. 정말 인간의 무의식적 행동이란 신기하지. 전혀 몸은 기억하지 못하지만, 자기가 탈취제를 냉장고에 넣었다 이외의 가능성은 전무하니까, 아마 직접 냉장고에 탈취제를 넣은 거겠지. 대체 왜 그러는 거지?

"뭐, 그렇게 신경 쓸 필요도 없지 않나? 사키가 요우를 친구로 인식하지 않은 것도 아닌 데다, 사키가 요우만 친구로 의식해서 다른 아이를 기억에서 완전히 누락시키는 것 정도는 대수롭지 않은 일로 생각했다면, 요우로서는 오히려 기뻐해야 할 일이잖아."

노아의 대사에 나도 순순히 아, 그건 그럴지도? 같은 생각을 했다. 그래, 그렇군. 나는 사키에게도 비교적 유일무이한 존재였다는 거잖아. 그냥 주변의 주거환경 같은 요소 때문이나 다른 선택지가 없기 때문이 아니라, 사키가 확실하게 나를 택했다는 뜻이니까. 그건 확실히 기쁜 일이다. 그렇군, 무슨 일이든 어떻게 해석하냐에 따라 달라지네~.

"아하하, 그런가. 요우가 지금까지는 사키에게 유일무이한 친구였는데, 나나 카에데가 늘어서 그게 분산되니까 그래서 불편하게 의식한 거 아니야? 요약하자면 질투라는 거지!"

으응~? 그 해석은 아무리 그래도 좀 아닌 것 같단 느낌도 드는데, 나 스스로도 강하게 부정할 수 없는 부분이 없는 것도 아니다. 이래 봬도 난 조금 평범하지 않을 수준으로 사키를 너무 좋아해서 친구라는 영역을 훌쩍 뛰어넘었다는 것 정도는 일단 자각하고 있으니까. 뭐, 하지만 연애 감정이 아닌 데다 독점욕도 없으니 사키에게 나 말고 다른 친구가 생기고, 그로 인해 사키가 즐거워하는 모습을 보는 건 그냥 기쁘다.

"뭐, 일반론이지만 일대일의 관계성은 왜곡이 쉽게 발생하니

까, 의사소통을 활발히 하는 의미에서 우리와 그룹을 형성하는
건 나쁘지 않다고 봐요."

카에데도 뭔가를 꽤 진지하게 밀어붙이네? 어쩌면 이 그룹 속
에 끼어야만 한다는 게 꽤 진지하게 한 말이었나? 싶어 "딱히 여
기가 아니더라도 카에데라면 어떤 그룹에든 낄 수 있을 것 같은
데"라고 내가 말하자 노아가 손을 파닥파닥 옆으로 휘저으며 "그
게 꼭 그렇지만도 않아"라고 답한다.

"카에데는 왜, 단독으로도 파워가 너무 강렬하니까 그룹 그 자
체의 포텐셜도 꽤 높아야만 집단을 유지할 수 있거든. 그냥저냥
인 그룹에 카에데가 훅 끼어들면 꽤 민폐일 거야."

그게 뭐야. 모르는 것도 아니지만, 노아도 참 헤실헤실 웃는 얼
굴로 꽤 매서운 말을 하네. 내가 불편하게 느끼는 것도 결국은 이
런 문제 때문이었을지 모르겠다.

"뭐, 하지만 오합지졸로 모인 브레멘 음악대 같기는 해도 우리
는 그럭저럭 괜찮은 느낌의 4인조 그룹이잖아? 다들 따로 노는
데다 독특하기는 해도, 이건 이것대로 절묘한 밸런스를 유지하는
것 같아."

그러니까 이제 와서 '만약의 이야기'를 할 필요는 없잖아? 우리
넷이서 사이좋게 지내자는 노아의 '4인조 그룹'이라는 단어에 나
는 또 뭔가 찝찝함을 느꼈다. 4인조? 으음, 나와 사키와 노아, 카
에데, 아, 응. 분명 4인조 그룹이네. 어라~?

"우리가 4인조 그룹이었나?"

"어? 뭐야, 요우. 이제 숫자도 못 세는 거야? 그냥 너무 이상하

게 생각하는 거 아니야? 한번 머리를 식히는 게 좋을지도 모르겠는데?"

하고 항상 미소 JPEG를 얼굴에 붙이고 있어서, 카에데와는 또다른 방향으로 무표정한 노아가 웬일로 미간을 찡그리며 진지하게 걱정하는 듯한 표정을 짓는다. 아니, 그렇게 진지하게 걱정하지 않아도, 아무리 나라도 숫자 정도는 셀 수 있거든. 무례하게. 뭐, 딱히 상관은 없지만. 아니, 그게 아니라.

"왠지 누가 하나 더 있지 않았나?"라고 나는 묻는다.

"누구라니? 딱히 아무도 없을 거 같은데"라고 노아가 답한다. "어라? 혹시 카미카쿠시일지도?!"라고 기쁘다는 듯 미소를 짓는다. "아, 그러고 보니 요우네 집 근처에 아주 오── 래 전 카미카쿠시를 당한 남자애가 하나 있었을 텐데? 분명 아직도 못 찾은 거 아니었나? 어쩌면 요우가 말하는 또 다른 누군가가 그 아이 아닐까?"

어라? 그런 적이 있었나? 싶어 사키 쪽을 돌아보지만, 사키도 잘 모른다는 것인지 반은 웃고 반은 난감해하는 표정이고, 카에데는 무표정이라 뭘 어떻게 생각하는지 겉으로 봐서는 전혀 모르겠다.

"으음──? 아마, 그런 어릴 적 기억 같은 게 아니라, 좀 더 최근까지 가까이 있었던 사람을 완전히 잊어버린 느낌이 드는데."

"하지만 네 사람이 다 누구 한 사람을 완전히 잊는 일은 보통 없지 않을까?"라고 사키가 말한다.

"그러게. 다른 셋은 다들 모른대고 요우만 누가 있었다고 하니까, 가능성으로 보면 요우의 오해이거나 착각일 가능성이 더 클 것 같아"라고 노아도 부정한다. 나도 실제로 그렇게 생각한다. 그렇게 생각하지만.

아니, 이건 그런 게 아니다.

나는 이 느낌을 알고 있다.

카미카쿠시가 아니라, 이건 현실이 평균화된 것이다.

무슨 일이 벌어지고 누군가가 사라진 뒤, 그 누군가에 관련된 갖은 사건들까지 모두 없었던 일이 된다. 거칠게 주변의 환경과 동화시킨다. 인식을 평온하게 평균화시킨다. 존재 그 자체가, 존재했다는 사실 자체가 이 세상에서 사라지며 사라졌다는 것이 뉴스화조차 되지 않는다.

그런 현상을, 나는 지금까지 여러 번 겪었을 터다.

현실이 평균화되면 사라져 버린 누군가를 떠올리기 어려워진다. 이 4명뿐만 아니라 누구도 인식하지 못하게 되며 곧 위화감마저 사라져 간다. 그런 일이 있었던 것 같은데.

현실이 평균화돼? 그게 뭐지? 라고 생각하는 자신도 있지만, 내가 컨트롤하고 생각하는 부분이 아니라, 왠지 본능 같은 부분이 '이건 현실이 평균화된 것이다'라고 호소하고 있다. 이 세상에서는 그런 일도 벌어진다는 것이다.

무슨 일이 있었는지는 모르겠다. 누가 사라져 버렸는지도 모르겠다. 하지만, 이건 분명 그런 것이다. 사라져 버린 누군가는 과거에 분명히 존재했고 내 바로 옆에 있었을 것이다.

으음, 뭐였더라? 머릿속에 키가 작은 남자아이의 뒷모습이 희미하게 떠오른다. 살짝 돌아서 있어서 고개를 숙인 얼굴의 날카로운 뺨과 턱 라인이 보인다. 긴 흑발에 가려져 있어 표정을 엿볼수는 없다. 이건, 대체 누구였지?

"분명 같은 반 남자아이 중에…….."

내가 관자놀이에 움켜쥔 주먹을 대면서 끙끙거리자, 맞은편에서 노아가 "아하하, 요우가 무슨 말을 하고 있어"라며 낭랑하게웃는다.

"우리는 여고잖아. 반에 남자가 있을 리가 없지."

아…….

"아, 그런가."

그랬다. 우리는 여고잖아. 남자 학생 따위는 애초부터 존재할리 없다. 그야 그렇지.

"어라~? 내가 왜 그런 착각을 한 거지?"

너무나도 요란한 착각에 나 자신도 정말 뭐가 뭔지 알 수가 없어서 등골에 오싹함을 느꼈지만, 내 그런 반응에도 아랑곳하지않고 노아는 "요우, 그건 착각 수준이 아니야! 그렇게 끙끙대며고민하기보다 머리를 식히는 게 낫겠어. 비교적 진지하게 하는말이야!"라며 폭소한다. 표정 자체는 평소처럼 철벽의 미소를 유지한 채로 폭소하고 있는 걸 보고 재주도 좋다고 생각했다. 그보다 솔직히 말해서 조금 무섭다. 그게 뭐야?

"으음──, 그런가? 어쩌면 그럴지도."

"그래, 그래. 왠지 사람의 뇌는 가끔씩 그런 문제가 벌어진다나봐. 데자뷔나 자메 뷔나 게슈탈트 붕괴처럼. 평화롭고 단조로운

일상에 갑자기 불안감을 느끼는 사춘기적 불안정함의 일종일지
도?"

단조로운 일상에 갑자기 불안감을, 느낀 걸까?

뭐 어쨌든 점심을 먹는 자리에선 "사람의 기억이란 허무하지~"
처럼 애매한 느낌으로 이야기가 끝났지만, 나는 오후 수업을 듣는
동안에도 쭉 머릿속에 뭔가 걸려서 너무너무 신경이 쓰였고, 방과
후에도 아직 찝찝함을 느꼈으니 역시 이건 방치하면 안 되지 않을
까 하는 생각이 들었다.

한번 떠올리고 나니 나와 사키 말고 누군가 남자아이가 하나 더
있었을 것이라는 느낌이 전혀 가시질 않았고, 완전한 나의 착각
이라고 볼 수 없었다. 하지만 객관적으로 보면 우리 학교는 여고
라 남자 동급생이 있을 리 없으니 내 착각이라고 설명할 수밖에
없다.

분명 나는 '현실이 평균화된다'라는 정체 모를 현상을 인식하고
있으며, 누군가를 떠올릴 수 없게 되는 일이 이 세계에서는 가끔
씩 벌어진다는 걸 어째서인지 알고 있는데, 하지만 그건 그렇다
쳐도 남녀공학을 여고로 바꾸는 규모의 '평균화'는 일어나지 않을
것 같아.

그건 그냥 현실을 '평균화할' 뿐, 구멍이나 구렁을 우선 메울
뿐, 우리의 인식을 살짝 비틀어놓을 뿐, 그렇게 현실 그 자체를
물리적으로 대규모로 뒤바꿀 만한 현상은 아니었을 것이다.

하지만 아무리 그런 이론을 늘어놓아도 내 머릿속에 든 남자아
이의 모습은 사라지지 않는다. 아마 완전한 망상이나 환영은 아

닐 듯하다.

뭔지 잘 모르겠지만 아주 중요한 것을 두고 온 듯한 느낌이 드는 데다, 그것은 아마 정말 좋지 않은 일일 것이다.

그러므로 나는 기억 속 냉장고를 열어 보기로 했다.

그렇다지만 뭘 꺼내려고 냉장고를 열었더라? 같은 수준의 약간의 건망증이 아니라 어린 시절 기억이기 때문에 지금부터 그때까지 지나온 모든 시간을 되돌아가 역재생할 수는 없지만, 실제로 그곳에 가보면 뭔가가 떠오르지 않을까 싶어서 종례가 끝나자마자 나는 특진반까지 슝 날아가 사키에게 "저기, 오늘 집에 가는 길에 그 신사에 들러보지 않을래?"라고 말했다.

"어라? 요우, 아직도 그런 걸 신경 쓰고 있었어?"

라고 사키는 책가방에 집으로 가져갈 교과서를 담으면서 신기하다는 표정을 지어 보인다. 으음――, 살짝 미간에 잡힌 주름까지 소 큐트!!

"응. 나 자신도 어째서인지 모르겠지만, 아주 중요한 것 같다는 느낌이 들어서. 나 혼자 가는 것보다 사키랑 둘이서 가면 뭔가를 더 떠올릴 계기도 많을 테고."

그리고 단순히, 기왕이면 사키와 함께 행동하고 싶으니까.

"아~, 하지만 미안해. 오늘은 안 되겠어~. 끝나도 위원회가 있어서 아마 꽤 늦을 거야. 저녁때까지 못 나올지도 몰라."

아――, 그런가. 그 신사는 정말 가로등이고 뭐고 없으니까, 해가 지면 진짜 캄캄해지지. 사키는 "내일이라면 갈 수 있는데?"라고 말하지만 뭐, 딱히 꼭 사키가 따라와야 하는 것도 아니고, 어

무엇도 떠오르는 게 없으면 내일 다시 사키랑 같이 가보면 되니까 나는 우선 혼자서 신사에 가보기로 했다.

사키에게 "그럼 위원회 잘 다녀오고. 내일 보자~"라고 손을 흔든 뒤, 부리나케 신발장에서 로퍼로 갈아신었는데, 갑자기 뒤에서 카에데가 "진노 씨" 하고 말을 걸었고 "왁──!" 하면서 크게 놀랐다.

"뭐야, 카에데구나. 아무 기척도 못 느껴서 놀랐잖아."

정말 뒤에서 갑자기 솟아난 느낌이고, 다가오는 발소리 같은 건 하나도 안 났는데 이것도 궁도를 하는 덕인가? 암살자 같은 거냐고.

"그 떠오르지 않는 친구를, 아직도 신경 쓰고 있어요?"

내 반응은 완전히 무시하며 카에데가 내 눈을 똑바로 바라보고 묻는다. 카에데의 검은 눈동자가 날 가만히 바라보면, 내 안에 있는 혼 같은 무언가가 뽑혀 나가는 것 같아서 조금 불쾌감이 든다.

"응……? 맞아. 역시 떠오를 듯 떠오르지 않으니까 좀 그래서."

의도적으로 목소리로 곤혹스러움을 드러내면서 내가 그렇게 답하자, 카에데는 후~ 하고 조용히 숨을 내쉬고 들이마시더니, 다시 내 눈을 똑바로 바라보며 말한다.

"진노 씨는 지금 상황의 어떤 점이 불만인가요?"

"어떤 점이긴……, 어? 무슨 소리야?"

오히려 카에데가 어떤 점이냐? 라고 물은 게 애매하고 추상적이어서 무슨 말을 하려는 건지, 뭘 묻고 싶은지 잘 모르겠는데 뭐, 지금은 어떤 점이 불만이냐고 물으면 '떠오르지 않는 게 좀 그렇다' 정도인데.

역시 그런 나의 곤혹스러움을 완전히 무시하고, 카에데는 멋대로 이야기를 이어간다.

"하스미 씨가 있고 쿠마가이 씨가 있고, 확실히 친구가 있고, 학교 내에서 조금 붕 떠 보이기는 하지만 그래도 그럭저럭 제대로 된 고교생활인데. 이건 진노 씨가 쭉 바라왔던 것일 텐데요? 당신의 소원은 이미 이루어졌어요."

사키가 있는, 평범하고 평온한 일상계의 제대로 된 고교생활.

응. 그러고 보니 나는 그걸 진심으로 바랐던 것 같다. 다른 무언가를 희생해서라도 그것을 가지고자 했던 기억이 난다.

나는.

"인간은 누구든 간접적으로는 누군가를 짓밟으며 살고 있어요. 누군가의 평온한 일상이란 전부 어디 사는 누군가의 희생 위에 성립되어 있죠. 그런 거예요. 하지만 당신이 평온한 일상을 포기한다고 해서, 그런다고 어딘가에 있는 누군가가 구원을 얻는 것도 아니에요. 기껏 이렇게 평온한 일상을 가졌으니 그걸 계속 누리는 것이야말로 희생이 된 누군가의 마음에 보답하는 것이라고, 그렇게 생각하진 않나요?"

나는 대체 누구를 희생으로 삼은 걸까?

"카에데……, 너는, 대체 뭘 아는 거야……?"

나는 누군가를 희생으로 삼음으로써 지금의 이 평화로운 일상을 얻은 걸까? 나 자신이 누군가를 희생시키고 짓밟았다는 것조차도 완전히 잊은 채, 태평하게 화목한 점심시간을 보낸 걸까?

"진노 씨는 자신이 희생시킨 것을 알기 위해서는 기껏 얻은 평온한 일상마저 버려도 상관없다고, 정말 그렇게 생각하나요? 평화로움이란 기적적인 밸런스 위에 간신히 성립되어 있을 뿐이라 한번 버리고 나면 '역시 돌려달라'라고 해도 아무 소용없어요. 지나친 호기심은 화를 부른다. 평온한 일상이 소중하다면 비일상을 가까이하지 않으면 돼요. 어느 정도의 위화감은 모른 척하고, 무엇과도 바꿀 수 없는 지금의 일상을 소중히 여기면 되지 않을까요?"

몰랐다면, 애초에 알지 못했더라면 그렇게 할 수 있었을지도 모른다. 무자각인 채로 어딘가에 있는 누군가를 짓밟으면서 평온한 일상을 누릴 수 있었을지 모른다. 하지만 눈치채 버렸다면, 알아 버렸다면.

"그건, 역시 뭔가 아닌 것 같다는 느낌이 들어……."

내가 그렇게 답하자 카에데는 깊은 한숨을 내쉬더니 "뭐, 하는 수 없죠"라고 중얼거린다.

"이로써 원만하게 수습된다면 가장 편했겠지만, 너무 편한 것도 좋지는 않을지도 모르겠네요."

이 사람은 뭔가를 아는 거겠지. 아는 사람에게 물어보면 알 수 있는 건, 아는 사람에게 묻는 게 가장 빠르다. 묻지도 알아보지도 않고, 자기 혼자서 끙끙거리며 앓는 것은 어리석은 사람이나 하는 짓이다. 누군가가 그렇게 말했던 걸 난 잘 알기에 "뭔가 알면 알려줘, 카에데"라고 묻는다.

카에데는 항상 그렇듯 무표정한 얼굴로 어깨를 으쓱한다.

"아쉽지만 그럴 수는 없어요. 원래는 의미가 없는 일이었을 수도 있지만, 여러 번 반복함으로써 이미 그것이 소환을 위한 의식으로 성립되었어요. 의미 없는 행동도 여러 번 반복하면 의미가, 문맥이 발생하죠. 그냥 제가 진상을 알려주는 것만으로는 조건이 갖춰지지 않거든요. 진노 씨가 직접 추리를 통해 이 사건의 진범을 지목해야 해요."

추리를 통해 진범을 지목함으로써 이 사건을 끝내야만 한다.

"그게 뭐야. 뭔 소린지 모르겠는데"라고 나는 말한다.

거짓말이다. 뭔 소린지는 안다. 나는 그런 걸 지금까지 여러 번 반복해 왔으니까. 진상을 추리하고 진범을 지목함으로써 자신의 소원을 이뤄온 것이다.

자신의 소원을 계속 성취해 왔다.

아마 이미 진상에 도달하기 위한 모든 플래그는 갖춰져 있다. 아마 카에데는 라스트 던전 앞에서 '이 앞으로 가면 더는 돌이킬 수 없는데? 준비는 다 됐겠지?'라고 묻는 게 다일 것이다. 순서 자체는 이게 옳다. 그러니까 이제 내가 마음을 굳게 먹고 나아가기만 하면 된다.

준비는 오케이? 나는 오케이다.

"그 신사로 가면 되는 거지?"라고 카에데에게 확인했다.

카에데는 부정도 긍정도 하지 않는다. 즉 긍정하는 것이나 다름없다.

"알았어. 우선 한 번 그 신사에 가볼게."

"그래요"라고 카에데는 진심으로 아쉬워하는 듯 고개를 끄덕였다. 고개를 들고 무슨 말을 하려다가 그만두고는, 딱 한마디 "조심하세요"라고만 했다.

카에데에게서 등을 돌린 나는 걷기 시작했다. 신발장을 뒤로하고 역까지 걸어가 전철에 올랐다. 동네가 있는 역에서 내린 난 그 신사로 향했다.

신사 입구는 나와 사키의 집 딱 중간쯤에 있어서, 아무리 천천히 걸어도 5분도 채 걸리지 않는다. 아담한 삼림 한편에 석제 도리이가 가만히 서 있는 게 다라서 통행인들은 완전히 못 보고 지나치는 듯하다. 도리이를 지나면 바로 기나긴 돌계단이 있는데 꽤 각도가 급격하고 관리도 잘 안 한 탓에 아래에 있는 흙이 흘러나오고 앞으로 기울어 위험해 보인다. 요즘에도 이 입구의 도리이 앞은 여러 번 지나다녔지만, 돌계단을 올라 경내까지 간 지는 꽤 오래됐다. 올라가도 딱히 뭐가 있는 게 아니기에 이 긴 돌계단을 굳이 올라가려면 꽤 강한 동기가 필요하다.

돌계단 양쪽 옆에는 높은 삼림이 있어 위압감이 들며, 낮에도 울창해서 어두컴컴하다. 나는 발밑을 잘 살피고, 한 걸음 한 걸음 디딜 곳을 확인해가며 유독 신중히 계단을 올랐다. 이렇게 급격하고 긴 계단에서 만에 하나 발이라도 미끄러졌다가는 분명 무사하지 못할 것이다. 돌계단은 그냥 비탈길 같아 보일 만큼 낙엽이 쌓여 있는 데다, 곳곳에 이끼가 있어 미끄러지기 쉬웠기에 가끔씩 간담이 서늘했다. 옛날부터 이랬던가? 싶지만, 그러고 보니 그때는 우리가 빗자루질을 했기에 조금 더 나았다.

전에는 돌계단도 놀면서 올랐던 것 같다. 가위라면 5계단, 바위라면 4계단, 보라면 3계단. 그 수만큼 계단을 올라가는 것이다.

기억 속에서는 기나긴 끝이 없는 계단이었던 것 같은데, 성인의 걸음으로 묵묵히 일정 페이스를 유지해 걸으니 그냥 금방 도착했다. 위에 도리이가 하나 더 있는데 그 너머로 아담한 신사 경내가 있다.

바닥을 낙엽이 빽빽이 덮고 있어, 오랫동안 아무도 청소를 하지 않았음을 알 수 있었다. 하지만 눈앞에 있는 도리이의 금줄에 달린 종이는 언밸런스할 정도로 새것인 것으로 보아, 아예 아무도 돌보지 않은 것도 아니겠지.

다소 트여 있기는 하나 주변을 삼림이 압박하고 있어 어두운 인상이다. 돌계단이 있는 뒤쪽만 살짝 트여 있어 한산한 집락을 내려다볼 수 있다. 그게 딱 서쪽에 있어서 해 질 녘에는 저물어 가는 석양을 바라볼 수 있었던 것이겠지.

"아아, 뭔가 떠올랐어."

나는 주변을 둘러보면서 천천히 경내를 걸었다. 여름인데, 아직 해가 하늘 높이 떠 있는데도 바람이 부는 탓인지 경내의 공기는 약간 서늘하다. 한쪽 구석에 있는 거목의 나무껍질 쪽으로 다가가 보니, 녹색 지의류가 찰싹 들러붙어 있었다. 이곳이 이런 곳이었나? 잠깐 생각했다. 조용하고 하늘이 맑고 나무들의 잎도 색이 선명한 게, 기억 속의 이곳보다 실물이 훨씬 더 아름답다. 여기서 놀았던 기억은 나지만 신기하게도 이곳의 풍경은 애매했다. 아마 어릴 적에는 그냥 개방된 놀이터로만 보고 풍경까지는 신경을 쓰지 않았겠지.

문득 시야에 사키의 환영이 떠올랐다. 기억 속 냉장고의 문이 살짝 열렸다. 아아, 맞아. 분명 여기서 사키와 같이 놀았지~ 라는 상황을 떠올렸다.

기억 속의 사키는 지금보다 훨씬 키가 작지만 얼굴이 작고 벌써 콧대가 오똑한 게 이미 초월적으로 예쁜 아이였고, 어린아이라기보다는 성인 여성을 그대로 비율에 맞춰 축소해놓은 인상이다.

또 "아, 맞다" 싶었다. 어린 시절의 나는 사키만 보고 있었다. 사키가 너무나도 초월적으로 예뻐서, 매일같이 보고 있어도 전혀 질리지 않았고, 거기 도취해서 풍경 따위는 눈에 들어오지도 않았다. 그래서 이제 와서 '여기가 이렇게 예쁜 곳이었구나'라는 생각을 하는 것이다.

초월적으로 예쁜 사키의 환영이 달린다. 천진하게 웃고 떠드는 해맑음에 유일하게 앳됨이 남아 있었다. 뒤를 돌아보고 공을 피하려 허리를 낮춘다. 오른쪽으로 피하는 척하다가 왼쪽으로 점프한다. 그 영상이 슬로모션 같아 보였다.

그래. 틀림없이 이곳이다. 여기서 땅에 네모난 선을 긋고 안에 있는 사람을 맞추며 놀았을 것이다. 그리고 내 맞은편에는 역시 누군가 남자아이가 있다.

남자아이의 얼굴은 보이지 않는다.

그리운 풍경이다 싶었다. 그런데도 뭐라고 형용할 수 없는 불편함을 느끼는 건, 대체 어째서인지 나 자신도 신기했다.

"아아, 그렇구나" 하고 나는 혼자서 소리 내어 말했다.

저 긴 돌계단을 오르는 게 귀찮기만 했던 게 아니다. 나는 무의식중에 이 장소를 피했던 것이다. 완전히 잊고 있었을 뿐이지, 나는 이 장소에 뭔가 안 좋은 추억이 있었다.

문득 주변이 어두워지기 시작한 것을 알아차렸다. 내가 생각했던 것보다 오랫동안 과거의 환영을 좇아, 그냥 여기 멍하니 서 있었던 듯하다. 시야 한 편에 들어오는 붉은 기척에 뒤를 돌아보니 입구 쪽 도리이 너머에 멋진 오렌지색 석양이 있었다. 역광이라 검어 보이던 도리이가 그러데이션이 진 하늘을 네모나게 도려냈고, 땅에 있는 낙엽이 반사하는 붉은빛이 이계(異界)를 향해 난 길처럼 곧게 뻗어 있다.

석양이 산 능선에 달라붙어 있었고 점점 그늘에 가려져 완전히 모습을 감추자, 붉은 하늘이 짙은 보라색으로 바뀌며 하늘이 밤에 빠져드는 것을 나는 그저 가만히 바라봤다. 그사이 내 머릿속에는 아무 생각도 없다. 신기하게도 평온하고 잔잔하다.

해가 저물고 경내에 내 발조차 안 보일 만큼 어두운 어둠이 찾아들었다. 나는 어둠 속에 그냥 가만히 서 있다. 그저 기다리고만 있다.

갑자기 노보루가 "이야기해도 될까?"라고 말했다.

"물론"이라고 나는 답했다.

밤의 경내는 낮보다 훨씬 공기가 무겁고 진하다. 질량과 점도를 동반한 어둠이 몸에 들러붙는다. 멀찍이 보이는 집락의 희미한 불빛만이 겨우 나를 현실 쪽에 묶어두었다. 나는 돌아보지 않는다. 한 번 숨을 내쉰 노보루가 말한다.

"자, 그럼 어디서부터 알아챈 거야?"

나는 잠시 생각했다. 어디서부터가 아니다. 모든 것이 그것을 나타냈다. 오히려 왜 몰랐는지가 신기할 정도다.

"냉정하게 생각했더라면 알았을 텐데. 나는 노보루와 한 반이고 나란히 앉는다는 건 인식하고 있었지만, 내 자리는 창가고 옆자리는 이세자키가 앉아 있으니까, 그럼 노보루 자리는 창밖이라는 셈이 돼. 앞뒤가 안 맞는 거지."

"그래. 악연이고 뭐고, 그런 게 아니라. 그냥 내가 그런 존재였을 뿐이야."

"그 밖에도 노보루의 발자국이 남아 있지 않거나 노보루가 인원수에 포함되지 않은 적도 있고. 게다가 애초에 우리 학교는 여고니까. 노보루 말고는 남학생이 없고, 건물의 층에는 남자 화장실도 없어. 이만한 단서가 있었는데도, 이렇게 얼빠진 내가 싫어질 지경이야."

각각의 사실을 제대로 인식했을 텐데, 그 모든 모순을 전혀 신경 쓰지 않았다. 위화감을 느끼지 않았다. 그보다, 아마.

"나 스스로가 외면하고 있었겠지"라고 내가 중얼거리자 노보루는 "사람은 보고 싶은 것만 보니까. 자기가 한 거짓말은 쉽게 알아차리지 못하지"라고 답한다.

심령, 앙화(殃禍), 저주, 나 자신이 머릿속으로 만들어낸 이미지 너리 프렌드, 혹은 다른 인격. 어떻게 해석해도 상관은 없지만 그런 유의 무언가다. 즉——.

"요약하자면 나는 실재하지 않아."

내 뒤에서 아마 노보루는 턱에 손을 얹고 비스듬히 아래쪽을 바라보며 생각을 정리하고 있다. 무엇을 이야기할지 잘 정리한 후에 입을 열었다.

"나한테도 자각은 있었어. 하지만 평범하게 생각했더라면 알았을 거야. 진노 말고는 내가 보이지 않으니까, 여러모로 이상한 일투성이였어. 그런데 전혀 신경조차 쓰지 않았으니, 이래서는 나도 탐정역으로서는 실격이지."

탐정으로서는 노보루가 훨씬 적임인데 내가 그 역할을 맡게 된건, 무엇보다 우선 노보루의 목소리가 범인에게는 들리지 않기 때문이다.

"시작은 아직 진노가 초등학생일 적이었어. 혼자서 아무에게도 들키지 않도록 사태를 은폐하면서 살인사건 현장을 조사하고 단서며 증거를 모으고, 추리를 통해 진범을 지목한다는 게 평범한 초등학생 여자아이가 할 수 있는 일은 아니지. 그 갭을 메우기 위해 불러낸 가공의 탐정 같은 인격이 나야."

노보루가 없었다면 아무리 나라도 사키를 죽인 범인을 직접 찾겠다는 마음은 먹지 않았겠지. 노보루가 있었기에 사키가 몇 번을 살해당하더라도 나는 꺾이지 않고 계속 추리할 수 있었다. 추리해 버렸다.

"진노 외에 날 볼 수 있었던 건, 내 목소리를 들은 유일한 사람은 토도로키 카에데뿐이야. 토도로키가 알려준 덕에 나도 내가 어떤 존재인지 알아차릴 수 있었어."

카에데는 '우리는 그냥 교섭할 뿐이에요. 손을 모으고 기도드리며 그것들을 자기에게서 떨어뜨려 놓는 거죠'라고 했다.

"내가 바로 이 끝없는 루프의 원흉이야. 있을 수 없는 존재는 있을 수 없는 존재를 끌어들이지. 봐서는 안 될 것을 보면 현실에는 존재하지 않는 괜한 것까지 보게 돼. 토도로키도 그랬잖아? 그런 건 존재하지 않는다고 눈을 감고 무시하며 살아가는 현실의 사람들이 결국은 가장 강하다고."

무서운 이야기를 하면 무서운 것이 찾아온다. 괴기현상이나 초현상 같은 것은 가까이하지 않는 게 가장 좋다. 맞서 싸워 이기겠다는 생각을 해서는 안 된다.

"그러니까 나는 토도로키에게 부탁해서 나를 없애 달라고 했어."

어른이 되기 위한 성인식 같은 것이라고 노보루가 말한다. 유소년기부터 함께 다녔던 이미지너리 프렌드에게 이별을 고하고 환상의 세계 밖으로 걸음을 떼며, 확고한 현실로 조금씩 나아가기 시작할 때가 왔다고, 내 주변에서 벌어진 무서운 일들은 어디까지나 내 인식 속에서 일어난 것에 불과하다고.

"그러니까 무서운 이야기는 이제 여기서 끝이야. 나에 대해서도 이 존재가 완전히 사라지면 다시 잊겠지. 이번에는 다시 떠오르지도 않을 거야. 곧 현실에 깔끔하게 평균화되고, 무서운 일이나 말도 안 되는 일은 두 번 다시 벌어지지 않을 거야."

모든 건 내 불안정하고 미숙한 정신이 보여주는 무서운 꿈. 마음을 잘 열고서 보면 세상은 그렇게까지 악의로 가득하지 않을 것이라고 노보루는 말한다.

"그럼 이제 헤어질 시간이야. 진노, 잘 지내."

그렇게 말하고는 내 등 뒤에서 노보루가 발길을 돌린다. 나도 노보루에게서 등을 돌린 채로 "응, 그럼 잘 가"라고, 답한다.

"——라고 할 줄 알았냐!!"

나는 힘껏 뒤를 돌아보고 손을 뻗어 떠나려 하는 노보루의 손목을 덥석 붙들었다. 노보루의 손목을 잡을 수 있다! 노보루는 내 망상이 낳은 실체 없는 환영 같은 것이 아니라, 역시 확실히 이 세상에 존재하는 것이다!! 뒤는 조금도 내다볼 수 없는 깊은 어둠이라 내 눈에는 뻗는 내 손조차 보이지 않는다. 하지만 어둠 속에서도 똑똑히 알 만큼 노보루의 팔은, 그 표면은, 끈적끈적한 타르 형태의 무언가로 덮여 있다. 질척거리는 불쾌한 감촉이 손바닥을 통해 전해졌고, 손이 주르륵 미끄러졌다.

"냐, 진노. 너까지 말려들 거야"라고 노보루가 말한다.

"자, 그 손을 놔. 놓으라고, 진노."

"싫어!"라고 나는 외친다.

"이 손은 절대 안 놔. 내가 모르는 곳에서 내 소중한 것을 나도 모르는 사이 누군가에게 빼앗긴다니, 나만 빼앗긴 줄도 모른 채로 살아간다니 그런 건 용납 못 해! 인정 못 해!!"

진짜 진상에 아무런 흥미는 없었다. 나는 사키를 좋아할 뿐이고 내 소중한 것을 지킬 수 있다면, 진실 따위는 아무래도 상관없다. 하지만 그러기 위해 진실을 감춰두고 거짓된 해결책을 받아들이는 건, 역시 아니겠지. 그래서는 결국 정말 소중한 것도 못지키게 될 것이다.

"진노. 자신에게 가장 소중한 것을, 소중한 사람을 착각하지마. 단 한 사람이 전원을 지키겠다는 건, 모든 걸 가지겠다는 건 터무니없이 무모한 이야기야. 진노는 진노가 가장 지키고 싶은 사람을 지키는 것만 생각해. 2등이나 3등까지 신경 쓰다 보면 가장 소중한 것까지 잃게 될걸."

"시끄러워!"

나는 큰 소리로 노보루의 말을 막는다

"소중한 것에 등수 같은 게 어디 있어! 뭐든 다 소중해!! 나는 아무것도 포기 안 해. 무언가를 위해 무언가를 버리려고 하는 녀석은, 소중한 걸 늘어두고 무엇 하나를 고르라고 하는 녀석은, 다들 거짓말을 하는 거야!! 우리는 전부를 원해도 돼!!"

애초에 노보루의 준비한 이것은 거짓 해결책이다. 나는 아직 아무것도 추리하지 않았고, 진범을 지목하지도 않았다. 그러면 의식은 성립되지 않는다. 이 사건을 진짜 끝내기 위해서는 내가 추리를 통해 진실에 도달하고, 진범을 지목해야 한다.

"봐, 진노. 그게 올 거야."

나는 노보루의 말을 무시했다. 이번에는 싱킹 타임을 두지 않는다. 어서 진범을 지목해 이 사건을 끝내 버리자.

"모든 원흉이 된 진범은 나야."

나는 이 일련의 사건의 진정한 진범을 지목했다.

"나와 계속 함께 있었던 노보루는, 너는 그냥 내 인식이 만들어 낸 탐정역을 맡을 환영이고, 존재하지 않았을지도 몰라. 하지만 처음부터 존재하지 않았던 건 아니지? 이 신사에서, 이 장소에서 나와 사키와 함께 놀았던 남자아이는 분명 실존했을 거야."

"진노, 추리하지 마. 그건 이미 의식의 일부가 되어 버렸어."

노보루는 그렇게 말하더니 내 손을 뿌리치려 했다. 나는 더욱더 손에 힘을 주며 끈적거리는 노보루의 손목을 쥐었다.

"내가 왜 무의식중에 이곳을 피했는지, 완전히 잊고 있었는지. 그건 여기서 내가 떠올리고 싶지조차 않은 일이 벌어졌기 때문이야. 사키가 죽었다가 되살아난 그 첫 사건은 이곳에서 벌어졌으니까."

사키가 좋았다. 내가 동경하는 것을 모두 가진 사키가, 너무 빛나 보였다. 정말 좋았다. 다른 게 아무것도 보이지 않을 만큼.

그리고 동시에 속수무책으로 싫었다. 질투 났다.

"애초에 가장 먼저 사키를 죽인 건 나였어."

해가 지기 전 붉게 물든 신사 경내에서 석양을 등지고 내 쪽을 돌아보며 해맑게 웃는 사키의 모습이 너무 예뻐서, 지나치게 예뻐서 도저히 이 세상 것이라는 걸 믿을 수가 없어서.

그건 순간적인 현혹이었다. 그 행동이 어떤 결과를 불러들일지 깊게 생각하지조차 않고.

나는 두 손을 뻗어 사키의 등을 밀었다.

같은 인간이라는 걸 믿을 수가 없었다. 뭔가 특별한 축복을 받은 존재라고 생각했다. 여기서 이 초월적으로 아름다운 존재의 등을 떠밀면 어떻게 될까, 순간적으로 의문을 품었다.

정말 인간인지 알고 싶었던 걸지도 모른다.

정말 다른 인간과 똑같이 죽는 게 맞는지 확인하고 싶었던 걸지도 모른다.

아주 약간 힘을 실어 살짝 밀기만 했는데, 고작 그것만으로도 사키는 기나긴 돌계단을 데굴데굴 굴러떨어졌다. 도중에 멈추는 일 없이 가장 아래 단까지 단숨에 굴러떨어진 사키의 몸은 곳곳이 부러지고 뒤틀리고 굽었으며 목이 엉뚱한 방향으로 돌아가 있었다. 완전히 죽어 있었다.

"내가 아니야……"라고 과거의 내가 중얼거린다.

"내가 아니야!!"

"나였어"라고 지금의 내가 말한다.

"나였어!!"

죽일 생각이 아니었다. 명확한 살의는 조금도 없었다. 하지만 등을 밀면 돌계단에서 굴러떨어지리라는 것이나, 굴러떨어지면 죽을지 모른다는 것을 아이 나름대로 잘 알고 있었다. 알면서도 정말 그렇게 될지 확인하려고 했다.

지나친 호기심은 화를 부르고, 사람의 죽음마저 부른다.

그게 찾아온 것을 기척으로 느꼈다. 이 완전한 어둠 속에서는, 세계에 뚫린 구멍처럼 새카만 그것을 눈으로 볼 수는 없지만 확실히 찾아와 있다. 미지근하고 축축하고 끈적끈적한 어둠이 단숨에 식고 단단해진 것을 느꼈다. 내가 진상을 추리하고 진범을 지목함으로써 그 녀석이 대가를 받으러 온 것이다.

진범인 나의 존재를, 뿌리째 뽑아버리기 위해 온 것이다.

그으으으으으으으으으으으으으으으으으오!!!!

그고오오오오오오오오오오오오오오오오오오!!!!

땅속을 울리는 듯한 중저음으로 검은 소녀가 신음한다.

"참 나, 이제 와서 덮어둔 것을 열어봐야 벌어진 일이 뭐가 달라지는 것도 아닌데, 괜한 짓을 하네"라고 말하는 노보루의 목소리가 들린다.

"그때 거래는 성립되었을 텐데. 나는 네 소원을 이뤄졌고, 너는 나에게 제물을 내놓았어."

사키가 죽고, 사키를 죽이고 땅거미 속에서 혼자 '내가 아니야'라며 울부짖는 내 곁에 저 검고 뭔지 잘 알 수 없는 것이 찾아왔다. 검고 뭔지 잘 알 수 없는 것은 잘 알아들을 수 없는 말로 어리던 나에게 말을 걸었다. 그건 말이 아니라 언어였기에 실제로 무슨 말을 했는지, 어떤 말이었는지는 나로서도 더는 떠올릴 수 없다. 하지만 그건 나에게 달콤한 말을 속삭였고, 그리고 나는 소원을 이루었다.

나 자신의 가장 소중한 것과 맞바꾸어.

"너의 소원은 이뤄졌어. 하지만 그건 일시적인 것에 불과했지. 애초에 사람이 이루기에는 너무나도 큰 욕망이야. 죽은 사람의 부활은 인류의 역사에서도 궁극적인 소원 중 하나니까. 내가 분명 상식을 초월한 존재이기는 하지만, 진짜 신에게는 한참 못 미쳐. 이 쇠퇴한 신사에서 꾸물거리던, 잊혀진 신의 잔재, 유상무상의 집합체에 불과하니까. 운명의 복원력까지는 도저히 어찌할 수 없어."

설령 일시적으로 되살아난다고 해도 죽어야 할 운명인 것은, 살해당해야 할 운명에 놓인 사람은 운명의 복원력에 의해 또다시 살해당한다. 다소 속도 차이가 있을 뿐, 누군가에게 살해당했느냐 하는 차이가 있을 뿐, 모든 것은 운명의 오차 범위 내에 있다. 그게 여러 번 되살려도 사키가 반복해서 누군가에게 살해당하는 이유다. 내가 사키의 생에 지우고야 만 부당한 숙명.

"그러니까 결국 모든 노력은 허사였다는 거야. 네가 아무리 노력해 봐야, 하스미가 누군가에게 살해당하는 운명까지는 바꿀 수 없고 다소 연명하더라도, 그 대가로 너는 나에게 계속해서 제물을 내놓게 돼. 네가 노력하면 할수록, 지지 않아도 될 살인이라는 허물을 지게 될 죄인이 늘고, 너에게 지목당한 죄인의 존재를 먹어 치움으로써 나의 실재는 점점 크게 성장할 거야."

"나는…… 그럴 생각이 아니었어……."

나는 그냥 자신의 경솔한 행동으로 사키가 죽게 된 것을 후회하며 어떻게든 하고 싶었을 뿐이었다. 그걸 위해서라면 나의 모든 것을 희생해도 좋다고 생각했을 뿐이었다.

"거짓말 마!"

노보루가 나직하고 묵직한 소리로 외친다. 찌릿찌릿 공기가 진동한다.

"너는 무엇 하나 네 것을 내놓지 않았어. 자신은 아무것도 부담하지 않고, 그냥 자기 외양을 신경 쓰며 모양을 차리는 데만 전념하고 있지. 자신의 죄로부터 눈을 돌리기 위해 주변의 다른 모든 것에게 부담을 떠넘기는 것뿐이잖아."

"아니야……."

"아니기는. 너는 무엇 하나 짊어지지 않았어. 네가 괜한 짓을 하지 않았더라면 하스미를 어중간하게 되살리지 않았더라면, 아소나 코사카도 애초에 살인을 저지르지 않았을 거야. 이미 죽어 있는 사람을 죽이는 짓은 본래 불가능한 일이니까."

몰라. 그 사람들이 사키를 죽인 건, 그 사람들이 멋대로 저지른 일이야. 내가 의도적으로 그렇게 만든 게 아니라고. 그 사람들의 죄까지 짊어질 필요 따위는 없어.

"아니, 너의 죄야. 네가 어지럽힌 운명의 인과를 정돈하기 위해 아소와 코사카는 운명의 복원력에게 조종당해 원하지도 않은 살인을 저지르게 되었고, 그 죄를 너에게 규탄당해 나에게 존재 자체를 먹히는 꼴이 났어. 네가 그 둘이 하스미를 죽이게 했고, 네가 그 죄를 지목했고, 네가 그 둘의 존재를 나에게 제물로서 넘겼으니 적반하장도 유분수지. 네가, 너만이, 너 하나가 모든 사건의 원흉이야."

처음부터 의도하고 한 건 아니겠지만 결과적으로 성립된 이것은 사악한 존재를 살찌우기 위한, 실로 효율적인 메커니즘이었어.

그렇게 말한 노보루가 매우 천박한 소리를 내며 웃는다.

아니, 이 녀석은 노보루가 아니다. 내가 노보루라고 생각하며 붙든 것이, 어느새 다른 존재로 뒤바뀌어 있다. 무섭고 뭔가 사악한 존재가 노보루의 목소리를 빌어 떠들고 있다. 나는 두려움에 그만 움켜쥔 손을 놓아버렸다.

"그래, 공포라는 감정은 중요해. 무섭다고 느낀 것으로부터 도망치고, 적극적으로 피하는 법을 배웠기에 인간은 살아 있을 수 있는 거야. 제 발로 무서운 존재에게 다가가거나, 맞서는 건 어리석은 사람이나 하는 짓이야. 무서운 존재를 만나면 그냥 도망치면 된다고."

그렇게 말한 노보루는, 노보루의 목소리를 빌어 말하는 무언가는 후훗, 하고 웃었다.

"하지만, 이제 와서 도망치려고 해 봤자 이미 늦었어. 자, 대가를 치를 시간이야. 지금까지 달아둔 몫을 포함해 전부 치러줘야겠어."

어둠 속에서 무수히 많은 검은 촉수가 꾸물거리는 기척이 났다. 분명 나를 소멸시키기 위해, 말 그대로 덮쳐들기 위해 번쩍치켜 올라가 있다.

구고ㅇㅇㅇㅇㅇㅇㅇㅇㅇㅇㅇㅇㅇㅇㅇ!!

어디선가 검은 소녀가 신음하고 있다. 바로 근처에 있는 것 같기도 하고, 멀리서 울리는 것 같기도 하다. 나는 마음속으로 계속사과하고 있다.

미안해. 미안해.

사키. 가벼운 마음으로 죽여서 미안해요. 나 자신도 왜 그런 짓을 했는지 전혀 모르겠어요. 그냥 문득 등을 밀고 싶어졌을 뿐이에요. 어떤 영문인지 그게 어떤 결과를 불어들이게 될지 깊게 생각하는 기능이, 그 순간에는 완전히 정지되어 버렸어요.

내 경솔한 행동이 일으킨 사태를, 그 결과를 받아들이고 싶지않아서 지금까지 계속 외면해 온 거예요.

하지만 안 돼. 계속 불쾌한 일이나 무서운 존재로부터 도망치기만 해서는 안 된다. 내가 직접 매듭을 짓지 않는 한, 과거는 아무리 도망쳐도 쫓아올 것이다. 이건 그런 이야기였다. 처음부터 그랬다.

어른이 되기 위한 성인식. 환상의 세계 밖으로 걸음을 떼며, 확고한 현실로 조금씩 나아가기 시작할 때가 온 것이다.

내 손으로 내 이야기에 막을 내릴 때가 온 것이다.

뭔가가 빠르게 내려왔고 휘잉! 하고 바람을 가르는 소리가 났다.

"요우!!"

갑자기 옆에서 찾아든 충격에 나는 좌아악 하고 땅을 굴렀다. 잠시 눈부심에 현기증을 느꼈고, 방금까지 내가 서 있던 곳을 검은 촉수가 힘차게 내리치고 있다.

"사키??! 어떻게?!"라고 나는 외친다. 회중전등을 든 사키가, 땅에 쓰러진 내 위로 올라왔다.

"요우 집에 갔더니 아직 안 돌아온 것 같길래. 요우가 신사에 간다고 했으니까 혹시 아직 있을까 해서……."

아, 그렇구나. 그러고 보니 거절당하기는 했지만 나는 '오늘 같이 신사에 가보자.'라고 사키에게 얘기했다. 그러니 사키가 내가 어디 있는지 짐작하는 것도 당연한 얘기긴 하겠네. 아니, 그런 게 아니라.

"비켜, 사키. 위험해."

내가 말하자 사키는 오래 알고 지낸 나조차도 지금까지 들어본 적이 없을 만큼 큰 소리로 "위험한 건 요우도 마찬가지잖아! 왜 이렇게 위험한 짓을 하는 거야?!"라고 받아쳤고, 그 무시무시한 위세에 깜짝 놀랐다.

"하지만! 그래도, 애초에 가장 먼저 사키를 죽인 건 나니까……."

"그게 대체 뭐라고?!"

사키가 소리친다. 사키는 화를 내고 있다. 하지만, 사키가 그렇게 말하든 어쩌든 그것 말고는 아무것도 없다. 그것이 바로 진실이자 모든 진상이니까. 진범은 규탄당해야 하고, 죄에는 벌이 주어져야 하니까.

"나였어! 사키를 죽인 건 나였다고!!"

"하지만 요우는 항상 나를 구해 줬잖아! 여러 번 무서운 꼴을 당하면서도, 그래도 포기하지 않고 반드시 나를 되살려 줬잖아!!"

"그러니까! 그게 다 최초에 내가 사키를 죽이지 않았더라면, 애당초 벌어지지 않았을 일이라고!! 전부 내 탓이야!!"

"그런 가정에 의미는 없잖아! 요우는 이미 나를 죽였으니까, 하지만 되살려준 데다 나는 딱히 신경 안 쓰니까 그런 건 별 상관없어!!"

어어……. 신경 쓰고 말고, 그런 레벨의 얘기가 아니지 않나?

"안 되잖아……. 가볍게 싸우거나 다치게 한 거라면 그래도 괜찮을지 모르지만, 죽여 버리면 보통은 더는 만회할 수 없으니까."

"하지만 해냈잖아!! 해냈잖아, 만회했다고!! 우연일지도 모르지만, 변덕일지도 모르지만, 본래라면 한번 저지르면 더는 만회할 수 없는 일이었을지도 모르지만, 평범하지 않을지도 모르지만, 하지만 만회는 했잖아!! 그럼 이제 그냥 '야호——, 해냈다! 다행이야!!'라고 하면 돼. 하지만이나 그래도 같은 걸 끌고 올 필요 따위 없어!!"

"하지만⋯⋯."

"하지만이 아니라~!! 그렇게 신경 쓰인다면 나 몰래 뒤에서 슬그머니 회수하려 하거나 수습하려고 하기 전에 우선 할 일이 있잖아!!"

"어, 뭐야? 우선 할 일이라는 게."

"잘못을 했으면 정직하게 사과를 해야지! 사과해, 요우!!"

아, 대단하다. 엄청난 정론이 나왔는데. 그러고 보니 그러네. 난 내가 한 짓을 뒤처리할 생각만 했지, 정작 중요한 사키 본인에게는 아직 사과하지 않았다.

"미안해."

너무 지당한 말이었기에 나는 순순히 그렇게 말했다.

"사키, 미안해. 죽여서, 미안해."

"좋아! 용서할게!!"

그렇게 외치며 사키는 나를 와락 끌어안고 옆으로 점프해 지면을 데굴데굴 굴렀다. 그 뒤를 검은 촉수가 쿠웅쿠웅쿠웅!! 내리치며 쫓아온다.

"그리고 요우, 고마워! 내가 아무리 살해당하더라도, 포기하지 않고 몇 번이고 되살려줘서 고마워!!"

사키는 팟 일어나더니 나를 감싸듯이 한 발 앞으로 나왔다. 검고 정체 모를 것 쪽으로 회중전등을 비춘다. 조명을 받아 어둠 속에서 검은 소녀의 윤곽이 떠올랐다. 그 주변으로 무수히 많은 거대한 뱀 같은 촉수가 구불거리며 춤추고 있다.

"안 돼, 사키. 이대로 있으면 사키까지 저 녀석에게 존재가 소멸할 거야."

"그렇다고 요우가 소멸하면 곤란하잖아."

"하지만 이건 내 죄니까. 내가 진 빚이니까."

"왜~애 저런~ 뭔지도 모를 녀석이 하는 말을 진지하게 듣는 거야?! 요우가 사과하고 내가 용서했으니까, 그런 빚 따위는 아무 데도 없거든!! 저런 사악한 녀석이 하는 말은!! 대부분 우선 상대에게 무언가 죄책감을 심어주고, 그걸 방패 삼아 행동을 지배하려고 하는 거야!! 이런 건 교활한 녀석들이 상투적으로 쓰는 수단이야!! 코웃음 치며 걷어차 버리는 게 정답이라고!!"

그런가? 정말 그럴까? 저게 사악한 존재일 뿐이고, 나는 그냥 사악한 존재에게 속은 것뿐일까?

소원과 저주는 종이 한 장 차이. 그걸 저런 악한 존재로 만든 것도, 결국은 나 자신의 인식 쪽이지 않을까?

"사키, 역시 물러서."

나는 일어나서 사키의 어깨에 손을 얹으며 당겼다.

"하지만 요우."

사키가 뒤를 돌아보더니 미간을 찡그렸다.

"괜찮아. 이제 저것에게 내 존재를 넘기고 끝내는 어중간한 짓은 안 하니까. 사키 덕에 똑똑히 떠올랐어. 나는 사키뿐만 아니라 또 아직 사과해야 할 사람이 있어."

검은 타르에 감싸인 소녀가 한층 더 큰 포효를 내질렀다.

나는 사키의 회중전등 빛을 이용해 검은 소녀에게로 다가갔다.

꾸물거리며 허공에서 춤을 추는, 닿은 것의 존재를 가차 없이 지워 버리는 촉수는, 그래도 나를 덮쳐들지 않았다. 사슬에 매인 검은 소녀가 억압당하는 것 같아 보이기도 했다. 앞으로 뻗은 내 손의, 그 손끝이, 검은 소녀를 뒤덮고 있는 끈적끈적하고 질척한 타르 덩어리에 닿았다. 더 꾹 누르자 검은 점질 속에 손가락이 쑤우욱 들어갔다. 현실에 존재하는 내 손가락이, 그 안쪽에 있는 검은 소녀 같은 무언가의 실재하는 몸에 닿았다.

나는 그대로 한 걸음 더 다가가 두 팔을 감으며 검은 소녀를 끌어안았다. 내 품 안에서 검은 소녀가 다시 크게 신음한다.

그ㅇㅇㅇㅇㅇㅇㅇㅇㅇ ㅇㅇㅇㅇㅇㅇㅇ으니이이이이!!

그래. 나는 이 아이를 안다. 이 아이가 누군지 안다.

"미안해. 나 때문에 이렇게 오랫동안 괴롭게 해서."

나는 검은 소녀의 귓가에 속삭인다. 몸을 감았던 팔을 놓고 더듬더듬 소녀의 얼굴에 들러붙어 있는 질척질척한 타르를 걷어냈다. 닦아내고 쓸어냈다. 철퍽, 철퍽 땅에 타르 덩어리가 떨어지는 소리가 난다.

꿀럭!! 하고 공기가 통하는 소리가 나더니 검은 소녀가 크게 숨을 내쉬었다.

"요우."

소리가 났다. 아직 변성기가 오지 않은 어린아이의 새된 소리가. 하지만 이것은 소녀의 것이 아니라 작은 남자아이의 목소리다. 아직 어릴 적, 노보루는 자주 여자아이라는 오해를 받을 만큼 덩치가 작고 귀엽게 생긴 남자아이였다.

"그런데도 노보루는 쭉 나를 지키려고 해 줬구나."

끈적끈적한 타르에 뒤덮이고 사슬에 칭칭 매인, 까맣고 뭔지 잘 모를 이것에게 사로잡혀 있던 소녀의 정체는 아직 어렸던 시절의 노보루다. 내가 내 소원을 이루기 위해 대가로 넘긴, 나의 아주 소중한 것이다. 카미카쿠시를 당해 사라지고야 만 남자아이다. 아마 이 검고 뭐가 뭔지 잘 모를 사악한 존재는 딱히 나에게 사역당한 것이 아니라, 이 아이가 내부에서 저항한 덕에 나를 제거할 수 없었던 것뿐이다.

잊힌 신의 잔재, 유상무상의 집합체는, 노보루의 몸을 얻어 실체화했다. 공의 개념인 신에게는 다양한 것이 들러붙기 쉽다. 나 때문에 사악한 존재를 잔뜩 먹어 치운 이것은 완전히 사악한 무언가로 변해 버렸다.

"요우, 도망쳐……"라고 노보루가 힘없는 목소리로 말한다.

저주받고 있을 줄 알았다. 원망하고 있을 것이라고 굳게 믿었다. 내 경솔한 행동을 메우기 위해, 멋대로 정체 모를 무언가에게 제물로 넘겨졌으니까, 당연히 나를 증오하고 있을 것이라고 생각했다.

그렇게 내가 멋대로 가진 부담감이 정말 너무나도 소중한 사람이었을 노보루까지, 이렇게 무서운 존재로 보이게 한 것이다. 두려움을 떨치고 제대로 마주했더라면 아무것도 무서울 게 없었을 텐데. 노보루는 분명 이 검은 뭔지 잘 모를 것으로부터 쭉 나를 지켜주었을 텐데.

"하지만 이제 괜찮아. 내가 확실하게 매듭을 지을 테니까."

나는 작은 노보루에게서 손을 거두고 납작하고 새카만 구멍에 불과한 그것을 마주했다. 눈에 보이지는 않아도 거기 뭔가 불길한 기색이 꿈실거리고 있다는 건 알겠다.

"이제 괜찮겠어? 진노 요코"라고 노보루의 목소리를 가진 무언가가 말한다.

"응. 이건 처음부터 나의 죄, 내가 받아야 했을 벌이니까. 실은 처음부터 이랬어야 하니까."

기억 속에서 어릴 적의 내가 내가 아니야!! 라고 외친다. 물밀듯이 조용히 어둠이 스며 나오는 붉고 어두운 석양 속에서 내가 아니라고!! 내가 아니라고!! 그 말만 반복하고 있다. 돌려줘!! 부탁할게!! 라고 외치고 있다.

되돌릴 수는 있다고, 어둠 속에서 무언가가 답한다.

내 목소리에 무언가 초월적인 존재가 답한다.

모든 것에는 균형이 필요하다. 소원을 빌려면 그와 동등한 대가를 내놓아야 한다.

어린 내가 "내가 아니야!!"라고 또 외친다. 이어서 "노보루가!!"라고 한다.

그것은 트릭이나 은폐 공작 같은 게 아니라 단순히 그 상황을 모면하기 위한 거짓말이었다. 하지만 그거면 충분했다. 진상을 밝히는 것은 소원을 이루기 위한 요건이 아니었다. 나는 그냥 누군가 제물로 내놓을 사람을 지목하기만 하면 됐다. 추리를 하거나 진범을 지목하는 건, 그냥 내가 스스로를 납득시키기 위한 의식에 불과했던 것이다.

내 소원은 이뤄졌고 죽은 사키는 아무 일도 없었다는 것처럼 살아 돌아왔으며, 대신 노보루가 카미카쿠시를 당해 사라졌다.

요우는 사키를 좋아한다고 하는 것치고는 왠지 그 사랑이 공허해. 잘 전해지지 않는다고 할까. 사키 본인을 안 보는 느낌이 든달까. 오히려 자기한테 말로 그렇게 타이르는 것 같아.

노아는 옳다. 나는 내가 사키에게 저지른 짓의 속죄를 위해 사키를 되살렸을 뿐이고, 그 근본적인 원인이 나에게 있다는 걸 나 자신에게도 은폐하며 합리화시키기 위해 그냥 사키를 좋아하기 때문에 이러는 것이라고 나를 타이른 것이었다.

노보루를 넘기고 만 죄책감을 덮어두기 위해, 노보루는 사라지지 않았다고 해두기 위해 가공의 노보루까지 내 안에 만들어놓고.

나는 한없이 자기중심적이고 나는 아무 잘못도 없다고 믿기 위해서라면 끝없이 현실을 왜곡시키는, 꼭 그림으로 그려놓은 것처럼 전형적인 아이였다.

하지만 이제 아이일 시기는 끝났다.

나는 자기 자신의 잘못마저 받아들이며 어른이 되어야 한다.

"사키를 죽이고 대신 노보루를 당신에게 넘긴 건 나. 내가 이 사건의 진범. 범인은 진노 요코"라고 나는 다시금 검고 뭔지 잘 알 수 없는 초월적인 존재에게 선언했다.

"미안해. 내 잘못을, 내 죄를 받아들이지 않은 채 무모한 걸 바라서. 그리고 고마워. 내 무모한 소원을 들어줘서. 당신 덕분에 사키가 되살아났다는 건, 틀림없는 사실이니까."

자신이 한 짓을 인정하고 사과하고, 해준 것에는 감사를 표하고 그로써 겨우 다음 일을 시작할 수 있는 것이다. 겨우 나의 죄 청산이 시작되는 것이다.

분명 이 뭔지 잘 모를 초월적인 무언가는, 본래는 이 신사에 있던 신이겠지. 소박하게 남의 소원을 들어주는 게 다인 그런 존재였겠지. 그것을 왜곡시켜 사악한 무언가로 만든 것도 나이다.

모든 걸 엉망진창으로 뒤섞어 놓은 채 자신에게 취해, 애매하게 모두 자기 잘못이라며 받아들이는 것도, 결국은 그냥 까다로운 현실로부터 도망치는 것이며, 아무 책임도 다하지 않은 것이다.

"하지만 이제 됐어요. 이 죄는 제가 받아들일게요. 제대로 제가 받아들일게요. 그러니까 부탁이에요."

노보루, 미안해. 나는 그냥 무서웠어. 무서운 것을 피해 달아나고 싶어서, 아무 상관 없는 노보루를 넘겨 버렸어. 노보루는 그냥 그 자리에 같이 있었을 뿐인데, 아무 잘못도 없었는데.

"그 아이를, 노보루를 그만 해방해 주세요."

검은 무언가에게 폭발하더니 회중전등의 불꽃 정도로는 상대도 안 될 깊은 어둠이 폭발적으로 펼쳐졌다. 어둠은 촉수를 뻗어 내 쪽으로 다가왔다.

아아, 역시 누군가가 청산해야 하는구나.

죽고 싶은 건 아니지만, 사라지고 싶은 건 아니지만, 하지만 그것도 하는 수 없는 일이라고 슬슬 나도 받아들이고 있다. 도취적인 자기희생이 아니라 좀 더 잔잔하고 평온한 마음으로, 냉정하게 그렇게 생각하고 있다. 누군가가 대가를 치러야 한다면 그건 역시 나여야 하겠지.

"머나먼 시조신이시여!! 굽어살피시옵소서!!"

번쩍! 하고 갑자기 눈앞이 아찔해질 만큼 밝은 빛이 주변을 메운다. 강한 빛에 펼쳐져 있던 어둠이 밀려나더니 쏙!! 하고 하나의 작은 그림자가 되었다.

"귀명, 불공견색 비로자나시여, 대인(大印)으로 말미암아."

전에도 들어본 파사의 축문이다. 뒤를 돌아보니 역광을 등진 궁도복을 입은 카에데가, 느긋하고 우아한 동작으로 화살을 겨누고 있었다.

"입에 담기도 황송한 신이시여!! 지금까지의 가호에 진심으로 감사드리오나, 저자는 이미 스스로 나아갈 법을 익혔사오니 이제는 친히 나서지 마시고 돌아가 주옵소서. 황공하오나 아뢰옵니다!!"

"아하하. 카에데는 역시 슈퍼 히어로 같네. 그럴 수 있으면 처음부터 하면 될걸, 등장할 타이밍 하나는 잘 맞춘다니까."

어째서인지 그 뒤에는 노아도 있었고 손에는 강력한 맥라이트를 들고 있다. 경내를 비추기 시작한 강력한 빛은, 딱히 카에데의 초능력 같은 게 아니라 그냥 노아의 맥라이트에서 비롯된 것인 듯하다.

카에데가 가볍게 칫, 하고 혀를 차더니 겨누고 있던 활을 원래 위치로 돌려놓고 "쿠마가이 씨. 저 역시 이래 봬도 진지하게 집중하지 않으면 위험한 타입이거든요?"라고 살짝 미간을 찡그린다. 아, 듣고 보니. 역시 표정은 거의 변화가 없지만 눈썹과 눈꺼풀 위쪽의 라인을 잘 주목하면 조금 화난 것이 잘 느껴진다.

"응, 미안해? 난 그런 쪽으로는 분위기 파악을 잘하지 못해서. 아, 방금 비교적 시리어스한 신이었지? 응, 자중할게."

그러게, 딱 클라이맥스였는데. 카에데는 말없이 고개를 한 번 끄덕이더니, 아무 일도 없었다는 것처럼 다시 활을 겨누었다.

"보주와 연화와 광명의 대덕이 생겨나니."

힘의 소용돌이가 빛이 되어 화살 끝에 응축되었고, 카에데가 외친다.

"이고득탈!! 전전케 하시옵소서!!"

파앗——!!

쏘아진 빛의 화살은 작고 검은 그림자를 꿰뚫었고, 폭발하듯 팽창했다. 빛의 입자가 안개비처럼 깊은 어둠에 감싸인 경내에 쏟아진다. 한동안 어둠 속에서 반짝거리는 무언가가 떠돌았지만, 그것도 곧 녹아내리듯이 사라졌고 평범한 밤이 돌아왔다.

"끝난…… 거야……?"라고 사키가 고개를 들고는 허공을 향해 중얼거린다.

"네, 우선은요"라고 카에데가 답한다.

"게다가 카미카쿠시를 당한 남자아이의 몸도, 어찌어찌 되찾은 것 같아요."

맥라이트가 동그랗게 비추는 경내에, 어느새 남자아이가 하나 쓰러져 있다. 마치 여자아이 같던 어린 시절의 노보루가 아니라 항상 내 눈에 보이던, 성장한 모습의 노보루다. 헐렁헐렁했던 반바지는 완전히 사이즈가 작아져 있다.

"호흡도 맥도 정상. 외상도 없음. 생명에 지장은 없어 보이네요"라고 카에데가 잽싸게 노보루 옆에 웅크려 앉더니 대강 확인을 마치고는 소견을 늘어놓는다.

"하지만 역시 혼이 빠져나갔어요."

카미카쿠시를 당해도 돌아오는 사람이 가끔은 있다. 하지만 대부분 경우 몸이 돌아와도 혼은 빠진 상태로 돌아온다는 모양이다.

"그럴 수가…… 어떻게든 안 될까……?"

내가 묻자 카에데는 "할 수 있는 한은 해볼 텐데요"라고는 하지만, 속눈썹을 내리깔며 고개를 젓는다.

"이렇게 큰일인데 아무도 사라지지 않고 끝난 것만으로도 감지덕지할지도 몰라요. 모든 걸 완전히 원래대로 되돌릴 수는 없나 봐요."

카에데는 활에서 현을 빼더니 활주머니에 넣었다. 무기가 필요할 만한 위기 상황은 지나간 것 같다.

"고마워, 카에데."

잘은 모르겠지만 카에데 덕에 살았다는 건 틀림없는 사실인 듯해서, 나는 감사 인사를 했다. 안심하기도 해서 힘을 풀고 순순히 그렇게 말했다.

"뭘요, 친구인데요. 저도 제 친구는 도울 수 있다면 돕고 싶고요"라면서 카에데는 허물없이 어깨를 으쓱했다.

"게다가 저는 제가 없앨 수 있는 걸 없앴을 뿐이에요. 모든 게 혼연일체화한 사신(邪神)은 저따위의 힘으로 없앨 상대가 못 돼요. 저걸 없앨 수 있는 상태로 만든 건 진노 씨의 각오니까, 최종적으로 보면 진노 씨가 자기 문제를 직접 매듭지은 셈이에요. 저래 봬도 원래는 신이었으니까요. 신에게는 단정히 소원을 비는 것이 정도예요."

이용하거나 앞지르거나 퇴치하려고 하는 게 아니라, 정면에서 사과하고 부탁하는 것. 아마 이럴 것이라고 확신하며 멋대로 상대의 마음을 배려하는 게 아니라, 잘 이야기를 나누고 마음을 말로써 전하는 것.

분명 상대가 신이든 친구든, 해야 할 일은 같겠지.

"아, 나도 일단 친구로서 달려왔으니까 그것도 알아줘야 해?"

라고 옆에서 노아가 말한다. 뭐, 무슨 도움이 됐을지는 모르겠지만, 나를 걱정해서 일부러 전철을 갈아타고 이런 벽촌 집락까지 와준 건 사실이니까, 너무 시리어스한 쪽으로 기운 분위기를 어딘지 모르게 중화시켜 준 듯한 느낌이 안 드는 것도 아닌 것 같기에 그 점에서는 일단 감사를 표했다.

"우선 이 남자아이는 경찰에 넘겨 병원으로 보내는 게 나을까요?"

몇 년씩이나 행방불명되어 있던 남자아이가 불쑥 발견된 것이다. 아무리 그래도 경찰 사태를 피할 수는 없겠지. 이건 현실에 벌어진 일이니까.

"뭐, 뭔가 나쁜 짓을 한 게 아니니까 괜찮겠지만 조사를 받거나, 조금 성가신 일이 생길지도 몰라요. 저는 익숙하니까 그거라면 제가 맡을 텐데, 진노 씨나 다른 분들은 어쩔래요?"

카에데가 그렇게 말하자 나와 사키는 서로 얼굴을 마주 봤다.

"아니, 우리도 같이 갈게. 남의 일도 아니고."

"응. 아무리 그래도 그것까지 카에데한테만 떠넘길 수 없으니까."

내가 그렇게 답하자 노아는 "에이~" 하면서 미간을 찡그리면서도 "음~, 그럼 나도 같이 갈까. 여기서 혼자 가기도 심심하고"라고 말한다.

"귀찮지만 어쩔 수 없지. 친구인걸. 친구는 성가신 법이지."

뭔가 이상한 조합이지만 어쩌면 우리 넷은 진짜 친구일지도 모르겠다. 같은 생각을 잠깐 했다.

많지는 않더라도 나름대로 친구는 있고, 학교 내에서는 조금 붕 뜬 기미가 있지만 그래도 그럭저럭 제대로 된 고교생활을 보내고 있으며, 평범한 범주에 넣어도 될 정도로 평온한 나날이 이어지고 있다.

응. 자의식 과잉 여자아이가 자기가 믿는 쪽으로 폭주하거나, 거기서 친구가 달려와 말싸움을 벌이거나, 가벼운 위기가 생기면서 최종적으로는 잘 화해하고 나쁜 녀석을 혼내주고 어떻게든 원만히 수습되었다. 이 정도 일은 분명 일반적인 여고생의 청춘에 일상다반사겠지. 이런 건 평범한 범주에 들어도 된다. 그리고 분명 이 정도의 가벼운 트러블을 겪어가며, 최종적으로는 원만히 수습되는 식의 일상계 미스터리 같은 나날이, 앞으로도 쭉 이어질 것이다.

나는 조용히 그렇게 바라고 있다.

에 필 로 그

아무도 죽지 않는 코지 미스터리

서향인 경내는 오전 중에는 거의 해가 비쳐들지 않아서 의외일 정도로 서늘하지만, 아무리 그래도 계속 몸을 움직이니 촉촉하게 땀이 배어들었고 나는 블라우스 첫 단추를 풀고 앞가슴을 파닥파닥 부채질했다. 성미 급한 매미가 시끄럽게 울어댔고, 완전히 여름이 됐구나 하는 식으로 주변을 둘러싼 울창한 삼림의 초목도 왠지 채도가 올라가 색 조합이 밝아진 듯하다.

　"요우, 그쪽은 빗자루질 다 했어?"

　배전 쪽에서 사키가 물었고 나는 "끝났다고 하면 끝났고, 아직이라면 아직이지"라고 애매하게 답했다. 어쨌든 방치된 세월이 워낙 기니까, 마음을 먹었다고 해서 그날 중으로 이 정도면 완벽해!! 라고 할 때까지 청소할 수 있는 것도 아니다. 뭐, 이제 바닥은 잘 보이니 온당한 선이라고 본다.

　"오늘은 이만해도 되지 않을까? 질렸어"라고 쓰레받기 대용으로 쓰던 넉가래(눈을 치울 때 쓰는 그거)를 휘두르면서 노골적으로 노아가 말했다. 질렸다고 할까, 비교적 처음부터 질려 했지? 굳이 맞춰 주고 있는 시점에서 내가 뭐라고 할 처지는 못 되지만.

　"어느 쪽이든 오늘 하루만 그런 게 아니라 정기적으로 손질할 필요는 있으니까요. 단숨에 해치우지 않더라도 느긋하게 조금씩 해 나가면 될 거예요."

　카에데가 그렇게 말하며 미묘하게 웃는다. 요즘은 카에데의 이 아주 미묘한 표정 변화도 알아볼 수 있게 됐다.

　오늘은 기말고사 마지막 날이라서 학교는 오전 중에 일찍 끝났으니까, 사키와 미뤄뒀던 신사 청소를 해치우자는 이야기를 하는데 카에데도 거들겠다고 나섰고 그런 거라면 나도 가겠다면서 노아도 따라와 줬다.

그 검고 정체 모를 무언가에게 들러붙어 있던 것들은 카에데가 파앗~!! 하고 없애 준 것 같지만, 그 원흉이 된 신은 역시 신이라서 쉽게 쫓아버릴 수도 없는지, 또 이상한 게 들러붙지 않도록 제대로 제사를 지내줘야 한다고 한다.

"시조신만한 힘을 가진 게 아니라지만, 모든 신을 모시는 이 나라에서는 인간의 소원을 들어주는 신 중 하나예요. 신에게는 선도 악도 없어요. 재앙을 내리는 사신을 선한 신으로 바꾸는 것이 바로 제사예요. 이렇게 수수한 방식이 더 정도죠. 신이란 쓰러뜨리거나 쫓아버리는 게 아니라 모시는 거예요."

그건 애초에 사람의 소원을 들어주는 신이었다.

어릴 적 나는 이 신사를 우리 아지트로 생각했고 어린 나이에도 나름의 청소나 손질을 했는데, 그게 제사 행위로 인식된 모양이다.

"제사란 형식이 아니라 마음가짐의 문제니까요. 진노 씨는 자기도 모르는 사이에 이곳의 신과 인연이 생긴 거겠죠."

그게 그 뭔지 잘 모를 존재에게 내 소원이 전해진 원인이었을지도 모른다. 어쩌면 이곳의 신은 그냥 순수하게 자신을 받드는 아이에게 보답하기 위해, 그 소원을 들어주고 싶었던 것뿐일지도 모르겠다. 신이 하는 생각 따위는 영원히 모르겠지만.

아마 신에게 생각이 있는 게 아니라, 내가 어떻게 받아들이냐의 문제겠지.

"기도와 저주는 종이 한 장 차이. 평소에 손질을 계속 이어가지 않았다면, 아무리 숭고한 기도라도 언젠가는 저주로 바뀌어 버리는 법이에요."

그런 이유로 나는 앞으로도 정기적으로 이 신사를 계속 손질해야 한다는 모양이다. 자기 나름대로 할 수 있는 범위 내에서 하게 되겠지만.

뭐, 여러 일이 있었고, 정말 여러 일이 있었던 데다 나도 여러 일을 저질렀기에, 이 정도는 페널티치고는 너무 가벼울 정도이니 달게 받아들이기로 했다. 게다가 한때는 무의식중에 발길을 멀리 했던 이 신사도 지금은 내 안에서 다시 '내 장소'라는 느낌이 들고 있으니, 손질하는 것도 그렇게 버겁지는 않다. 게을리한 시기가 기니까 처음에는 조금 힘들었지만 한번 제대로 해두면 유지하는 건 별일도 아니겠지.

"그럼 슬슬 점심이나 먹을까? 기껏 도시락도 만들었으니까."

사키가 그렇게 제안하자 "오, 그거 좋네~. 그러자"라고 노아가 말한다.

배전의 층계를 대강 청소하고 거기서 다 같이 앉아 각각의 도시락을 끌렀다.

"이렇게 낙엽만 치워도 꽤 달라 보이네~. 전에 왔을 때는 완전히 심령명소처럼 음울한 분위기였는데, 이 정도면 파워 스폿처럼 밝은 뉘앙스가 왠지 모르게 느껴지는 것 같기도 해."

노아가 도시락통에 든 달걀말이를 집으면서 주변을 죽 둘러봤다. 이 무식하게 맑은 하늘 때문일 수도 있고 그냥 다 함께 있다는 상황 때문일 수도 있지만, 확실히 전에 왔을 때보다는 밝은 기색이 많이 느껴지는 것 같다. 그보다 저기, 그거 엄청 맛있어 보이는데.

"그러고 보니 그 카미카쿠시를 당했던 애는 어떻게 됐어? 응? 여기."

그렇게 말하면서 노아가 내 탐내는 시선을 알아차리고는 달걀말이를 하나 휙 내밀었다. 예이~!! 노아는 너무 착해~!! 하고 나는 그것을 덥석 물었다. 음~, 적당히 익은 반숙 달걀과 육수가 절묘하게 어우러져서 이건⋯⋯.

"맛없어~~~~~!!"

그만 하늘을 향해 외쳤다.

"뭐? 어디가? 평범하게 맛있지 않아?"

"맛없어!! 어? 그보다 써!! 쓰다고~~~~~~?!(퉤퉤!!) 이게 뭐야?! 뭐가 든 건데?! 달걀말이 아니야?!"

"응, 여주말이야."

"으~. 입안에 잔뜩 퍼지는 쓴맛이 우웩~."

깜빡했다. 그러고 보니 얘는 베지마이트처럼 일반적인 미각으로 따지면 맛없는 음식을 좋아했지. 으으~, 혀에 공기를 쐬며 어떻게든 쓴맛을 중화시킬 수밖에.

"요우, 남의 걸 받아먹어 놓고 그 반응은 실례 아니야? 어디까지 무례가 용서되는지로 친밀도를 체크하려는 건 그만두는 게 나을 것 같은데?"

아니, 전혀 그럴 생각은 없는데 그보다 매번 있는 일이지만, 그렇게 아무렇지 않게 갑자기 정론을 늘어두지 말라고. 꽤 기가 죽으니까.

"요우는 애들 입맛이니까"라고 하면서 사키가 페트병에 든 음료를 내밀었다. 아아, 살았다. 이 입 안을 점거한 강렬한 쓴맛은, 이제 음료로 단숨에 삼켜 버리는 수밖에 없어! 벌컥벌컥벌컥~~~!!

"맛없어~~~~~~~~!!"

그만 하늘을 향해 외쳤다.

"어, 왜? 맛있는 것 같은데."

사키는 태연한 얼굴로 고개를 갸웃한다. 아마 악의 없는 장난은 아니겠지만.

"맛없어! 말이 안 나올 정도로 맛없다고!! 뭐야, 이 수수께끼의 액체는?!"

"산뜻한 허브와 녹차."

우선 그 '산뜻하다'라는 수식어가 어디에 적용되는 건지. 마시면 산뜻한 허브인지, 산뜻한 허브인지 애초에 음료의 평가축으로서 산뜻함을 끼워 넣어도 되나.

"아~, 이래서 맛을 모르는 사람은 안 된다니까."

노아는 이런 말을 하고 있고, 사키도 한 편이 돼서 "그렇지~?" 하는 식인데, 아니, 분명 그냥 너희 미각이 이상한 거거든? 개성적인 쪽이 더 우수하다는 건 고등학생 때쯤 빠지기 쉬운, 젊음의 과오거든. 분명 무리하게 개성파인 척하려는 것뿐이겠지.

무슨 일이든 평범한 게 제일이야. 그보다 너무 맛이 없어서 머릿속에서 날아갔는데, 무슨 이야기였더라? 아, 그래. 맞다. 노보루 얘기였지.

"며칠은 입원해 있었지만 역시 몸에는 아무것도 이상이 없었나 봐. 지금은 이미 집으로 돌아갔어."

노보루의 몸은 8년 만에 카미카쿠시에서 돌아왔다. 하지만 역시 돌아온 건 빈 육신뿐이었고, 카미카쿠시에서 돌아온 사람의 템플릿대로 혼은 빠져나가 버렸다.

"흐음——. 아, 맞다. 카미카쿠시 하니까 말이야. 오늘 조금 신기한 일이 있었는데."

자기가 먼저 이야기를 꺼내놓고 그렇게 흥미가 있는 것도 아닌지, 노아는 바로 다른 화제로 갈아탔다. 정말 이런 프리한 스타일이 대단해 보인다. "신기하다니 뭔데?"라고 사키가 묻자, 노아는 "학교 복도에서 왠지 이상한 아이를 봤어"라고 한 후에, 음~ 하고 허공을 두리번거린다.

"이상한 아이?"

"응, 4층 복도에서. 이상하다고 할까, 이상한 차림을 한 아이였어. 아래 실내화를 신었으니 아마 우리 학생이긴 하겠지만, 제다이 기사 같은 망토를 걸치고 있더라고."

"망토?"

"아마도. 조금 떨어진 거리였고 뒷모습을 본 거라 앞이 어떤지는 잘 모르겠지만, 좌우간 그런 연지색 망토 같은 뭔가를 걸친 애가 걷고 있었어."

하지만 여고생 중에는 이상한 센스를 가진 아이도 있는 데다,

이상하다고 하면 이상하지만 평범한 수준인 것 같은데. 사키만 봐도 오늘도 머리에 새우튀김을 달고 있고.

"그래서 어~? 뭐지~ 싶어서 뒤를 따라가 봤는데."

"뒤를 따라가 봤다고?!"

아니, 이상한 아이가 걸어 다닌다고 해서 그렇게 망설임도 없이 바로 미행을 개시하나? 하나. 그러고 보니 얘는 하겠구나.

"너무 다가가면 들켜 버리니까. 거리를 두고 슬며시 따라갔는데. 그랬더니 그 아이가 비상계단 문을 열고 밖으로 나가더라고, 뒤를 쫓으니까 연지색 뭔가가 팔랑거리며 계단을 올라가는 게 보이길래 그대로 따라갔어."

뭔가 팔랑팔랑거린다고 쫓아가다니, 행동 원리가 완전히 고양이 같아서 웃긴다.

"그런데 4층이었으니까 바로 위층은 옥상이잖아? 하지만 위로 가도 아무도 없더라고. 슥 사라져 버렸어, 그 아이가. 수수께끼의 제다이 파워로 하늘을 날아간 것도 아닐 테고, 우와. 카미카쿠시다 싶더라고."

아, 얘기가 끝난 거야? 음——, 뭐, 신기하다고 하면 신기한데 카미카쿠시라고 할 정도는 아니잖아. 그냥 노아의 착각 아니야?

"아니, 평범한 낮 시간대고 나는 시력 하나는 좋거든, 그냥 잘못 본 건 아닐 거야. 괴기현상이야. 카에데, 뭐 그런 제다이풍 괴이 혹시 몰라?"

"글쎄요. 방금 들은 얘기만으로는 뭐라고 할 수 없는데요"라고 카에데는 자세히 보지 않으면 모를 정도로 미묘하게 눈썹을 늘어뜨린다.

"우리 학교 실내화를 신고 있었다면, 역시 그냥 우리 학생 아닐까요? 옥상에서 사라진 이유는 모르겠지만 잘 알아보면 현실적으로 합리적인 설명을 할 수 있는 이유가 아닐까요?"

"합리적인 설명을 할 수 있다면야, 그건 그것대로 별 상관은 없는데. 저기, 요우는?" 하고 노아가 갑자기 매우 애매하게 나에게 화제를 돌렸다.

"뭐 떠오르는 거 없어? 요우는 이렇게 이것저것 추리하거나, 탐정 같은 일을 하는 게 특기잖아?"

"아니, 나는 이미 탐정역에서 은퇴했거든."

내가 탐정 비슷한 역할을 맡았던 건 사실이지만, 그건 마지못해서 했을 뿐이지 딱히 좋아서 한 것도 아니고, 실은 탐정 역할을 하는 사람이 따로 있고 나는 그냥 복화술 인형처럼 떠들었던 게 전부니, 처음부터 탐정역조차 아니었다. 내 역할은 명탐정 코난으로 따지면 잠든 모리 아저씨다.

탐정의 혼이 떠나버린 지금, 나 자신에게 탐정역의 소양 따위는 없다.

"뭐, 하지만 그런 일상적인 수수께끼라고 할까, 그렇게 시리어스해지지 않을 만큼 코지한 미스터리는 비교적 좋아해. 신경 쓰이냐고 묻는다면 신경 쓰이는데."

개막 1행부터 친구가 살해당해 있는 하드한 전개는 이제 지긋지긋하지만, 일상 속의 하잘것없는 수수께끼를 해결해 나가는 사이에 친구와의 관계가 깊어져 있거나, 잿빛 고교생활에 점점 색을 띠어가는 그런 청춘에 로망은 있다.

"으음——, 하지만 아직 정보가 너무 애매하지 않아? 그 이야기에는 두 수수께끼가 포함되어 있잖아. 왜 그 아이는 제다이 같은 차림을 하고 있었느냐와 그 아이는 옥상에서 어떻게 사라졌나. 이 두 개가."

이런 건 복합된 상태에서 생각해 봐야 쉽게 답이 나지 않으니까 분석할 만큼 분석하고, 하나씩 생각해나가자는 것이 지론이다.

"하지만 기왕이면 이다음부터는 본래의 탐정역에게 맡기자."

"오, 오늘 여기 온다고 했나?"

"응. 오늘은 고등학교 편입 수속을 하고 올 거래."

실체 없는 추상적인 존재였던 그 무언가는, 그 존재를 굳건하게 현현시키기 위해 물질인 몸을 원했다는 듯하다. 나의 소원을 이뤄주기 위한 대가로 노보루의 몸은 그릇으로써 끌려갔고, 붕 뜬 혼은 밖으로 튕겨 나갔다.

그리고 그 혼은 저주에 의해, 혹은 기도에 의해 나에게 씌어 있었다.

나와 쭉 함께 있었던 그 탐정의 혼은 그냥 내가 머릿속에서 멋대로 만들어낸 이미지너리 프렌드 같은 게 아니라, 몸에서 분리된 노보루의 혼이었다. 카에데 왈, 육체을 잃은 혼은 곧 확산되어 사라져 버린다는 듯하지만, 저주에 의해 내 몸에 얹혀사는 형태로 남은 노보루는 사라지지 않고 쭉 내 곁에, 나와 함께 같은 시간을 쌓아 나갔다.

그 무언가로부터 몸을 돌려받은 지금, 그 혼은 본래 있어야 할 곳으로 돌아갔다.

"아, 호랑이도 제 말 하면 온다더니?"

그렇게 사키가 말하자 나는 도리이 쪽을 돌아봤다.

자고 일어난 그대로 온 것처럼, 아무렇게나 뾰족뾰족 뻗친 흑발이 바람에 부드럽게 흔들리고 있다. 호리호리한, 길고 마른 실루엣을 가진 남자아이가 느릿한 걸음으로 돌계단을 오르며 조금씩 모습을 드러냈다.

"노보루~!"

나는 이름을 부르며 젓가락을 든 채로 크게 손을 저었다.

노보루는 쓰게 웃는 듯한 미묘한 표정으로 애매하게 손을 들어 응했다. 실제 노보루는 내가 이미지했던 것보다 조금 더 키가 크고 어깨가 넓었으며, 머리카락은 조금 곱슬기가 있어 비교적 진한 남자의 분위기를 띠고 있었다.

노보루가 옆에 앉자 내가 말한다. 노보루는 멍한 어조로 답한다.

"아직 정보가 부족한데. 생각은 나중에 하자. 우선은 보면 아는 것과 조사하면 확정할 수 있는 걸 좀 더 모아보자. 추리 같은 건 사실이 알아서 해줄 거야."

이렇게 해서 사람이 죽지 않는 코지 미스터리틱한 우리의 일상은 앞으로도 계속 이어져 갈 것이다. 계속해서.

그녀는 죽어도 낫지 않는다

2021년 2월 14일 1판 1쇄 발행

저　　　자 오사와 메구미
일러스트 코게챠
옮 긴 이 고나현
발 행 인 유재옥
본 부 장 조병권
담당편집 정영길
편 집 1 팀 정영길, 김민지, 조찬희
편 집 2 팀 김다솜
편 집 3 팀 오준영, 곽혜민, 김혜주
편 집 4 팀 성명신
미　　　술 김보라, 서정원
라이츠담당 김슬비, 한주원
디 지 털 박상섭, 이성호, 우희선
발 행 처 ㈜소미미디어
인쇄제작처 코리아피앤피
등　　　록 제2015-000008호
주　　　소 서울 마포구 토정로 222, 403호(신수동, 한국출판콘텐츠센터)
판　　　매 ㈜소미미디어
마 케 팅 한민지, 이주희, 우희선
물　　　류 허석용
전　　　화 편집부 (070)4164-3962, 3963 기획실 (02)567-3388
　　　　　　판매 및 마케팅 (070)4165-6888, Fax (02)322-7665

ISBN 979-11-6611-423-6 (04830)
ISBN 979-11-6611-422-9 (세트)